北京1949

刘金田　著

全 国 百 佳 图 书 出 版 单 位
时代出版传媒股份有限公司
安徽人民出版社

图书在版编目（CIP）数据

北京 1949 / 刘金田著 . -- 合肥：安徽人民出版社，2024. 10. -- ISBN 978-7-212-11778-8

Ⅰ . I25

中国国家版本馆 CIP 数据核字第 2024SK7099 号

北京 1949
BEIJING 1949

刘金田　著

出版策划：陈　娟　肖　琴　　　　　　责任编辑：肖　琴
责任校对：佘金锁　　　　　　　　　　责任印制：董　亮
装帧设计：陈　爽

出版发行：安徽人民出版社 http://www.ahpeople.com
地　　址：合肥市蜀山区翡翠路 1118 号出版传媒广场 8 楼
邮　　编：230071
电　　话：0551-63533259
印　　刷：安徽联众印刷有限公司

开本：710mm×1010 mm　1/16　　　印张：15.75　　　字数：210 千
版次：2024 年 10 月第 1 版　　　　印次：2024 年 10 月第 1 次印刷

ISBN 978 - 7 - 212 - 11778 - 8　　　　　　　　定价：48.00 元

目 录

北平冬春

故事从 1948 年冬天的北平讲起。

这一年的 11 月初，中国人民解放军东北野战军在东北战场上进行的第一个战略性战役辽沈战役已经胜利结束，歼灭国民党军东北"剿匪"总司令部总司令卫立煌所部 47.2 万人，使东北全境获得解放。由于辽沈战役的胜利和其他战场的胜利，全国军事形势发生了新的转折。人民解放军总兵力由战争开始时的 120 万人上升到 300 万人，从劣势转为优势；国民党军总兵力则从 430 万人下降到 290 万人，从优势变为劣势。11 月 14 日，中共中央主席、中央军委主席毛泽东指出，再有一年左右的时间，就可能将国民党反动政府从根本上打倒了。

还是在 11 月初，华东野战军和中原野战军联合发起了第二个战略决战性的战役，即全歼国民党徐州"剿匪"总司令部总司令刘峙所部的淮海战役。西北野战军已将国民党西安"绥靖"公署主任胡宗南所部压缩在关中地区。华北军区第一兵团正在围攻国民党太原"绥靖"公署主任阎锡山所部；第三兵团位于绥远（今属内蒙古自治区）东部，正准备围攻国民党华北"剿匪"总司令部总司令傅作义所部的后方基地绥远省省会归绥（今呼和浩特）。东北野战军先遣兵团已进至河北省蓟县（今天津市蓟州区）地区待机；东北野战军主力位于沈阳、营口、锦州地区休整，准备一个月后向山海关关内开进，同华北军区部队协力歼灭傅作义集团。

这时，傅作义集团除 1 个军位于归绥、1 个师位于大同外，其他主力 4 个兵团、12 个军连同其他部队 50 多万人，沿着北宁铁路和平绥铁路，分驻在东起滦县、西迄张家口的 500 多千米的狭长地带上，摆成一字长蛇阵。

在这种形势下，傅作义和蒋介石从各自的利益出发，对华北作战有不同打算。蒋介石在东北作战将近失败时，认为东北不保，华北孤危；同时淮海大战亦有一触即发之势，曾考虑放弃北平、天津等地，要傅作义率部南撤，以确保长江防线，或加强淮海战场，但又怕傅作义部南撤后，产生不利的政治影响，故徘徊不定。傅作义是长期活动于绥远地区的地方实力派，生怕南撤后，其主力被蒋介石嫡系吞并，故不愿南撤。11 月初，蒋介石、傅作义经过磋商，认为人民解放军华北军区部队在兵力上不占优势，东北野战军需经 3 个月到半年的休整才能入关，因此华北不至于遭受威胁，而控制平津，支撑华北，牵制人民解放军东北、华北两支部队，使其不能南下，对整个战局亦属有利。基于上述判断，蒋介石决定让傅作义集团暂守北平、天津、张家口，并确保塘沽海口。

但是，随着战局的不断发展，到 12 月中下旬，人民解放军即以 100 万兵力，形成了对防守北平、天津、张家口的傅作义集团的分割包围。

当解放军的炮口指向北平城的时候，距离 1949 年只剩下半个多月了。这座 3000 多岁的古城，留存着星斗般繁密的文化和历史印记。这些青砖灰瓦的建筑已经伫立了几百年，然而，在 1948 年快要结束的时候，它们变得无比脆弱。一天天临近的战火随时可能把这些文化遗存化为灰烬。

兵临城下，北平的街道冷冷清清，许多商铺已经停业。玩具店因无人光顾也早早收摊；食品店的货架上，只剩下麻将大小的点心表明尚未倒闭；奶厂宣布每周停奶两天以节省饲料；运煤的驼队停止了工作。

战争在即，如何填饱肚子成了最大的问题。

曾任北京市档案学会副秘书长的杨玉昆老人回忆道："怎么困难呢，就是我们的菜里基本上没有油，这是一点；第二个呢，是吃的基本上以咸菜居多，咸菜呢，又都不是买的，而是自己腌的。"

天桥老艺人臧鸿也对当时艰苦情况深有体会："那个什么胡萝卜啊，搁在缸里头，什么疙瘩头啊，搁在缸里头，都腌着。准备这个冬天啊，过冬啊，能有点咸菜就着窝头吃。"

这一年，国民党政府的财政赤字达到 900 万亿元，只能靠无节制地印发钞票饮鸩止渴。

货币不断贬值，蒋介石政权的支持者，城市的中产阶级，到这时，也由于通货膨胀而破了产。通货膨胀是厉害的，即便是随便吃顿晚饭，就要花法币 2.1 亿元之多。

美国《今日新闻》拍摄的影片中，一位上海女接线员，月工资 43 美元，折合成法币高达 4.35 亿元，可怜的女职员几乎拿不动她半个月的薪水。美联社这样评价说，法币是世界上最不值钱的纸币。

1948 年 8 月 19 日，国民政府发布《财政经济紧急处分令》，规定以 300 万元法币兑换 1 元金圆券，限期收兑法币、东北流通券，以及民间所藏金银、外币，任何人不得逾期持有。

杨玉昆老人回忆说："就是说你不许有金银了，你必须都得给银行，然后它兑给你这金圆券。上面说，你有这个到时候可以换金子，但是实际上根本就没有兑现，等于把老百姓的金子都给诓走了。"

曾在北京市文联工作的胡金兆老人对导致这种混乱情况的国民政府有更深的理解："他们宣传这个币制是稳定的，把黄金都定了价，银圆也定了价，因为当时北平人有一个愿意过花现洋的日子的习惯，大家说这下好了，又让他骗了。"

从这一天开始，金圆券取代了法币，成为国民政府的法定货币。但物价飞涨的趋势并没有得到遏制，就在这个冬天，老百姓买一粒大米需要花金圆券 130 元。加拿大驻华使馆外交官朗宁这样描述当时中国的状况："中国的工薪阶层被榨得山穷水尽。钞票贬值太快，一发薪，钞票到手就必须在当天用光，不然第二天它的价值就趋近于零了。"

这时，掌管华北军事大权的国民党将领是傅作义，他一直在战与和之间摇摆不定。多年来他对部下灌输的是反共"戡乱"的思想，现在要是突然来个 180 度的转弯，难免会背上叛主"投敌"和看风使舵的骂名。另外，傅作义与中共作战多年，如今战局不利前去和谈，中共能否接受？诸多的疑虑挡在面前，让傅作义迟迟不敢决断。

200 万北平人的命运是由傅作义战与和的选择来决定的。

早在一个月以前，傅作义就开始和共产党方面进行秘密接触，他希望自己的集团军作为一支独立的力量，在华北建立独立区，成立"华北联合政府"。

毛泽东一针见血地指出，傅作义的和谈要求，是建立在他的主力尚未被消灭，还保存着自己的力量这个基础上；只有真正削弱傅作义的力量，才能促使傅作义向接受我军的和谈条件这方面转化。

在和谈的同时，双方都没有放松军事上的行动。大家心知肚明，谈判桌上的要价跟战场上的力量对比密不可分。

关于那时的场景，亲历者仍记忆犹新。

胡金兆老人说："就在 12 月 13 号夜里，惊天动地的一声大爆炸。玻璃窗户哗哗响，这窗户倒没被震碎，但电灯灭了。第二天早上还是上学，报上讳莫如深吧。这个问题的话呢，大家私下里传，南苑的火药库炸了，全这么说，这个炸的，解放军，这么一伸手指头，这个炸的。"

作为天桥艺人，臧鸿老人感受的角度又不一样："咚咚咚，嘎嘎嘎嘎嘎嘎，穿着衣服睡觉，不知道怎么回事。"

发生爆炸的第二天，一支由100多辆军用卡车组成的车队从西郊一路驶向中南海。这一天，解放军占领了丰台和香山，对北平城形成合围，傅作义的司令部不得不从郊区往城里撤退。

周围的老百姓惊讶了，因为这就证明战争要来了，大家脸色都很难看。

与此同时，北平通向郊区的城门纷纷关闭，过往的行人要接受盘查，城内的军队也开始频繁调动。

站在道路两旁观望的北平百姓已经能越来越清晰地感觉到战争的临近。

北平督察总监四处勘察，加固工事。中共地下党员刘光人以记者的身份作掩护，目睹了这一切："他先上的西直门。在西直门上他就对随从说，哪个地方应怎么样，哪个是炮位。另外讲在这城墙上啊，还可以掏机枪眼，就是从里面往外打机枪。然后呢，他顺着城墙往南走。走到广安门，他立刻说，这些房子都要拆掉，挨着城墙的房子一律拆掉。"

杨玉昆老人介绍："拆民房那会儿是不给补偿的，不像现在还给补偿，那时叫作报效党国、为了'戡乱'，当时叫'戡乱'，所以都不给补偿，因此住在护城河一带的居民和商号全遭了殃。"

这时，南苑机场已经被人民解放军占领，傅作义只好计划在天坛建造新的机场，把那一片所有的树，如大杨树、松树、柏树都连根拔掉，作为机场用地。

得到这条重要信息后，刘光人冒险连夜出城，秘密把情报送了出去。

刘光人说："后来，我回来了以后，解放军就往那个天坛飞机场打了炮弹。"

天坛机场被炸后，傅作义又令在东单建立一个临时机场。

胡金兆说："东单是个空旷场地，但是比较小，修的是简易机场，他们很快修了一条跑道，四边是铁丝网。修好了，老百姓知道要完了，城里头有飞机场这就是要完了，你这就是死城了。这时候学校上课不正常，我们学校就开进了一个汽车团，把操场全占了，有些教室也被占了，他们在学校驻兵。"

中国传媒大学的老教授赵凤翔亦是亲历者："进去以后看到教室里确实有很多大兵，都穿着那个黄色的军棉服，那个教室里的炉子生着熊熊的烈火。我们也不敢进去，就上操场看看，操场上也有些大兵，在那干吗呢，劈柴呢，就是把我们那课桌课椅都劈了，然后往那个炉子里填。"

为了缓解北平守军的物资紧缺局面，南京方面调用了大批飞机，给傅作义的军队空投给养。

杨玉昆回忆说："天空的飞机能够看到，而且还看到降落伞拖着大麻袋下来。这些大麻袋都落在北海冰面上。在这种情况下，当局发布命令，住在北海附近的居民，如果看到空投物资飘落到你家里，一律都要上交，不准藏起来，藏起来就按军法处置。"

这些物资对 20 多万北平守军来说只是杯水车薪。国民党军队的后勤供应越来越紧张。

胡金兆回忆说："我看过住在我们学校里头的那个汽车团的伙食，清汤寡水，当兵的骂骂咧咧。这个时候部队也要吃菜啊，找老百姓要菜，老百姓也经历了一茬一茬的军队，只留下几棵菜自己吃。那军队不管，把那菜全扔到汽车上，给了几张不值钱的金圆券，扬长而去。农民基本上也全被扒光啦。这样的话，丢了老百姓的人心，这仗还怎么打呀。"

许多从东北战场上败退下来的国民党军队伤兵不停地拥入北平，他们没有任何生活来源，时常在城里敲诈抢劫。

天桥艺人赵寅芳回忆说："一些人蒙上那纱布好像是伤兵似的，拄着拐，拿一个药瓶子，走到你跟前了，故意啪的一声摔了，'你看看吧，我这个德国666，这玩意儿治我这病的，你赔吧，这多少钱'，敲诈勒索。"

针对混乱的秩序，北平消失很久的"大令"又出现了。

胡金兆回忆说："这时候傅作义采取了一个措施，叫实行'大令'车巡逻，这是历来军队都有的。'大令'，他就举着一个令旗，有至高无上的权力。这时候这个汽车就在北平的主要街道上循环走动。汽车上有10个人，其中有一个是军官。这个军官抱着个'大令'旗，挺胸、收腹、目不斜视，表现出无限的威严。那些士兵都全部戴着钢盔，拿着美式冲锋枪。有时候停下来，他们也不声不响，不说话，就是看着，这无形中起到了一个精神上的震慑作用。"

条令颁布后不久的一个下午，有个东北逃兵在新街口抢了一位老太太的两包烟，巡逻的"大令"车很快就把那个逃兵抓住，要以军法处置。

亲历者回忆："当时这个老太太可吓坏了，老太太说：'老总、老总，您别，千万别，他把烟给我就行了。'这军官说：'老太太您别管，这事我们按军法处置。'然后他指着逃兵说：'这两盒烟你给我，这就是你的物证。'军官又指着那老太太对逃兵说：'她就是你的人证，现在我就代表军法处将你就地正法。'说完军官啪的一下就给他按倒了，两个兵就拿那个法绳给他捆上了，一脚将其踹在地上，嗵嗵两枪就给打死了，然后从这个车上拿下一个布告，把名一签并画上一个红钩，就往墙上一贴。"

由于长期的战争和混乱，饥饿的难民和流浪汉，街上比比皆是。

战争还给北平带来数量庞大的乞丐，其中有找不到工作的北平人，也有逃难流落到此的外乡人。

杨玉昆等老人说："要饭的直接到院里，开口就喊：'心好的老爷、太太，心好的老爷、太太。您给赏口吃的吧，哎呀饿得我这心里发慌啊，哎呀您有剩的窝头、您有剩的烙饼都行啊，您给赏口吃的吧。''没有，没有，转门吧，转门吧。'那才是真正要饭的，也确实是真的，你给他吃剩的东西，哪怕是吃剩的掰下的东西，你给他，他都吃，然后说道：'谢谢您，谢谢您。'"

对于北平的贫困居民来说，他们也经历着黎明前最寒冷的时刻。

中国共产党十分希望尽快结束北平当时的状况。1948 年年末，共产党的高层已经在考虑建立新中国后的诸多事宜。共产党认为，傅作义将军是一位爱国将领，并不是顽固不化的反共分子，是很有可能被争取过来的。所以，解放军虽然包围了北平，但几乎没有对北平城采取什么攻击性和毁灭性的措施，有时还会跟驻守北平的国民党军队达成一定的默契。从一点一滴的细节当中，人们看到了和平的希望。

由于从郊外运进城里的蔬菜日益匮乏，攻守双方达成默契，在朝阳门的瓮城里开辟一个菜市。从 12 月中旬开始，每天早晨太阳升起的时候，城门都会打开一会儿，郊外的菜农把蔬菜推进来。这时人们会提着篮子拥向朝阳门。由于来买菜的人非常多，所有的菜在一个小时内就能卖完。

关于和谈的种种消息，很快在北平城里悄悄传开。尽管人们对这些消息并不确定，但让他们感到一丝欣慰的是，进入腊月，晚间用电的情况已经开始好转。解放军占领石景山电厂后，北平城里一度停止了供电，但临近新年的时候，石景山电厂重新向北平城里送电了。

杨玉昆回忆说："大家说，解放军还挺仁义的，就是他们占了电厂，还给城里的老百姓供电，今后如果他们进来，我们感觉老百姓要好得多。"

法国摄影家布列松在这个时候来到了北平。在他的 35 毫米徕卡相机的镜头里，北平老百姓的生活习惯并没有因为围城而改变。可以看出，人们在当时还保持着平静的心态。

12 月 15 日，傅作义派代表到人民解放军平津前线司令部进行谈判。平津前线司令部参谋长刘亚楼表示，希望傅作义集团自动放下武器，人民解放军可保证其生命财产的安全。但傅作义认为尚有实力，可再坚持 3 个月，观望全国形势的变化，以致谈判未获结果。

然而，和平只是局部的现象，在双方和谈的同时，军事上的较量并没有停止。

12 月下旬，在新保安的战役中，傅作义失去了他的主力军，其中包括他苦心经营了 30 年的王牌部队——第三十五军。

北平的国民党守军等待这些军队来援助北平、援助天津，这个希望是完完全全落空了。他们以为这些大炮会从北平城内打出去，这也落空了。

新保安、张家口解放后，傅作义于 1949 年 1 月 7 日派代表同民主同盟华北地区负责人、燕京大学教授张东荪到解放军平津前线司令部进行第二次谈判。林彪、聂荣臻向其指出，北平、天津、塘沽、归绥各点守军应开出城外，按照人民解放军的制度进行改编；限天津守军于 13 日前先行开出城外听候改编。但由于傅作义仍持观望态度，这次和谈也未能达成协议。

1949 年 1 月 13 日，傅作义再派与中共素有交往的华北"剿总"副总司令邓宝珊到解放军平津前线司令部进行第三次谈判。这时，离农历春节还剩下半个月的时间，解放军已经做好了进攻天津的所有准备。

平津前线司令部限令国民党军天津守备军在 1 月 14 日之前撤出天津。1 月 13 日当天，解放军给国民党天津守军指挥部发出最后通牒，限他们 24 小时内投降。

在 14 日的谈判中，林彪、罗荣桓、聂荣臻向其指出，人民解放军已开始攻击天津，故此次谈判不包括天津；其他各点守军出城后，应一律解放军化，其驻地一律解放区化。

敌人把天津整个变成了一座大碉堡，四周围绕着永久性的工事——壕沟、碉堡和铁丝网。敌军将领们到这时还没有看清事实。他们如果要投降，还不算晚。

1月14日上午10时，平津前线司令部参谋长刘亚楼发出了总攻天津的命令。29个小时过后，1月15日下午，躲在地下室里的国民党军天津警备司令陈长捷被解放军活捉，天津战役胜利结束。

又一面红旗在新解放城市冉冉升起，天津解放了，现在轮到北平了。

1月16日，毛泽东下达了"积极做好攻城准备"的指示，并特别嘱咐，攻打北平必须做出精密计划，力求避免破坏故宫、大学及其他著名而有重大价值的文化古迹。

胡金兆介绍当时情形时说道："他（傅作义）就剩了北平城这么一个孤点了，他把城外的部队收罗进来，有30多万人。这30多万人要打一下那会打得旷日持久，非常惨烈的，北平城可能全毁了。这么一场战争结果必败无疑，它没有外援啊，北平此时已是个死城啊。因为他作为一个战略家的话，作为一个将军，他知道敌我力量的对比已经发生了变化，所以这个时候，再加上地下党做工作、各方面的争取，天津战役以后，他开始考虑接受和平的方案。"

就在毛泽东发出指示的同一天，傅作义在中南海勤政殿设宴，邀请北平的学术名流参加。徐悲鸿首先发言，他说，北平是一座闻名于世界的文化古城，北平200多万市民的生命和财产，系于傅将军一身。而当前的形势，战则败，和则安。希望傅将军顾全大局，顺应民心，不要让北平在炮火中遭受摧残。傅作义对每一个人的发言都听得十分认真，最后，他用一句话结束了宴会："我本人非常感谢诸君直言不讳的发言！"

从此后的事态发展，我们可以推测，这次会议，是傅作义为自己的最终决定寻找心理上的支持。

与此同时，国民党当局以恫吓、暗杀、封官许愿等手段极力阻挠和破坏傅作义的和谈行动；蒋介石还派次子蒋纬国携其亲笔信到北平，要傅作义坚守北平或南撤。

解放军平津前线司令部的代表，接见了北平国民党守军派来和谈的代表。和谈代表汲取了天津和张家口战役的深刻教训，接受了毛泽东1月14日所提出的八项和平条件。

1月21日，经过反复考量，傅作义终于选择了和平的道路，接受了共产党人提出的北平和平解放协议。

也是在这一天，蒋介石宣布"因故不能视事"，把总统的职务交由副总统李宗仁代理。不久，蒋介石回到了浙江奉化的老家。

1月31日，人民解放军在人民欢呼声中开入北平城内进行接管。2月3日，解放军举行了盛大的入城仪式。为了更好地欢迎解放军入城，组织上特意做了安排，胡金兆的任务是爬上坦克，欢迎解放军。他回忆说："一到我们这儿，坦克突然一停，我们往上一蹿，解放军战士一拉，大家拥抱起来。我们拿着粉笔，在坦克车上写道：'打到南京去，活捉蒋介石。'"

坦克上的标语，饱含着北平百姓对这支新型军队的别样感情。对人民来说，新的生活正在开始。

2月23日，毛泽东和周恩来、朱德在西柏坡接见傅作义、邓宝珊。毛泽东对傅作义说："过去我们在战场见面，清清楚楚；今天，我们是姑舅亲戚，难舍难分。蒋介石一辈子要码头，最后还是你把他甩掉了。"

傅作义内疚地说："主席，我半生戎马，除抗日外，罪恶不小。"

毛泽东说："和平解放北平，宜生（傅作义）功劳很大！"

北平解放宣告了平津战役的结束，国民党在军事上已经彻底转向劣势。在举行入城式的 50 天之后，毛泽东和中共中央领导从西柏坡进入北平。围绕着这次进城的旅途，各方势力暗流涌动，发生了一些扣人心弦的故事。

进京"赶考"

1949年3月23日凌晨，河北省平山县西柏坡村，毛泽东房间里的灯光一直亮到3点多钟。临睡前，他叮嘱卫士长李银桥，9点钟以前叫他起床。

不过，在毛泽东睡下以后，周恩来特意嘱咐李银桥，稍微晚点儿叫醒毛泽东，尽量让他多睡一会儿，因为当天上午，他们将一起踏上前往北平的征程。中国革命的统帅部即将离开22年来最后一个农村指挥所，向大都市北平进发。

1948年5月27日，毛泽东与中共中央转移到了河北省的西柏坡。从此，西柏坡的声音开始传到全中国。

70多年过去了，西柏坡逐步从河北平山县一个百十来户的村庄发展成为一个辖十多个行政村的乡镇。作为中国著名的五大革命圣地之一，每逢周末，这里更是游人如织。

时光倒流70多年，1949年3月5日，也是一个周末，散居在西柏坡村各处的中共领导人开始三三两两地聚集到一所平房前。

曾是人民解放军华北军区电影队摄影师的程默老人亲手拍摄下了 70 多年前的一段珍贵影像。从影像资料中可以看出，这些穿着粗布棉袄的人显得轻松而自然，虽然他们交谈的内容我们已不得而知，但他们脸上洋溢着的笑容，足以驱走料峭的春寒。

许多人不会想到，他们就是以这样的表情，来参加中国共产党历史上一次意义重大的会议——七届二中全会。

据程默老人回忆，1949 年 2 月，当时革命形势发展很快，根据这一情况，中央决定于 3 月 5 日至 13 日召开七届二中全会。

开会的地方虽然是一座长方形的平房建筑，但在周围的乡村民居中显得十分突出，当年这里曾是中共中央机关工作人员自己动手建造的职工食堂。1949 年 3 月 5 日，七届二中全会的主会场就设在这里。

下午 3 时左右，中共中央政治局委员、书记处书记任弼时率先撩起棉布门帘走了进去，接着，周恩来、刘少奇、王稼祥、朱德、林伯渠等陆续走进会场，最后一个进场的，是毛泽东。

程默老人说："当时领导人走进会场就是一般地走入，不像现在这样很隆重，很有次序。当时就是谁先来就谁先进。门上有个布帘子，是门帘，天气很寒冷，挂个门帘用来挡风，领导人都是随便拉开布帘子就进入会场。"

如今的西柏坡，七届二中全会的会场，仍保留着当年的模样。

主席台后方正中，悬挂着毛泽东与朱德的画像，两边是以镰刀、锤头为标志的写有"中国共产党"字样的红旗，会场中的几排长凳整齐摆放着。

其实，70 多年前的会场远没有这么正规。据程默回忆，当时只在靠近主席台的位置摆了几排长凳，再往后，就是临时凑起来的座席，有小凳子、马扎、椅子，规格不一，谁先来，谁就在前排就座。

程默老人回忆当时场景说："毛泽东同志穿着普通的中山装，大家都没有穿得很漂亮，都穿着一般的衣服，有的是土棉袄，有的是军服，都是比较简朴的。"

下午 3 点 30 分左右，毛泽东走了进来。走到第一排的时候，他和任弼时说了些什么，随即走上主席台。

坐在会场第二排最右边角落里的是时任中共中央中原局第一书记、中原军区暨中原野战军政治委员、45 岁的邓小平。一个多月前，他作为总前委书记刚刚率领中原、华东野战军部队打完了淮海战役，取得了歼灭国民党军 55.5 万余人的骄人战绩。他随意地从前排拿过了茶壶。

其他的与会者也是很随意，因为会场里没有生炉子，有的人手冷了，就把手揣在大衣里面。但是，大家都在听，认真地听。

参加会议的有中央委员 34 人，中央候补委员 19 人；列席会议的重要工作人员有 11 人；因为交通条件等原因，缺席的中央委员和中央候补委员共 20 人。这是一次制定夺取全国胜利和胜利后各项方针政策的极其重要的决策性会议。

主席台上，56 岁的毛泽东正在发表他一生中又一次划时代的讲话。他在讲话中说，辽沈、淮海、平津三大战役以后，国民党军队的主力已被消灭。今后是要解决分布在从新疆到台湾的广大区域内国民党剩下的 100 多万作战部队。他指出，在南方各地，人民解放军将先占领城市，后占领乡村。人民解放军不仅永远是一个战斗队，而且是一个工作队。我们必须准备把 210 万野战军全部化为工作队，以便开展新解放的广大地区的工作。

毛泽东提出了党的工作重心由乡村转移到城市的问题。他说，从 1927 年到现在，我们的工作重点在乡村，在乡村聚集力量，用乡村包围城市，然后取得城市。采取这样一种工作方式的时期已经完结。从现在起，我们的工作开始了由城市到乡村并由城市领导乡村的时期。党和军队的工作重心必须放在城市，必须用极大的努力去学会管理城市和建设城市。在城市斗争中，必须全心全意地依靠工人阶级，团结其他劳动群众，争取知识分子，争取尽可能多地同共产党合作的民族资产阶级分子及其代表人物，以便同帝国主义者、国民党、官僚资产阶级做坚决的斗争。城市中的其他工作，都必须围绕着生产建设这个中心工作开展，并为这个中心工作服务。

毛泽东响亮地提出，召集政治协商会议和成立民主联合政府的一切条件均已成熟。现在一切民主党派、人民团体和无党派人士都站在我们方面。我们希望 4 月或 5 月占领南京，然后在北平召集政治协商会议，成立联合政府，并定都北平。我们要建立一个无产阶级领导的以工农联盟为基础的人民民主专政的国家。

毛泽东在指出中国革命胜利的巨大意义后，提醒全党要防止因胜利而骄傲、以功臣自居、停顿起来不求进步、贪图享乐不愿再过艰苦生活等情绪的滋长，要警惕别人用糖衣裹着的炮弹的攻击。他说，夺取全国胜利，这只是万里长征走完了第一步，革命以后的路程更长，工作更伟大、更艰苦。他告诫全党，务必使同志们继续地保持谦虚、谨慎、不骄、不躁的作风，务必使同志们继续地保持艰苦奋斗的作风。我们不但善于破坏一个旧世界，我们还将善于建设一个新世界！

也就是在这个讲话中，毛泽东谈到了新中国将定都北平。

1949 年 3 月 13 日，历时 8 天的七届二中全会圆满结束。在这 8 天里，距离西柏坡 1000 千米以外的南京，中华民国总统府正笼罩在空前的政治危机之中。

3 月 8 日下午，行政院院长孙科提出辞职。已经下野的蒋介石此时待在溪口老家，表面上整日闲逛，私底下每天都在发号施令，遥控部署长江防御。

中华民国代总统李宗仁为了争取实权，多次派人敦请蒋介石出国疗养，均遭其拒绝。3月9日，当西北军政长官公署长官张治中受李宗仁之托，再次劝蒋介石出洋时，蒋介石大发雷霆："我一定不出国，我不想亡命异国他乡！你们转告李宗仁，我一家老小都在溪口，我就是死了也要埋在溪口！"

但蒋介石的这个愿望最终未能实现。

1949年3月22日，上海《大公报》报道了《何应钦新内阁组成》的消息。经历了14天艰难的游说，何应钦总算为自己的新内阁凑齐了人数，且大半都是新人。

明眼人已经看出，这届内阁的寿命不会太长。

这天晚上，西柏坡的灯光几乎亮了一夜，包括毛泽东在内的中共中央领导人都在为第二天的远行整理行囊。这是毛泽东再一次前往北平这个古老的帝都，距离上一次已经过去整整30年了。

1918年8月15日，青年毛泽东第一次走出家乡湖南来到当时新文化运动的中心——北京。

毛泽东到北京，是为了组织人员赴法勤工俭学。作为湖南青年赴法勤工俭学的组织者，毛泽东自己却没有迈出国门，留在了北京。在这里，他见到了陈独秀、蔡元培等新文化运动的著名人物，结交了一些名人学者，接触到了种种新思想。

在这里，他认识了李大钊，并在李大钊担任主任的北大图书馆当了一名助理员。这时，马克思主义、社会主义作为一种新学说受到社会的关注。李大钊是中国热情讴歌俄国十月革命的第一人。李大钊的言论和行动自然给青年毛泽东以最直接的影响，从而使毛泽东开始具体地了解十月革命和马克思主义。

毛泽东这次在北京待了整整 8 个月。他后来回忆说，自己在北京的生活是十分困苦的，住在一个叫三眼井的地方，和另外七个人合住一个小房间，大家挤在一张炕上，每逢自己要翻身时都得预先警告身旁的人。不过在公园里和故宫的城墙之外他看到了北国的早春，在坚冰还盖着北海的时候他看到了怒放的梅花，北京的树木引起了他无穷的欣赏。虽然毛泽东曾说他们都是些大忙人，没有时间听一个图书馆助理员说南方话，但毛泽东也坦言，那一时期他的思想在李大钊、陈独秀的影响下，迅速朝着马克思主义的方向发展。

在这里，毛泽东打开了他的眼界，迈出了从湖南走向全中国的第一步。从这一步开始，毛泽东在他的征程中奋斗了 30 年了。

30 年后的 1949 年 3 月 23 日，一夜小雨。天亮后，阳光灿烂。对毛泽东的新征程来说，这似乎是个好兆头。

上午 10 点，警卫叫醒了毛泽东。

毛泽东刚走到门口，周恩来就迎上去交谈起来。

成元功老人曾是周恩来的卫士长。从 1945 年至 1968 年，他在周恩来身边工作了 23 年。回忆起 70 多年前离开西柏坡时的情景，老人记忆犹新："周副主席早上起得早，这是他的习惯。所以，头一天，我们就把书架子上的书，把什么文件，都收走了。他睡也睡不着，起来就问，群众的纪律怎么样，一定要做到让群众满意。""预计是 11 点钟，周副主席、主席、总司令都到了。主席也起得早，他起来后兴奋地对周副主席说，今天是进京的日子，不睡觉也高兴啊。今天是进京'赶考'嘛。进京'赶考'去，精神不好怎么行啊？周副主席说，'赶考'就要考个好成绩。我们应当都能考试及格，不要退回来。主席说是，考不好成绩，那就坏了，退回来就失败了。我们决不当李自成，我们都希望考个好成绩。然后，他挥手就走。"

在进行出发的准备工作时，毛泽东对周围的人说："同志们，我们就要进北平了。我们进北平，可不是李自成进北平，他们进了北平就变了。我们共产党人进北平，是要继续革命，建设社会主义，直到实现共产主义。""我们决不当李自成，我们都希望考个好成绩。"据说，这是毛泽东在西柏坡说的最后一句话。

毛泽东当年离开西柏坡时乘坐的吉普车至今依然保存如新。这种吉普车是第二次世界大战期间，美国的威利斯公司和福特公司生产的，被用作美国星级准将的指挥车，称为"威利斯吉普车"，早在1945年就停产了。可想而知，它也是从国民党手里缴获来的战利品。

70多年前，毛泽东和他的卫士们乘坐的这辆威利斯吉普车，排在11辆小汽车组成的进京车队的第二辆。整个车队由11辆小汽车和10辆大卡车组成。

毛泽东卫士长李银桥回忆道："车子进入华北大平原，大家的情绪活跃起来，毛泽东的话也多了起来：'现在又是3月份，为什么老在3月份咱们有所行动呢？'"

毛泽东所说的3月份的行动，一共有3次：第一次是在1947年3月18日，从延安撤退到晋西北；第二次是在1948年3月22日，从陕北米脂县杨家沟前往西柏坡。这两次行动，都是靠骡马和两条腿走路，路上还要防备敌人的围追堵截和空袭。

而这一次，从西柏坡到北平，却有着天翻地覆的变化，不仅全部坐上了汽车，而且是要去建立新中国。

毛泽东说："今天是3月23日，与去年3月22日只差一天，我们又向北平前进了。三年三次大行动都是在3月份。明年3月份应该解放全国了。等全中国解放了，我们再也不搬家了。"

毛泽东问警卫排长阎长林："进北平是要进的，但是没有想到有这么快。你们想到了吗？"阎长林说："我们也没有想到撤离延安两年就进北平了。"毛泽东沉默了一会,说道:"咱们没有想到,蒋介石更没有想到,他天天想消灭我们,反而被我们消灭了。""人心向背,这就决定了我们必定胜利,蒋介石必定失败。"

现在,被高速公路连接起来的西柏坡和北京之间,单程只需要四五个小时。而在 1949 年,按照计划,向北平进发的车队当天要到达保定,但因为路不好走,刚走到唐县,天就黑了。

于是,毛泽东决定在唐县附近的淑闾村住下来。

当年目睹这一盛况的淑闾村村民回忆说:"我看见了,我偷偷看来着,然后这是个门楼,我在这一边趴着看他们下车了。他们不吃老百姓的饭,他们什么都带着呢,不吃老百姓的饭。"

在村民家借宿,在共产党打天下的历史中,这并不是第一次。和以往一样,这些共产党的高级干部给老百姓留下的仍然是亲民、爱民的形象。

毛泽东住在村民李大明家里。他的卫士回忆说:"这一夜毛主席没有休息,前半夜同村干部座谈;后半夜坐在小凳子上,趴在用木板支的床上写材料。"

第二天上午,毛泽东一行人离开淑闾村,继续赶路。

这时,北平城内,也并不平静。各种势力都在紧张地忙碌着。有的热情洋溢、激情振奋,等着欢迎毛泽东;也有的摩拳擦掌、跃跃欲试,准备伺机暗算毛泽东。

1949 年,刚刚解放的北平城,潜伏着数不清的特务。这里曾经是国民党华北"剿总"所在地,更是英、美等国际间谍密集的地方。中共中央的安全问题,并不容乐观。

中央中央社会部部长李克农提前 13 天将中央警备团便衣队调进了北平。

高富有老人,正是 70 多年前那支极富传奇色彩的便衣队的队长。

高富有队长回忆说："便衣队3月10日就开到北平，我们先进来的。因为毛主席3月25日进北平，我们提前10天来，在李克农部长的指挥下进来。我们从西柏坡出来，坐了几辆卡车。这是我第一次坐车，浩浩荡荡的，过去都是靠两条腿走路，连马车都坐不上。头一天，我们住在涿县（今河北省涿州市）。大家安顿下来以后，已经很晚了，一天没吃上饭，店铺都关了，只有卖烧鸡的。我说买吧，一人一只烧鸡，一人发了一只烧鸡，涿县烧鸡有名啊。"

高富有和他的便衣队队员们从没有到过像北平这样的大城市。参加革命以来，大家一直在山沟里打仗，对北平这样的大城市自然充满了向往。

然而，进城之后，他们发现，真实的北平远没有想象中的富丽堂皇。

据高富有队长介绍，当时的北平一片脏乱差："进北平以后，给我的印象是这是座破破烂烂的城市。从西直门到天安门坐电车，电车是破破烂烂的，当啷当啷的，开过来开过去。天安门呢？前面都是土台子，四四方方的，过了土台子有一个围墙。天安门广场那就一条路，还有东三座门、西三座门，这么些个城门。东单那里，摆摊卖布等什么东西的都有。卖什么东西的都是京片子，'卖一尺让一尺，卖一丈让一丈'，就这么喊。流氓地痞就很多了，满街跑。"

1949年3月29日的《人民日报》上，有一首名叫《毛泽东来了》的长诗，诗中这样写道："号外！号外！毛泽东来了！热闹的大街上，人挤得水泄不通，很自然地形成一支队伍，好像要到一个地方去，好像要去找毛主席；如果他们知道毛主席底所在，他们会把那座房子举起来，把毛主席举到天空，会搂住他底脖子问好，会拉住他底手致谢。但是今天，天晚了，找不着毛主席。只得惋惜地说：'毛主席就是从这条街上过去的！'"

高富有老人回忆说："原来是打算在前门下火车，结果听说前门特务有行动，他们知道毛主席要进城，打算在那儿安排暗杀。"

原中共中央社会部便衣队成员孙有光回忆说："大大小小的特务组织，统计起来有 100 多个，人数有七八千人，其中有真正的特务、与特务有关的人，再加上反动党团、会道门头子，这样的话那人就多了。我当时在海淀区查，统计发现，国民党相关人员有 400 来人，三青团有 300 多人，军统有 40 多人，中统也有 40 多人，这些人都是特务。当时的海淀我们到那以后，就发现圆明园东边打死了一个人，打死的这个人就是咱们军管会留守军人处的一个人叫董 ×× 的，被人打死了，打死在洞里面。后来证实这个人是被特务李克勤给打死的。""所以我们的一个工作是根据名单去查这些人在什么地方。当然这里边，要找则找最危险的分子。所有的特务都找到，这不可能，时间很短了，毛主席很快就要来了。知道党中央要来了，所以当时对凡是在公路两边 200 米以内的住家户，挨着查户口，里边有没有这些人。在公路 200 米以外的暂时先不管。"

1949 年 3 月 24 日，毛泽东一行从淑闾村出发，中午在保定吃过午饭，当晚到达古城涿州，住在第四野战军（原东北野战军）第四十二军军部大院里。第二天凌晨 2 点 30 分，他们登上了前往北平的火车。

直到这时，在北平负责安全保卫工作的中央警备团便衣队队长高富有，对毛泽东一行的行程安排仍然一无所知。在黎明即将到来的时候，领袖们的安全成为他们工作的重中之重。

当时，中共中央进驻北平的具体时间和地点，是最高机密，即使对负责安全保卫的便衣队成员，也严格保密。

3 月 25 日凌晨，李克农告诉高富有，毛泽东一行在北平下车的地点已经秘密改为清华园火车站。

高富有回忆当时紧急情形时说："天快亮的时候他（李克农）才找我。我说你跟我保密，我不管，我这个时候布置来得及吗？快点，快点，快点。

大概火车快要到的一个钟头以前，我赶紧把队伍拉到，有的在颐和园，有的在海淀，有的在青龙桥几个地方驻扎，赶快把他们拉来布置，从清华园下车的地方一直安排到颐和园。"

孙有光回忆说："我当时问高接谁。高说，他也不知道，估计是首长。我说那我们一起去布置，看看地形。这样的话跟他一块儿，在海淀区我们管的范围内，100米安一个武装警卫，这样就把这个点选好了。选了点以后，我那一天夜里就没怎么好好睡觉，我就怕路上发生什么事。"

1949年3月25日，阳光明媚，便衣队队员孙有光一早就赶到了北平清华园火车站，有幸见证了毛泽东到达北平这一历史性的时刻。

关于那时的场景，孙有光老人仍记忆犹新："我们那时去得最早。没人在那儿等，就往回走，从清华园往回走，走到清华大学南门，来了几辆车，出来有林彪、聂荣臻，还有彭真。这时候李翔龙也去了，王凡也去了，都去看，高富有这时候也去了，到那儿以后就在那儿等。""太阳刚出来的时候，车到清华园停了下来。停下来以后，第一个出来的就是毛主席。这个时候我这个心情极为复杂，一个是没见过毛主席，先看看毛主席；另外的话觉得刚刚这儿发生过问题，心里边就有点紧张，别在毛主席身边发生什么事，或者这些领导身边，万一出现什么事情，咱们就受不了了，心里边非常紧张。"

天遂人愿，一切平安。

毛泽东一行抵达清华园火车站后，并没有过多停留，随即改乘汽车，前往临时的休息地颐和园。

一路上，看着车窗外既熟悉又陌生的风景，毛泽东感慨万千，他说："30年了！30年前我为了寻求救国救民的真理而奔波。还不错，吃了不少苦头，在北平遇到了一个大好人，就是李大钊同志。在他的帮助下，我才成了一个马列主义者。他是我真正的老师，没有他的指点和教导，我今天还不知道在哪儿呢！"

同样是在 30 年前的 1918 年，在这座古老的城市里，青年毛泽东开始了自己的爱情，他与恩师杨昌济的女儿杨开慧逐渐熟悉，又在熟悉中建立了感情。

闲暇的时候，毛泽东经常会和杨开慧一起，从自己任图书馆助理员的北大红楼，漫步到紫禁城外的筒子河畔，再经北海、鼓楼，直到豆腐池胡同杨开慧的家中。

两年后，他们生活在了一起。婚后第十年，杨开慧牺牲。在 30 年寻求救国救民的征程中，毛泽东有 5 位亲人献出了宝贵的生命。

当晚，中共中央机关和解放军总部机关进驻香山，毛泽东住在香山的双清别墅。直到 9 月 21 日，毛泽东才移居北平城内中南海的菊香书屋。

在 1949 年这个中国历史的关键节点上，重返北平的毛泽东，并没有太多时间可以缅怀过去，因为他即将和他的战友们去擘画建立新中国的蓝图。

代号 "0409"

1949年3月25日凌晨，北平城才刚刚醒来，毛泽东等已经率中共中央机关秘密到达了北平清华园火车站。这使早已潜伏在前门火车站，准备伺机暗算毛泽东的国民党特务扑了个空。据说，当蒋介石听到这个消息后气恼地说："我们的情报部门都干什么去了？"

1949年，当新中国即将成立的时候，在隐蔽战线上，敌我双方也展开了你死我活的较量。

中共中央顺利从西柏坡进入古都北平，不仅意味着离红色中国的诞生更近了一步，同时也是共产党多年来在隐蔽战线与国民党对抗中的又一次胜利。当时，国民党负责情报的部门之一是国防部保密局，局长毛人凤；他的对手，是时任中共中央社会部部长李克农。

1949年年初，随着国民党军队的节节败退，毛人凤奉蒋介石之命制定"应变"措施，部署潜伏特务。北平是他部署潜伏行动的重点城市。

李克农之子李力在接受采访时说："北平解放以后，情况很复杂。国民党还有其他的部队、一些散兵留在北平,再加上国民党军原来就驻守在北平。那时候北平布置有很多特务,还有东霸天、西霸天,地痞流氓很多,坏人很多,所以毛主席安全进北平是很伤脑筋的事情。"

为了确保中共中央的安全,李克农亲自进入北平打前站,同时他还特别组建了以高富有为队长的中央警备团便衣队。便衣队队员挑选的标准十分严格。

高富有介绍说:"选拔的时候有条件,都是要贫雇农家庭出身的。还有呢,要打过仗的,经受战争考验的。就是挑选有经验的。"

高富有说:"后来集中了以后,有 150 多个人,后来再到审查。审查什么? 有一个人在晚上爱说梦话,他老说梦话,审查时说这个不行,这个你到时无意中讲出去了咋办,老说梦话要不得。"

这支神秘的队伍在西柏坡附近的西黄泥村进行了一个半月的培训。当时学习的主要内容是政治形势、城市知识,以及侦查、情报、治安、审讯等公安工作的知识和技能。

便衣队队员孔祥慈老人后来回忆说:"到了以后,开始我记得大家都说将来我们就是要做便衣。我们学这一整套知识干什么呢? 就是以后侦查、守候、盯梢、化装时用。"

这些从各地精挑细选出来的精英,都以为自己要执行光荣的作战任务,忽然发现要做的竟然是特务工作,不由得都闹起了情绪。

孙有光介绍了当时的尴尬处境:"我们去了以后不知道干啥,后来中间有些人听说我们是便衣队,出来以后可能要当特务。这样我们大队人员就有点毛了,我们一些同志都是从前方来的,正在前方打仗呢,平常对特务这个名字就觉得很讨厌,国民党的特务杀人、放火,什么都干。叫我们从前方回来以后当特务啊,我们不干这个。"

高富有对自己的工作性质心里接受得比较早:"当共产党的特务,就是这个意思。毛主席讲特务班是很重要的部门，是一支特别队伍，到时需要到这个便衣里头挑选人员。特务这个名称是叫蒋介石搞臭了，我们当共产党的特务是光荣的，没有条件是进不得这个便衣队的。"

这时，国民党在北平的特务活动十分猖獗。

1949年1月18日凌晨，爱国人士、原国民党北平市市长何思源家发生爆炸。一家六口，五人轻伤，何思源小女儿何鲁美遇难。事后得知，国民党保密局派出特务段云鹏潜入何思源家中，安放了两枚定时炸弹。

2月，人民解放军接管北平。北平市公安局正式挂牌后，第一项工作就是对国民党各系统特务分子进行秘密自首登记。不到一个月时间，就有800多个特务自首，上缴电台219部，没收枪支625支。

北平的隐蔽战线对抗激烈，但中共中央进京也刻不容缓。于是，经过简单的学习训练后，3月10日清晨，由150人组成的便衣队从西柏坡附近的西黄泥村进入北平，并成功完成3月25日毛泽东一行进京的保卫工作。但是，未来共和国的中央卫队，在诞生之初，便因为经验不足而遭遇了挫折。在中共中央机关到达北平的第一天，便衣队的队员们就受到了毛泽东和周恩来接二连三的批评。

1949年3月25日，毛泽东一行到达北平清华园火车站后未做太多停留，便乘坐早已准备好的小轿车，前往临时的休息地颐和园。

李力说："车是那时候缴获的汽车，我父亲带着毛岸英，因为他懂俄文，还有苏联专家，由他负责把这个车子搞好，保证毛主席安全。"

这个时候的北平城，人们已经开始了一天的生活。住在清华园火车站到颐和园一带的居民，早晨出来发现，路边每隔100米便站着一个荷枪实弹的解放军战士。

高富有介绍："毛主席进城以后，路上都是当兵的拿着枪站岗，一个挨着一个，很威严。公开的警卫是第二〇七师，给他们的任务是站在马路两边，警卫面不能朝着马路，要面朝外、朝边，不准看马路。100 米一个，到 100 米就安一个，两边一样。"

坐在轿车里的毛泽东看到车窗外警卫战士严阵以待的情景，颇为不满。高富有说："毛主席看见我就说，我们比蒋介石进城还厉害？！那个兵见着人就拿刺刀对着，见了一个工人在那儿打铁，你也对着人家，人家犯了什么罪，你为什么对着他，马车在那站着，不准马车行动，牲畜也有枪对着，你这个警卫怎么安排的，这都是你干的一套？看那个枪，枪也对着人，枪能打人吗？"

周恩来也批评说："你们搞得太过分了，毛主席进北平搞成这个样子，比过去皇帝的做法更过分，戒严，这个搞过分了。"

很快，毛泽东一行的车队就到了颐和园。这里原本住着一些和尚和工作人员，但为了保证毛泽东和中央机关的绝对安全，保卫人员已经将他们迁走，并对这里进行了严密的排查。

然而，工作百密一疏。当毛泽东一行到达益寿堂时发现，这里除了保卫人员竟空无一人，不仅如此，连厨房工作人员也被清走了。毛泽东又一次发了火。

李力说："安全是绝对保证了，可是到了颐和园后大家想吃饭却没准备，忘了，因为光考虑警卫了。这是另外一部分人的事没考虑周全。所以毛主席说，你们干什么去了，连饭都没有，怎么搞成这个样子？回答说我们就考虑警卫了、考虑安全了。毛主席说水都没有，鱼还活得了。"

鱼和水，是毛泽东对共产党与群众关系的生动比喻。此时他的不满，更多的是因为看不到老百姓。随后，看着颐和园宜人的景色，毛泽东感慨地说，这里以后应该是人民的公园。

在颐和园稍事休息后，下午 3 时 30 分，毛泽东等中共中央领导人乘汽车从颐和园出发，经海淀、白石桥到达西苑机场。下午 5 时整，毛泽东同刘少奇、朱德、周恩来、任弼时等，第一次在北平 1000 多名群众代表和民主人士组成的欢迎队伍面前亮相。

叶剑英将军首先迎向了毛主席、朱总司令。工人、农民、青年、妇女，各界代表，满怀着热情和希望来迎接自己的领袖。

毛泽东一行来到 160 多位民主人士的欢迎行列，热烈地与沈钧儒、郭沫若、李济深、黄炎培、马叙伦等一一握手，互致问候。在留存的珍贵的历史画面中，我们看到了这样一个细节：毛泽东穿的是带毛领的棉大衣，而郭沫若等民主人士穿的是长袍马褂和中山装。3 月的北平，天气已经回暖，毛泽东等中央领导人还是身着在西柏坡时的旧衣服。

这时在西苑机场，3 万多名雄壮威武的人民解放军官兵，正在等待着一个伟大的时刻。

这时，波澜壮阔的辽沈、淮海、平津三大战役已胜利结束，蒋介石的主力大部分被歼灭，长江以北的大部分地区已基本解放，东北、华北、华东革命根据地已基本上连成一片。在这里，这支伟大的军队接受了自己领袖的检阅。

第四野战军参谋长刘亚楼将军向毛泽东主席报告，受阅部队全部到齐，这时坦克塔上飘扬着红旗，坦克手精神百倍地向着自己的领袖敬礼。

下午 5 时 45 分，阅兵结束。当晚，中共中央机关和解放军总部机关要在香山住下，毛泽东住双清别墅。在从西苑机场前往香山的路上，毛泽东高兴地对身边的工作人员说，今天总算完成了一件大事啊！而此时，李克农、高富有的心情并不轻松。当时北平郊外的路远非现在可比，天黑路差，何况还有敌特势力在伺机破坏，于是负责保卫工作的王凡与高富有商量了一个计划。

高富有回忆说："欢迎完了以后，王凡说他前我后，他心里想，要是前面有炸弹，先把自己炸死。我说好。他的车在前边，我在后边坐个吉普车。他的车一出机场以后，开得很快。路两边有树，已经到了下午 5 点多钟，

代号「0409」

029

路都看不见，路上也没有什么路灯，开车的是从西柏坡带来的司机。打头的车开得快，首长的车也跟着开得很快。"

毛泽东一行的车队在王凡的头车带领下，风驰电掣地赶到了香山。车队刚刚停下，王凡就受到了周恩来的严厉批评。

高富有说："一下车到了香山门口，周副主席就说你要干什么、你想干什么，我问你要干什么，你要把我撞死吗，就说王凡。这个时候毛主席下来了，毛主席看见我说，你们好好地检查，检查你们的警卫工作。"

对于便衣队人员来说，挨批评归挨批评，检讨归检讨，终于不负众望，毛泽东、周恩来等中央领导人都安全到达北平。

这时，在李克农与高富有的心中，中共中央进北平，安全是工作的重中之重。而对于毛泽东、周恩来等人来说，这是共产党人在古都北平的第一次集体亮相，一定要在人民群众的心目中树立起共产党人谦虚谨慎的良好形象。这或许就是他们对保卫工作接二连三进行批评的原因吧。中共中央机关进驻香山后，香山成了特务分子的新目标。

当时，中央警备团便衣队的任务，是负责从西直门到香山这条路的安全保卫。从香山到西直门这个中央首长们经常经过的路段，便衣队队员们在各监控点上当起了小商贩、商店学徒、修鞋匠、三轮车夫等。

高富有介绍："在青龙桥安了个便衣点，让两个人在青龙桥一民房门口摆了个卖布的摊点，放上几匹布假装卖布；还在附近摆了个卖花生的摊，有两人在那卖花生。"

便衣队经过近 10 天的建站、设点、布防、侦查，对一些重大案件的侦破起了关键的作用。这段时间北平市公安局先后破获 9 个国民党特务潜伏小组。

中华人民共和国成立后，国民党特务的活动更隐蔽、更狡猾了。1949年 12 月 6 日，毛泽东访苏。临行前，军委某部监听截获到一个密码电报，通过破译，得出的内容竟然是毛泽东访苏的细节。毛泽东在军委上报的报告中批示公安部，在访苏回来之前，镇压这个反革命。

毛泽东的批示，让负责安全保卫的部门感到了巨大的压力，公安部迅速成立了专案组。

孙有光介绍："当时我们掌握的全部案情资料，仅有敌人密码电报的破译文和署名为'0409'的特务代码。军委某部破译出'0409'可能是'郭、国、顾、巩'四个字之一，我们只有从这四个字中查，看有没有人符合条件。除此以外，没有发现任何线索。"

"0409"四个代码一度将侦查方向引向了歧途。北京市各公安分局花费大量人力、物力，从户籍上查找"郭、国、顾、巩"四姓中与本案有关的可疑人员，经过审查、核对，并未发现与此案有关的线索。

与此同时，公安部电讯监听台日夜监听，不断逼近敌台活动的区域，但始终无法锁定具体位置。

1950年年初，毛泽东访苏的归期已经临近。可是，侦破工作没有任何进展，神秘的"0409"依然在不断发报。找不到"0409"，毛泽东一行就始终处在危险之中。

孙有光回忆说："从郭、国、顾、巩四个字中没有查到，那怎么办呢，于是就开始查汇款。搞特务活动，总得有经费嘛。查查外地，特别是国外、境外对北京汇款的有没有可疑人员。"

对汇入北京的汇款查了一遍，没有发现可疑对象，侦查员们把目光转向天津。

在天津市黑龙江路银行，侦查员注意到，有一笔汇款是从香港汇给北京新桥贸易总公司的，取款人留下的落款是"北京新桥贸易总公司计爱琳"，并盖了手印。为什么这笔汇款不直接汇到北京而汇到天津绕这个弯子呢？不久，同一个地址，又汇来一笔款，而且比前几次汇款的数额多了好几倍。

很快孙有光他们就了解到，计爱琳真名叫计采楠，是新桥公司的股东之一，她在新桥公司没有担任具体职务，很少到新桥公司去。经常跟她联系的，是新桥公司有个叫孟广鑫的职员，是计采楠的姊夫，经常请假不上班。

通过对孟广鑫的跟踪监视，侦查员很快找到了计采楠的住址——和平门外虎坊桥梁家园东大院甲 7 号。

时任北京市公安局二处侦查一队侦查员的李春吉回忆说："一直跟踪她好几个月，都到冬天了。她穿的是那种翻毛大衣，女式的那种。我们这些人都是农村来的，一看穿翻毛大衣的，觉得挺新鲜的。我们一般都是三个人行动，交替着来。如果和她打照面了，就换一个人。一般不会和她打照面。"

这时，我电讯监听台又截获了一封敌台密码电报，内容是：国民党保密局局长毛人凤，因"0409"报告了毛泽东访问苏联的重要战略情报立了"大功"，给予"0409"通令嘉奖，由中尉台长越级晋升为少校台长，并奖励 300 块银圆。

"0409"受到毛人凤的嘉奖后干劲更大了，每天把搜集、窃取的各种情报用密电发往台湾。"0409"的活动如此猖獗，加上毛泽东即将从苏联回国，更增添了侦查员的压力。

一天，公安部在电话侦听时发现，计采楠通知与她有联系的人相互转告，于某月某日到北海公园漪澜堂御膳餐厅聚餐，庆祝"0409"获嘉奖晋职。这一发现为案件的迅速侦破提供了契机。按照计采楠所说的日期，十多个侦查员事先埋伏在了北海公园。

聚餐期间，一个看样子二十四五岁的青年人匆匆忙忙走出漪澜堂御膳餐厅。这个年轻人引起了侦查员的怀疑。

孙有光介绍："计采楠是经费的管理人，这个已经确定了。所以，我们就怀疑他可能就是'0409'。他出北海公园后门后，有意绕了几个地方，没发现我们的侦查员，就坐上一辆三轮车来到北城豆角胡同33号院门口，下车后回过头看了看，快速走进院内。"

　　同一天，公安部一局处长李广祥派人去调查计采楠的户口，发现她有一个弟弟，名叫计兆祥，迁到了北城豆角胡同，这就和侦查员跟踪的那个年轻人对上了号。豆角胡同也和监听台发现并截获的代号为"0409"的敌台相距不远。

　　当线索逐渐清晰的时候，计兆祥搬家了。侦查员跟踪他到了瓷器口，但无法进一步确定具体位置。

　　李春吉说："后来就把他作为重点了，发现这个地方有电台。知道他在什么地方，但是不知道在哪一户，我们就在他发报的时候，拉下了他的电闸，看他那儿没发了，就知道了。加上我们还掌握了他的汇款情况，于是就确定是他了。"

　　1950年2月14日，毛泽东在莫斯科与斯大林签订了《中苏友好同盟互助条约》。

　　2月26日，北京市公安局决定对计兆祥实施抓捕。中央情报部部长李克农带领中央警备团便衣队队长高富有亲自前往抓捕现场。

　　高富有回忆说："乱，那个里头很乱。他住在一个老百姓家里，有两间房子。把电台取出来，把他抓住以后，他就交代了。交代完了就叫他签字。之后，我们就说，向国民党请示任务吧。他就把电台给接通了，说是完成什么任务了，看看下一步怎么做。里边特务把任务一交代完，我们就把电台一关，将电台连人一起都抓获了。"

　　时任北京市公安局二处侦查科副科长的张烈对抓捕现场也记忆深刻："当时他和他老婆还没起床。我进屋一看，他那个密码本都在他脑袋边放着。郭佩贞同志从他房间夹缝墙里的一个面桶里把发报机器取了出来。我们还从他的沙发里头搜出一支左轮手枪,手枪里头夹着子弹,他有准备。然后把他那个顶棚都弄开了,他的天线都在上面。"

计兆祥被台湾国民党情报机构称为"万能潜伏台台长"。因为他不仅能够侦查情报,而且本人就是无线电公司学徒出身,接受过专门的发报训练。

计兆祥被捕一周后,1950 年 3 月 4 日,毛泽东安全返回北京。

就在此时,台湾保密局还在等候着这位"万能台长"的最新情报。公安部门让计兆祥给台湾保密局负责人毛人凤发了一封电报:"毛人凤,你吹嘘得神乎其神的'万能潜伏台'被我们侦破了。你们来多少,我们就消灭多少。你还有本事吗?你有本事就亲自来嘛!告诉你,给你讲话的是李克农。"

就在中共中央进驻北平的同时,全国范围内接管城市的工作正在有条不紊地进行着,而习惯于农村工作的共产党人,接管城市的经验是从沈阳开始的。

开启军管会的模式

1948 年的深秋，中国人民解放军攻打到沈阳城下的时候，战争的胜负已经没有任何悬念，东北国民党军覆灭的命运已成定局。

10 月 17 日，长春和平解放。10 月 20 日，毛泽东就为中共中央起草了致林彪、罗荣桓、高岗、陈云及全体指挥员电，庆贺长春解放。这一天，周恩来为中共中央起草了致东北局并告林彪、罗荣桓电，在部署下一阶段工作时，要求立即动员大批得力干部接管长春并准备接管沈阳及其周围城市。

沈阳是东北最大的城市和工商业中心，接管沈阳意义重大、影响重大、责任重大。中国共产党以前还没有过这样的经验。做好这项工作，对全国有着示范作用。

对陈云和初到大城市的干部们来说，如何克服长久以来形成的游击作风，如何将一个已经失去生气的城市重新提振，正是摆在他们面前的难题。而这个新的难题也同时是中国共产党人即将面临的严峻考验。

1948 年 10 月 26 日晚上，东北局领导人召开紧急会议讨论接管沈阳的方针、办法与注意事项。陈云在会上报告了 1946 年接收哈尔滨的初步经验，提出接管沈阳时采取的方针。会议强调必须按陈云提出的方针进行接管，即所有旧机构先原封不动，不要打乱，暂按原有系统自上而下地接管，绝对不准破坏。

第二天上午，东北局召开关于准备接收沈阳问题的会议。陈云在会上说："沈阳周围一个很大地区灾荒严重，要使混乱时间缩短，基本问题是修好铁路。东北局要提出一个任务，在十一月底之前修好沈阳以北以东的铁路。集中力量修四平以南到沈阳的铁路。"当天下午，东北局常委会会议决定，由陈云、伍修权、王首道等组成沈阳特别市军事管制委员会，由陈云任军管会主任；抽调 4000 名新老干部，由陈云率领接收沈阳及其周围几个城市。

10 月 28 日，陈云在哈尔滨以沈阳市军事管制委员会主任身份召开赴沈阳接收工作动员大会。陈云说："前方打了大胜仗，（解放的城市）轮到我们去接收，这不是去开玩笑，或是去玩一玩，是担负着很大的担子，因为接收的任务责任重大。如果军队打得好，我们接收得不好，就要记大过一次。"这次去的干部，"有共产党员，也有非共产党员；有关里来的老干部，也有关外参加工作不久的新干部。经过了两三年，有超过半数的新干部和我们一同去接收沈阳，这表明我们已经在东北有根了，生长起来许多新干部。希望老干部、新干部去接收得好，不要搞乱了"。最后，陈云提出，最需要注意的一条原则是：稳当胜于冒失。

第二天凌晨，列车缓缓驶出晨曦中的哈尔滨火车站。陈云率领军管会的 4000 名干部，匆匆启程，赶往即将解放的沈阳。

陈云，1905 年出生在江苏青浦（今属上海）一个店铺林立的小镇。他很小的时候就在舅舅的店铺里帮工，打得一手好算盘。20 岁时，陈云到了上海。在商务印书馆当学徒期间，他加入了中国共产党。早在20世纪30年代初，周恩来就注意到了这个很有经营头脑的年轻人。当时陈云在上海开办了一些商业机构，为党中央的活动筹集经费。1930年9月，他在召开的中共六届三中全会上当选为中央候补委员。1931年1月，在中共六届四中全会上当选为中央委员。1932年3月任中共临时中央常委、全国总工会党团书记。在中共六届五中全会上当选为中央政治局委员、常委，并任白区工作部部长。全民族抗战爆发后，任中共中央组织部部长，后任中共西北局委员、西北财经办事处副主任兼政治部主任，主持陕甘宁边区的财政经济工作。面对国民党对边区的经济封锁、财政金融混乱等诸多问题，陈云进一步显现出处理经济工作的天赋。在中共七届一中全会上当选为中央政治局委员。1945年8月任中央书记处候补书记。抗战胜利后，被派往东北，参加领导创建东北根据地的斗争，先后担任中共中央北满分局书记兼北满军区政委、中共中央东北局副书记兼东北民主联军副政委、中共中央南满分局书记兼辽东军区政委等职。1948年，陈云兼任东北军区副政委，后又兼任东北财政经济委员会主任，主持东北解放区的经济工作。

沈阳是共产党解放的东北最大的城市和工业中心，需要一个懂得经济的人来抓恢复城市经济的工作，陈云自然成了这一任务的不二人选。

当陈云率领接管队伍乘火车赶往沈阳的时候，围歼廖耀湘兵团的辽西大会战还在激烈地进行着。为了避开国民党飞机的轰炸，火车开动后不能开灯，昏暗的车厢里，大家都在谈论两个字——"接管"。

在当时辽宁省铁路运输版图上，从哈尔滨到沈阳共有546千米。然而长年的战争使得沈阳周边的铁路遭到严重破坏。一路上，接管队伍乘坐的列车只能走走停停。

11月1日清晨，早起的沈阳市民突然发现，一支陌生的队伍出现在沈阳南站的广场上。解放军先头部队仅用了20分钟，便突破沈阳城外围的敌军阵地,率先攻入市区。按照事先的部署,他们的首要任务是保护沈阳故宫。

原人民解放军东北军区政治部解放军官教导团干事张德成回忆说:"沈阳在 11 月 1 号已经拿下来了,我们进城以后,残留的国民党军有的起义,有的投降。铁西国民党的炮兵装甲部队、坦克部队的汽车一字排好,我军战士们、国民党兵都在车上坐着,像接受检阅一样,请我们来接收国家财产。"

张德成所在的部队从当时沈阳的东大营进入市区。太阳升起的时候,整个城市变成了红色的海洋。

当时的沈阳市民刘润清老人回忆说:"老百姓看解放军来了都开窗开门看,窗户开了把手伸出来,拿着小旗、拿着彩带就这么挥舞,喊解放军万岁、共产党万岁。"

同时目睹这一盛况的沈阳市民秦桂珍老人亦深有感触:"那时候说是有人组织,我也没有觉得有谁在组织,就觉得人家给我个旗,我就拿着跟人家走。我妈就领着我奔火车站去了。到那儿发现,两边人可多了,那儿的人都是去欢迎解放军的,喊着欢迎欢迎。"

入城部队有东北野战军一、二、六纵队和辽北独立师。战士们大多来自南方和东北的农村。城市的一切都令他们感到新奇。

张德成回忆说:"我是农村来的孩子,一看到沈阳小河沿水塔,意识到这是进城了。问这是干啥的,老百姓说这是水塔,装自来水的,往那上面装水以后,流下来有压力,就有自来水了。"

为了纪念这个特殊的日子,张德成与战友来到沈阳的一家照相馆。他特意拿着当天印有沈阳解放的新闻的报纸让摄影师拍照。

当解放军攻入沈阳城的时候,陈云率领的接管队伍还在乡村公路上颠簸。

11月2日下午3时，沈阳全城解放。仅仅过了半个小时，由陈云率领的接管队伍就进入了沈阳市区。虽然大战已经基本停止，但沈阳并不安宁。

曾任中共沈阳市委组织部副部长的胡亦民介绍："我们几个是坐卡车进来的。进来的时候，沈阳城里还在打仗。国民党青年军第二〇七师还没被解决，还在北陵。"

曾任沈阳市公安局北市分局三经路派出所副所长的万力生老人亦亲身经历了这场接管斗争："那时候挺危险的，我们都没有枪啊。走到辽阳的时候遇到一伙国民党的散兵游勇，我们车停下来把他们让过去了。他们也没打仗，打仗就坏了，我们都没带枪。"

原东北行政委员会秘书处干事韩华平回忆说："进来以后，整个城市都戒严了。可咱们那时候开车的司机不知道戒严了，就打灯，然后就在那里被解放军战士给截下了。截下以后他非要处理那个司机，说不许打灯，军管会有命令，谁打灯的话都要受处分。"

为了防止国民党飞机的轰炸，所有进城的车辆都不许开灯。而这一天沈阳全城还没有通电通水，整个城市一片漆黑。

位于中山广场的大和旅馆是日伪时期日本军部活动的主要场所。由于地处城市中心，交通便利，陈云和军管会的领导机关进入沈阳后就直接进驻大和旅馆，开展工作。

对沈阳这座城市，陈云并不陌生。抗战结束后不久，为了打开共产党在东北的局面，陈云作为中共中央东北局委员，于1945年9月受命奔赴东北战场，开始了他在中共中央东北局的工作。其间，他曾几次到沈阳，同苏联方面交涉放宽对解放军活动的限制以及阻止苏军撤退前国民党空运部队到各大城市。

也是在这一年，有着多年边区财政经济工作经验的陈云，在中国共产党第七次全国代表大会上提出："现在我们快由农村转到城市了，同志们一到城市里面，千万不要把机器搞坏了，那时候机器是我们恢复经济的本钱。如果没有机器，我们驾驭城市就很困难。"

出席中共七大的代表，代表着全国 120 万党员。他们当中大多数人在声势浩大的土改运动中成了农民问题的专家。然而面对城市，他们还是"门外汉"。当势如破竹的军事胜利将一座又一座城市交给中国共产党的时候，领导者们发现，他们治理城市远不如在农村工作那么得心应手。

进入城市后，令中共中央担心的情况还是发生了。在收复井陉、阳泉等重要工业城市时，少数部队就曾随意没收商店和国民党军官家属的财产。在石家庄，一些部队进入工厂，搬运器材，拆卸零件。如今，面对沈阳这个东北最大的工商业城市，"保护城市机器"将直接决定着整座城市的命运。

陈云在沈阳市军管会第一次会议上，讲到了关于接收方法和注意事项。当中对于解放军的入城纪律和保护城市的细节都经过了反复斟酌。也是在这次会议上，陈云提出了接管沈阳的十六字方针，即"各按系统、自上而下、原封不动、先接后分"。

余建亭老人时任陈云秘书，他介绍："所谓这个各按系统就是指按照原来的，原来它是怎么一个管理，是怎么一个系统，就原封不动，就是按照原来的权限实行管理。这个管的范围，原来是怎么样进行工作的，还是照常进行工作。"

按照陈云制定的接管方针，军管会下辖的 9 个部门分别接收原国民党机构的各个系统。为了避免混乱和大的波动，要求原国民党机关的旧职人员还是按照原来的职务上班。此时，接管的速度成为关键。

余建亭回忆说："一进沈阳就发现，沈阳没有电了，就点着蜡烛办公。怎么工作的呢？就是讨论啊，商量问题啊，派遣军代表。还有一些单位没有军代表的，就派遣检委，即检查委员，就是接管人员。"

韩华平当时是东北行政委员会秘书处的一名普通干事。为了尽快完成接收任务，他到达沈阳的当天就开始穿梭于老城的各个街巷。四麻袋的布告让他和战友们整整贴了3天。他后来回忆说："那个不能离身的，和带枪一样不能离身，麻袋我走到哪儿带到哪儿。3号上午接收完以后，除了那些封条不能用以外，布告整个都被分配完了。"

张德成老人对这场安民行动记忆犹新："那布告挺详细的，大布告，到处张贴，那拿现代来说叫安民告示。"

在这份陈云亲自拟定的布告中，对于照常上班的职员每人发放10万元东北币的生活维持费，这在当时的沈阳可以购买20千克高粱米。

曾任中共沈阳市委组织部副部长的胡亦民老人介绍："那时候党的政策，一是为了稳定他们，另外机关里面也需要办公人员，你不能把国民党所用的人都不要了，还得要用。后来把他们分类了，将军、警、宪、特分出来，其他的都留用，那是为了稳定，因为他们也没有出路。"

由于进城前准备工作严密，各个工厂的机器设备和仓库物资基本保存完好。军管会进驻沈阳的当天就完成了各大企业的接管，第二天就设法恢复了全城的电力和通信，随后又解决了自来水的问题。11月4日，沈阳城里开始陆续有工人和职员到原单位登记。一周内就有16万人报到上班。

在最初的日子里，沈阳的接管工作都按照事先的计划有条不紊地进行。然而城市工作的细节远比共产党人想象的复杂。当一支以农民为主的军队进入城市，当接管干部走上新的岗位后，还是遇到了许多意想不到的问题。

面对一个庞大而复杂的城市系统，这些大多来自农村且长期在农村工作的干部出现了一些"水土不服"的现象。

胡亦民老人回忆当时的工作说："可以说是什么都不懂，什么都得学习，因为情况不了解。从哈尔滨来的，就知道得多一些，有的从农村来的就知道得不多。"

万力生也深有感触："脏乱得很，太脏了，这垃圾，像个臭山，都没法过路，你巡逻的时候不小心就能滑倒。"

余建亭回忆说："一进城，交通事故很多啊，撞车啊，为什么呢？因为我们都是从北满来的，北满解放区包括哈尔滨的汽车都是规定左侧通行，汽车向左边走，司机也习惯了，军车也是这样。原来国民党的沈阳怎么样的呢，是右侧通行，经常指挥交通的，也是习惯于将车指向右边，所以这样两下就碰到了。这不是一个人两个人啊，这是成百成千的，他们都是这样办的，这就发生问题了。"

最终陈云拍板，从 11 月 10 日起沈阳车辆一律按右侧通行。行车的问题解决了，但陈云留意到那场风波的导火线，是各个机关单位纷纷派人到军管会找房子。他随后严肃地跟周围的干部们打了招呼，在新的战役开始前，要保证军队在沈阳的休整，因此，在野战军离开沈阳之前，各个单位都不要动房子的心思。

位于沈阳桂林街的日式小楼原本是交通银行职员的宿舍。为了腾出房间给军管会的同事们办公，陈云一家在到达沈阳后不久就搬到这里居住。此时，陈云已经是三个孩子的父亲。一家五口人住在二层左侧的阁楼里，房间很小。他们只好晚上把榻榻米铺在地上，白天再收起来将其放到壁橱里。一天，警卫员为了让陈云一家住得舒服些，从大和旅馆拿来了几个沙发垫子。陈云发现后，严厉地批评了这个年轻人，并让他将垫子立即送回宾馆。初到沈阳的日子里，孩子们很难见到他们的父亲，大多数时候，陈云都在大和旅馆的会议室里处理繁杂的接管工作。

生于南方的陈云极不习惯东北严寒的气候，加上体质又弱，在初到沈阳的日子里，三天两头感冒。身体的不适并没有影响到陈云的工作效率。他把自己的办公地点设在大和旅馆的会客厅里。作为整个城市的"中枢"，军管会几乎成了所有事情的汇集处，而这些事情最终都要在陈云这里得到批复。他不喜欢用电话指导工作，所以办公室前特意摆放了两排座位，这里每天都坐满了前来汇报情况的干部。

沈阳解放后，接管人员花大力气对滞留在城市里的散兵和国民党旧职人员进行了登记和检查。当时，这部分人员超过7万人，成为城市的沉重负担。

在接管干部中，有800人专门负责城市治安，这是接管部门中最庞大的一支队伍。万力生当年就是其中的一员。为了充实新的公安队伍，万力生被分配到沈阳北市的三经路派出所。最初，整个所里只有两个接管干部，其余的七八个人都是原来的警察。

万力生介绍："大白天工作的时候都没有什么，就是晚上睡觉得提高警惕，你不知道哪个是特务。这玩意儿，他整死你了你不白死了？那时还有歹徒，大家晚上都睡不好，不敢睡实了，要提高警惕。"

张德成回忆说："晚上还有敌特分子打枪，我就碰到过，在马路上走时差点挨了两冷枪。那时候，冷枪经常有。"

为了防止意外事件发生，军管会没收了市内所有警察的枪支。万力生和同事们治安巡逻的时候，随身只带着捕绳。捕绳实际上就是一根四五米长的棉绳。

万力生介绍了当时的一段亲身经历："老百姓报告，说地下室有土匪。我对两个国民党警察说，走，抓去。他们说，指导员，这没枪啊。我说没有枪也能抓他，一样抓。我说你不穿大衣吗，把手伸到兜里，在兜里食指挑起来，不是就像藏着枪吗，手别拿出来，就这么整，逮他去。进去后，一下到地下室，我们大声喊道，别动！他们愣了，他们正在那睡觉呢，有两个土匪。他们那个床啊，是国民党一个师长的，里面是铜的，外面是帆布。我们到那一喊，别动、跪下，跪下后他们也不能动弹，我们把他们绑了起来。我们问枪放哪儿了，他们说在那个锅炉顶上。我们到那儿一摸，摸到一个三八匣子，就抓了他们交分局去了。那时候手上没有枪啊，空手抓的土匪。"

大量滞留在城市的散兵游勇不光涉及治安问题，还需要接管人员给他们解决棉衣和粮食供给问题。对于原本就物资奇缺的沈阳，这无疑是雪上加霜。

早在辽沈战役爆发之前，作为东北财经委员会主任的陈云就开始关注沈阳的物价问题。当时，沈阳的平均物价指数在 5 个月内上涨了 3~4 倍，每斤粮食价格由 2 月底的 160 元涨到 8 月的 1600 元。到解放军进城的时候，人们在市场上根本买不起日常用品。常年从事经济工作的陈云深知，无论接管工作进行得如何顺利，只要市场不能恢复，沈阳仍然是一座死城。

比起战争前那个拥有 100 多万人口的大城市，此时的沈阳只剩下十几万人。自从 1947 年冬天解放军孤立沈阳以来，城市里大小 2 万多家商店只剩下了 7000 多家。留下来的小生意人也大多关门闭户。

万力生介绍："沈阳，当时街上都没有什么人，比较肃静。当时一般比较有钱的都跑了。有的这个大楼啊，我们进去巡逻时发现，全空着，没人，大家都跑了。"

张德成回忆说："国民党这个金圆券和流通券，拿秤称，一秤盘子的钱都买不了 2 斤高粱米，达到这个程度，它这个钱已经不值钱了。"

沈阳市民秦桂珍老人回忆说："我看我妈她们买东西，都拿那么一兜子钱，且买不了多少东西回来。"

陈云认为，稳定物价是接收沈阳的关键。物价不解决，商店不能开门，城市就不能正常运转。在沈阳,粮价决定着物价。

胡亦民对这项行动极力赞同:"因为这是稳定社会最重要的一条,人们的生活如果不稳定下来,那么社会就不会安定,粮食每天要吃,钱每天要花,所以你要不解决这个问题,物价就不平稳。钱不能合适地兑换,那么就不好过了。"

余建亭回忆说:"陈云的办法是,先规定了物价问题的一些基本原则,就是物价可以比周围的城市略高一点,但是不能太高。"

胡亦民回忆说:"他(陈云)注意数字,比如说粮食,上海多少,北平多少,东北多少,解放前与解放后比较,比较下来后就定下来。问我东北应该怎么办,因为过去粮食紧张,东北价钱比别的地方还高一点,国家还调集了粮食。"

为了吸引更多的粮食入城,陈云有意调高了沈阳市内的粮食价格,除此之外还在沈阳周边的农村大量购买粮食。办法是以城市里的食盐和布匹向农民交换粮食。解放军进城后,军管会每天都要调集 3000~5000 辆大车抢运粮食。即便如此,粮食的供应还是存在缺口,战争中支离破碎的铁路成为瓶颈。

余建亭回忆说:"接管沈阳时有一个高明的地方,就是我们这个接管的火车上带着修铁路的工人,一到了就可以修路,道路一通,物价就比较容易稳定了。"

铁路部门动员了大约 3000 人的队伍投入到铁路抢修中。那些每米重达 50 千克的钢轨,大多凭借人力运送,抢修队只用了 3 天就修通了从哈尔滨到沈阳的铁路。

11 月 5 日晚,沈阳市下了入冬以来的第一场雪。第二天一早,持续 3 天的封城和夜间戒严结束了。在这一天《东北日报》的头版,新华社记者对这座焕然一新的城市有这样一段描写:"晨光中迎来了装满煤、粮的列车，汽笛声响震长空。中央大街有成批青年唱歌而过，墙上红绿标语与白雪相映。"

韩华平对当时百业俱兴的场景记忆深刻："有的那个小店啊，如小饭馆、理发店啊，开始营业了。老百姓的生活又恢复了，和以前一样，那个摩电车也出来了，也就是解放军入城三天以后，摩电车就出来了。"

张德成也目睹了这一欣欣向荣的景象："卖小百货的，卖吃的，卖衣服的，卖菜的，比如烟酒糖茶、蔬菜、米面啊等日常用品，都有了，结果老百姓不惧怕了。"

根据当天的报道，到东北书店买书的市民有近千人。全市 11 家电影院开始放映纪录片《民主东北》，且免费招待市民观看。采购日用品的人群渐渐挤满了太原街小市场。对于沈阳城的市民来说，新的生活刚刚开始。

1948 年 11 月 28 日，陈云坐在他的书桌前，开始总结进入沈阳后的经验。在后来给中央的报告中，陈云写道：入城后首先恢复电力生产与供应；迅速解决市场及金融物价问题；收缴旧警察枪支，让他们徒手服务；迅速出版报纸，宣传党和政府的政策，稳定人心；妥善解决工资问题。

从进入沈阳开始，陈云和他的同事们在不到一个月的时间里完成了接收任务。作为东北的工商业中心，沈阳开始驶入新的轨道。

沈阳的接管，是中国共产党接管大城市的开始。在接下来的时间里，随着人民解放军的节节胜利，"军管会"的模式被迅速复制到其他解放城市。沈阳的接管，同时意味着东北战场上的较量以共产党的胜利而告终。

60万与80万的对决

1948 年 11 月，蒋介石在北平拍摄了一张照片。照片上的蒋介石面带微笑，但微笑中充满了苦涩，因为这时，他在东北战场上已是一败涂地，50多万军队在东北全军覆没。蒋介石在对人民解放军华东、中原野战军动向做了多种判断后，认为下一场决战将在中原打响，而这时留给他的时间已经不多了。

江苏徐州，地处中原南北要冲，两条贯穿东西、南北的铁路——陇海和津浦铁路，在这里交会而过。这里是进可问鼎中原、退可扼守江淮的咽喉。

在全国各个战场，蒋介石最看重的是徐州。他在这里设立徐州"剿总"司令部，投入了有徐州"剿总"总司令刘峙、副总司令杜聿明指挥下的 4个全机械化兵团和 6 个"绥靖区"部队，以 60 万大军屏障南京大门。加上以后从华中增援的黄维兵团等部，总兵力达 80 万人。其中，邱清泉兵团的第五军和黄维兵团的第十八军是南京政府仅存的两支精锐的主力部队。

这是国民党军兵力最多、战斗力最强的一个战略集团。

与此同时,中国共产党也集中了华东野战军 15 个步兵纵队、1 个特种兵纵队,中原野战军 7 个纵队,加上地方部队,共有 60 多万人。我军数量少于敌人,装备和交通运输条件更远不如对方。

济南战役后,国民党军统帅部对华东、中原两野战军走向做了多种判断,认为在陇海铁路以南联合发起新攻势的可能性比较大。因此决定:徐州"剿总"放弃郑州、开封、菏泽、临沂、海州,缩短战线;将郑州地区的第十六兵团东调,撤销第九"绥靖区",其所属第四十四军由连云港海运南撤;华中"剿总"的第十二兵团改归国防部指挥,由豫西南阳、泌阳东移至确山、驻马店,准备转用于徐州、蚌埠地区。

1948 年 11 月 4 日,蒋介石为了避免刘峙集团重蹈东北卫立煌集团全军覆没的覆辙,委派参谋总长顾祝同到徐州,研究作战方略。5 日,顾祝同、刘峙召集军事会议,确定采取"备战退守"的方针:一面向徐州、蚌埠间收缩兵力,准备应战;一面从徐州撤退物资和非战斗人员,以备在形势不利时全军南撤淮河以南。

11 月 6 日,蒋介石下达命令,确定"华东战场方面暂取战略守势",并调整部署:将海州第四十四军西撤至新安镇,并归黄百韬指挥;第七兵团由新安镇撤至运河以西地区;第三"绥靖区"由临城、枣庄向南退守韩庄、台儿庄地区;第十三兵团由陇海铁路碾庄圩、炮车南移至灵璧、泗县;第一"绥靖区"防守淮阴、扬州一线;第二兵团由商丘东移至砀山、永城;第四"绥靖区"由商丘、马牧集南移至固镇、蚌埠;第十六兵团由柳河移至蒙城。徐州"剿总"直接指挥的第一○七军守备窑湾南段运河,第七十二军加强徐州守备,第九十六、第六十六军防守蚌埠、五河、盱眙。第十二兵团由确山东进至阜阳、太和。蒋介石声称,徐淮会战是政权"存亡最大之关键"。

中共中央军委曾于 1948 年 7 月间提出"冬春夺取徐州"的设想。济南战役结束时，即 9 月 24 日，华东野战军代司令员兼代政治委员粟裕向中共中央军委建议乘胜进行淮海战役，攻取淮阴、淮安、宝应、高邮、海州、连云港之敌，为夺取徐州创造条件。第二天，中央军委和毛泽东主席复电同意华东野战军进行淮海战役，并于 10 月 11 日发出淮海战役作战方针的指示：战役第一阶段的重心是集中兵力歼灭黄百韬的第七兵团，完成中间突破；第二阶段攻歼海州、新浦、连云港等地之敌；第三阶段在淮阴、淮安方向作战。为了达到歼灭第七兵团的目的，应以一半以上兵力牵制、阻击可能由徐州东援的第二、第十三兵团。

由于预见到淮海战役的规模将越打越大，毛泽东立刻考虑到两大野战军并肩作战的问题。毛泽东在 10 月 11 日的电报中提出，正在徐州以西的豫东地区的孙元良三个师现将东进，望刘陈邓即速部署攻击郑徐线，牵制孙元良兵团。10 月 14 日，中央军委又指示中原野战军主力夺取郑州、开封，吸引徐州"剿总"分兵西顾；以一部兵力在平汉铁路以西、以南积极活动，牵制白崇禧集团，使之不能调兵东进徐州、蚌埠地区。

根据中央军委的指示，中原野战军在 10 月 22 日以突然动作攻克郑州，消灭国民党军队 1 万多人。当天，毛泽东又对中野下一步的行动提出了新的要求：以主力于邱、李两兵团大量东援之际，举行徐蚌作战，相机攻取宿县（今安徽省宿州市）、蚌埠，坚决彻底干净全部地破毁津浦路，使敌人交通断绝，陷刘峙全军于孤立地位。把淮海战役的战略目标扩大为力争包围并歼灭徐州"剿总"刘峙全军。

华东野战军做出部署：以 7 个纵队及特种兵纵队主力围歼新安镇地区的第七兵团；以 3 个纵队及 2 个独立旅歼灭位于邳县（今江苏省邳州市）地区的第十三兵团一部，阻击该兵团东援；以 3 个纵队直出徐州东北的台儿庄、贾汪，促使第三"绥靖区"部队起义，而后截断徐州以东陇海铁路，阻击徐州之敌东援。

中原野战军的部署是：以 4 个纵队并指挥华东野战军的 2 个纵队和冀鲁豫军区 2 个独立旅，首先消灭商丘地区的第四"绥靖区"部队，吸引第二兵团西顾，而后以主力在徐埠线作战，攻占宿县（今安徽省宿州市），截断津浦路。另以 2 个纵队及 1 个旅侧击、尾击由确山东进的第十二兵团，迟滞其前进。

小淮海变成了大淮海了。10 月 31 日，粟裕致电中央军委：此次战役规模很大，请陈军长、邓政委统一指挥。这个要求很快得到中央军委的批准。11 月 4 日，华东野战军下达淮海战役攻击命令。

就在蒋介石下达命令的 11 月 6 日晚上，华东野战军按预定计划向新安镇地区的黄百韬兵团发起进攻。淮海战役开始。

11 月 7 日晨，黄百韬的第七兵团自新安镇地区沿陇海铁路西撤。华东野战军立刻改变部署，展开猛烈追击、截击。11 月 8 日，第三"绥靖区"副司令官、中共地下党员何基沣、张克侠率第五十九军 2 个师、第七十七军一个半师共 2.3 万人，在贾汪、台儿庄起义，为人民解放军迅速截断黄百韬兵团的退路创造了有利条件。华东野战军第七、第十、第十三纵队迅速越过国民党军第三"绥靖区"的防地，于 10 日进抵徐州以东、大许家以西地区，控制了阻援阵地。

战至 11 月 11 日，华东野战军将黄百韬兵团合围于以碾庄圩为中心的狭小地区内。

碾庄圩是一个不足百户人家的小村子。华东野战军在这里包围了国民党军黄百韬兵团。

黄百韬，1900 年生于天津，原是军阀张宗昌的部下，后投靠蒋介石。作为一位杂牌军中的强将，黄百韬一直在努力向蒋介石证明着自己的价值。他经常说，能战则战，不能战则死。

黄百韬的对手是华东野战军副司令员粟裕。粟裕是人民解放军中一名骁勇善战的将军。解放战争初期，国民党 12 万大军进攻苏中，粟裕率 3 万将士迎敌，连打 7 仗，七战七捷，由此声名鹊起。正是粟裕，最先向中共中央提出了淮海战役的设想。

11 月 11 日，碾庄战斗正式打响，华东野战军发起猛攻。在第七兵团由空军掩护逐村顽抗的情况下，华东野战军各纵队从运动中仓促转入村落攻坚，由于准备不足，炮火未及时跟上，以致连续 3 天，攻击进展缓慢。

时任华东野战军第四纵队第十二师炮兵连长的陈英后来回忆说："到了一个地方，他（国民党军）占领这个方阵后，就拿那个机关枪打洞，然后立马把机枪架起来。他这个办法多得很，有好多东西是过去我们上课学习时也学不到的。"

由于连日来一直是急行军，很多辎重炮火没有到位。几天下来，猛冲猛打的解放军伤亡较大，粟裕曾打电话给四纵指挥员陶勇，询问部队的伤亡情况。陶勇不敢如实汇报，只是回答部队情绪高涨、勇猛顽强。粟裕立刻大声质问伤亡情况，陶勇只能承认，四纵伤亡已经超过 4000 人了。

国民党军也遭到巨大的伤亡。曾任国民党第七兵团连长的郭国威老人回忆说："他们一个小伙子拿来 3 根竹竿，有一排二三十个人护住一根竹竿，后面人上去，一直把竹竿竖到碉堡上，再引爆，那个碉堡就被炸坏了。那死人一堆一堆的。"

战斗到了最关键的时刻，国共双方的领袖争相给部队打气。蒋介石电告黄百韬，要坚持啊，要发扬最后 5 分钟的精神，坚守待援。另一边，毛泽东也特意来电强调，此次战役是南线空前的大战，不惜代价来取得战役的胜利。

11 月 15 日，粟裕重新调整战术，命令包围碾庄的各纵队采取近迫作业的方式，改急袭为强攻，华东野战军大挖交通壕，逐村逐堡向前推进。

11 月 19 日，粟裕下令，各个纵队发起总攻。九纵司令员聂凤智，16 岁参加红军，22 岁就成为红军团长，碾庄战役时他 35 岁，心高气傲。眼看九纵在石桥前受阻，他决定直接蹚过水渠，发动进攻。

就在水渠对面，国民党军的阵地上，每 4 米就有一挺机枪。九纵在整个碾庄战役中，伤亡最多。

国民党第七兵团的一个连长郭国威在混乱中逃出了包围圈，在路过碾庄外围的水沟时，他发现这里已经被尸体填满了。郭国威后来回忆说："碾庄那个外壕，都是三米深三米宽，都被死人填满了。"

后来无论是战后总结还是个人的回忆，都一致认为碾庄战况之惨烈，为淮海战役之最。

11 月 22 日，黄百韬率部突围，最终死在了尤家湖附近的一片芦苇塘边。关于黄百韬的死，一直有着不同版本。淮海战役碾庄战役纪念碑的碑文上刻的是黄百韬在突围时，被子弹击中而死；而当时国民党方面称，黄百韬是战败后自杀身亡的。

黄百韬兵团在碾庄被歼，淮海战役第一阶段结束。此时在淮海战场上，还有国民党的 3 个重兵集团，一个是徐州的邱、李、孙兵团，一个是从蚌埠北上的刘、李兵团，再一个就是从河南东进的黄维兵团。下一步怎么打、在哪里打，成为国共双方至关重要的选择。

当华东野战军主力正在围歼黄百韬兵团时，中原野战军主力一部于 11 月 7 日对国民党军第四"绥靖区"部队发起攻击。11 月 11 日晚开始了徐埠线作战。根据中央军委 11 月 9 日和 10 日的电令，中原野战军第三纵队在华东野战军第九纵队一部配合下，在 16 日攻占宿县。宿县是徐州至蚌埠间铁路线上的一个重镇，是徐州"剿总"的重要补给基地。攻克宿县，就一举切断徐蚌线，完成了对徐州的包围。

战场的形势发生了巨大的变化。11 月 14 日，毛泽东在为新华社所写的评论中指出："这样，就使我们原来预计的战争进程，大为缩短。原来预计，从一九四六年七月起，大约需要五年左右时间，便可能从根本上打倒国民党反动政府。现在看来，只需从现时起，再有一年左右的时间，就可能将国民党反动政府从根本上打倒了。"

11月16日，毛泽东为中央军委起草了关于成立中共淮海前线总前委的一封电报："此战胜利，不但长江以北局面大定，即全国局面亦可基本上解决。望从这个观点出发，统筹一切。"

电报说，由刘（伯承）、陈（毅）、邓（小平）、粟（裕）、谭（震林）五位同志组成一个总前委，可能时，开五人会议讨论重要问题，经常由刘、陈、邓三人为常委，临机处置一切，小平同志为总前委书记。

随着战局的日益复杂，黄维兵团这个庞然大物走进了中野的视线。黄维兵团是蒋介石的嫡系部队，其第十八军号称国民党军的王牌军，是五大主力之一，深为蒋介石倚重。1948年9月，原第十八军扩编为第十二兵团，包括第十、第十四、第十八、第八十五等4个军和1个快速纵队，共12万人。

黄维是第十二兵团中将司令，毕业于黄埔军校一期，曾留学德国，时年44岁。

黄维后来回忆说："他（蒋介石）就教训我了，非打不可了。那我们就死无葬身之地呀！非要去打仗不可，我这边没话讲啊，他是我的老师嘛，是校长嘛，我就听他的。"

还在11月7日，毛泽东曾预计淮海战役第二仗是打从河南赶来淮北的黄维兵团。但一切作战都将依战场实际情况而定。从11月16日至18日，战场上的情况是：围歼黄百韬兵团的战斗正在紧张地进行，由徐州东援的邱清泉、李弥两兵团被阻于林佟山、东贺村一线，刘汝明、李延年两兵团位于蚌埠地区，黄维兵团正由阜阳沙河以西东进。毛泽东同刘伯承、陈毅、邓小平和粟裕经过磋商预定：在歼灭黄百韬兵团后，就势转兵歼灭邱、李兵团，将它打得不能动弹，或以华东野战军一部南下协同中原野战军打黄维兵团。11 月 19 日，黄百韬兵团仍未被歼灭，而黄维兵团已进抵蒙城地区。在这种情况下，刘伯承、陈毅、邓小平于当日致电中央军委，提出："我们决心先打黄维。"毛泽东当即复电同意。11 月 23 日，刘伯承、陈毅、邓小平又向中央军委报告：李延年、刘汝明两兵团迟迟不进，黄维兵团远道疲劳，孤军冒进，态势突出，"歼击黄维时机甚好"。第二天，毛泽东复电：（一）完全同意先打黄维；（二）望粟、陈、张遵刘、陈、邓部署，派必要兵力参加打黄维；（三）情况紧急时机，一切由刘、陈、邓临机处置，不要请示。

此时的中原野战军没有重武器，实际兵力只有 15 万人，装备很差。在动员大会上，邓小平提出拼老命的口号，他说即使把中野打光了，只要各路解放军能夺取全国胜利，这个代价是值得的。

11 月 25 日，中原野战军将黄维兵团包围在皖北平原一个叫双堆集的村庄周围，一个东西长 1.5 千米、南北长 2.5 千米的区域。当国民党第十二兵团被中野 7 个纵队合围时，兵团司令黄维并没有感到丝毫恐慌，他认为凭借自己的战斗力，支撑到李延年兵团北上增援不成问题。

《淮海战役史》的作者傅继俊说："黄维说他那 12 万人就放在那个地方，让中原野战军去打，一个月都打不下来。他说他是美式装备，摩托化，他的部队都是坐汽车过来的，这个他很自信。"

黄维先是集中 4 个主力师向东南方向突围，被中野击退后，随即重新调整部署，以村落为基点，用坦克、汽车及大量器材构筑了大量掩体，形成环形防御阵地，转入固守。

11 月 27 日清晨，中野部队对黄维兵团发起猛烈攻击。刘、邓等人的估计相当乐观，在给中央军委的电报中说，全部战斗迟至明日可以解决，然而这种乐观的估计很快被残酷的现实打破。

对于擅长运动战的中野部队来说，大规模平原村落攻坚战是陌生的。以修筑工事闻名的国民党军队第十二兵团在双堆集构筑了大量暗堡壕沟，把所有火力点藏在地下，暴露在地面上的中野进攻部队随即成了活靶子。

此后，中野也开始大挖战壕，双堆集战斗进入了痛苦而漫长的相持阶段。

此时，淮海战役的整个战局也出现了新的变化。

在黄百韬兵团被歼、黄维兵团被围之后，徐州已经成了一座孤城。为了挽救中原危局，蒋介石忍痛放弃了这个军事重镇。在"剿总"副司令杜聿明的带领下，徐州3个兵团的30万人马，弃城而去。

杜聿明集团撤出徐州，是蒋介石在中原的最后一步棋了。他还想倚仗这30万精锐，解救被围困的黄维兵团。

但杜聿明和蒋介石的盘算并不一样。蒋介石要杜聿明去救黄维，而杜聿明是想首先保存手上的3个兵团。因此他的原则是，必须先跑出共产党军队的包围圈，看情况再救黄维。不管两个人的心思是否一致，杜聿明的西撤使华东野战军陷入了极大的被动。

12月2日，华东野战军代司令员粟裕发现杜聿明集团西撤之后，命令部队急行军6个多小时进入徐州。此时，国民党30万大军已经撤走一天了。这一天的工夫足以让杜聿明的机械化兵团逃出险境，即使解放军腿脚再快也难以追上。粟裕一边下令全部纵队投入追击，一边紧张地思考着对策。在这段时间，他曾经七天七夜没有睡觉，以致美尼尔氏综合征发作，留下终身病痛。

曾任粟裕机要秘书的鞠开回忆说："他头的这个地方不能摸，摸了以后每根头发就像钢针扎着头皮。有一次我看到他抓着一把雪搓着头皮，减轻这个疼痛。还有一个办法就是把脸贴在玻璃上。因为那是冬天，大雪纷飞的冬天，把脸贴到玻璃上，这样凉，舒服一些。"

尽管从徐州撤离时，杜聿明部队的秩序非常混乱，但下午杜聿明还是带着部队到达了孟集附近。第二兵团的邱清泉在突破位于萧县的瓦子口之后，兴奋地说："海阔天空任我高飞。"他乐观地认为他的兵团已经脱离险境了。

第二天，杜聿明接到蒋介石空投给他的信，信中说：弟部本日仍向永城前进，坐视黄兵团消灭，将会使我们亡国亡种，望弟转向南攻击前进。

杜聿明集团只好掉头向南，恰好被从东南方向平行追击的华东野战军迎头兜上。12月4日，杜聿明的30万人马，被团团包围在永城附近的陈官庄。12月6日，各兵团司令意识到大势已去，相约分头突围，然而在关键时刻，邱清泉又改变了主意，杜聿明也无可奈何。当晚，孙元良兵团独自突围，稀里糊涂就全军覆没了。

这时在淮海战场上，形成了两个大包围圈，被包围的一个是双堆集的黄维兵团，一个是与其相距只有60千米的杜聿明集团。在中原野战军指挥部作战室里，刘伯承顺手把口杯、砚台和电文纸摆成三堆，跟部下讲，军委电令我们，吃掉黄维兵团，围住杜聿明集团，阻住北上的李延年兵团。这叫吃一个，夹一个，看一个。要保证夹着的掉不了，看着的跑不了，就必须先解决黄维兵团。

在双堆集战斗的最初几天里，中野的攻击收效甚微，伤亡却相当惨重。随后，粟裕根据战场形势，先后派了华东野战军5个纵队，协助中野解决战斗。

12月5日，两大野战军协同发起总攻，黄维兵团的阵地不断缩小。4天后，黄维兵团的南侧防线被挤压到距双堆集核心阵地不远的大王庄。在这里，国共双方的军队展开了一场惨烈的拉锯战。

原中野第六纵第十六旅营教导员左三星回忆说："为什么血战大王庄呢？如果把大王庄占领了，炸双堆集，就比较容易了。"

率先攻进大王庄的是华东野战军第七纵队第五十九团，但是在刚刚占领阵地后，七纵就被国民党军第十八军反扑出去。由于伤亡过大，七纵提出请兄弟部队中野六纵派兵支援。兵力已用到极限的中野六纵，这时只剩下作为预备队的第四十六团，这也是六纵司令王近山最钟爱的一支精锐部队。

左三星回忆说："这是在没有办法的时候提出来的，请求我们用战斗预备队。你看看，这句话，对华东野战军七纵来说是最不愿意说的话，他们却说出来了。我们两个野战军在一起呀，互相之间，都有这个竞争，谁也不想落后，要比赛。"

由中野六纵精兵强将组成的四十六团，向大王庄发起了新一轮冲锋。沿着事先挖好的战壕，四十六团一举攻进了大王庄，却遭到猛烈反击。守军是国民党军第十八军第一一八师第三十三团，抗日战争中声名显赫的老虎团。黄维把三十三团放在大王庄，是希望这只老虎能守住双堆集的最后一道屏障。

原国民党第十八军老虎团营长廖明哲回忆说："我们一下冲上去，将庄子拿下来，解放军又冲回来夺走。大王庄白天在我们手上，晚上就到了解放军手上。"

左三星回忆说："敌人向我们反冲击，他们就是不退，我们就是打不过去。"

一天的持续冲锋之后，中野六纵占领了大王庄南面三分之二的村落，这时，老虎团的炮兵从村北发起了毁灭性的攻击。

左三星回忆说："三四十发野战炮，哗的一下落下来了，我就不省人事了。大概有一分钟吧，通信员叫我说，教导员，教导员，我醒来一看啊，我们的人倒得差不多了。就在这时，哗，又来一排（炮弹），把我的通信员也打死了。"

60万与80万的对决

廖明哲回忆道："这么来来去去，大王庄丢了拿回来，丢了又拿回来，先后有 5 次。没有兵补偿，输送来的兵，根本就没拿过步枪，那都是四川人，他们说拿枪是没干过的，都是挑扁担的。临时告诉他们怎样拿枪，搞两下，他们仍然打不好。"

对于已经拼尽全力的国共双方的军队来说，谁能多坚持一秒，谁就能赢得胜利。老虎团的步兵打光了，汽车兵、勤务兵、伙夫、马夫也操刀上阵，又发起了多次冲锋。

33 个小时后，老虎团的最后一击被粉碎。华东野战军 150 多人的纵队警卫连也只剩下 17 个人了。

12 月 12 日，刘伯承、陈毅发出《促黄维立即投降书》，规劝黄维不要再做绝望的抵抗，立即放下武器投降。同时将华东野战军第三、第十三纵队加入南集团，并改由华东野战军参谋长陈士榘指挥，以鲁中南纵队为预备队，准备以南集团为主，结合东、西两集团直捣双堆集核心阵地。黄维拒绝投降，仍图作最后抵抗，以待援兵。12 月 13 日，人民解放军各攻击集团发起攻击。15 日下午，各集团向黄维兵团发起全面总攻。当天黄昏，早已弹尽粮绝的黄维兵团，终于溃散。

兵团司令官黄维，副司令官胡琏、吴少舟等人，各自乘坐坦克，分路突围。

黄维回忆说："我跟我们大部队乘车跑的。跑不动了，我没法子了，到处都是解放军，把我抓起来，就做了俘虏了。"

《淮海战役史》作者傅继俊说："后来我采访他（黄维）的时候，他说这是天意，说他跑了半夜，跑了四十里路，结果还是做了俘虏。实际上哪有四十里路，从那小马庄到这个地方，车抛锚了，跑了也就最多两平方千米的地方。他在这一带乱转，转不出去，夜里边看不清。一直到最后，他也不知道这个地方叫黄沟。这是老百姓的说法吧，黄维翻到了黄沟里，这是正常的。"

黄维被抓的时候，兵团副司令吴少舟坐着坦克走了一段后，感觉逃跑无望，思来想去，决定投诚。他下车坐等解放军来抓，还心急地派警卫员四处寻找，甚至抱怨说，怎么还没有解放军来收拢。

第十二兵团3位主官中，只有胡琏身负重伤，却侥幸地成功逃脱，后辗转至南京。

黄维兵团被歼灭之后，第六、第八兵团仓皇撤回淮河以南。第一"绥靖区"部队也在12月9日放弃淮阴、淮安南撤。杜聿明集团处于外无救兵、内缺粮弹的绝境。加之又遭遇暴风雪，风雪中等待着杜聿明集团的，只能是被歼灭的命运了。

12月19日，杜聿明接到了蒋介石的命令，集中力量实行突围。就在他准备破坏重武器、向外突围的这个夜晚，突降大雪。

时任国民党第五军第九十六师第二八七团营长的朱英回忆说："重武器销毁了以后，带着冲锋枪等轻武器，按那指定路线突围。可是很不巧，当天晚上下雪了。下大雪，所以这个计划路线也不能走了，我们的车辆这个时候也不能动了。"

谁也没有想到，这场雪一下就是10天。陈官庄30多万国民党军将士，完全靠空军补给。罕见的大雪使得他们衣食无着，陷入饥寒交迫的境地。

朱英说："粮草没有，马也没得吃，人也没得吃的，非常艰苦。也没有房子，又下雪，我们挖个坑，在里面整整待了40天。一个人再怎么坚强，在这种状况下待40天吃也吃不饱，你想想这个状况多么惨。"

为保证30多万将士的供给，蒋介石出动了两个空运大队，昼夜不停地空运。由于包围圈日益缩小，很多飞机又怕遭到射击，不敢飞低进行空投。每天投下来的粮食有三分之二落在解放军阵地。

原国民党军第二兵团第五军副团长蓝洪安回忆说："后来，人没有吃的，马也没有吃的，空投就变成了你抢我夺。空投的物品还有掉到解放军里头去了。我们这里掉一点就用枪打，自己人打自己人。"

由于村里没有了柴火，杜聿明要求把空投大米改成空投大饼和饼干，一时间南京全城动员，各界动手做大饼。

朱英说："大饼掉下来，掉在地上，大家都去捡大饼吃。那个大饼掉下来砸到脑袋上，直接砸进头里面去。大饼砸死人的事你可能没听过。"

1949 年 1 月 6 日，华东野战军发起陈官庄战役，对杜聿明集团发起全线总攻。战至 10 日，战役终于到了尾声。解放军的强大炮火，几天之内就摧毁了陈官庄防线。望着满天炮火，第十三兵团司令李弥伤感地说："逃走的时候到了，我早知道会有这一天。"邱清泉则喝得酩酊大醉，自言自语地说："真正崩溃了就让它崩溃好了。"

关于邱清泉的死，流传着多种说法。他在台湾的部下坚持说他是自杀，但另一种说法是他毙命于乱枪之中。

包围圈里，几十万国民党士兵大多成了俘虏。战场混乱多日，一直没有杜聿明的消息。事实上杜聿明就混在被抓的大批俘虏中。最终，他承认了自己的身份。

随着杜聿明的被俘，淮海战役结束。至此，在以徐州为中心，地跨江苏、山东、河南、安徽 4 省的广大战场上，有 80 万国民党军队、60 万共产党军队，以及 500 多万民众投入的这场规模罕见的大决战，经过两个多月的艰苦鏖战，共产党最终取得完胜，基本上解放了华中全境，使东北、华北和华中地区的解放区连成一片。

看不见的战线

　　特工，被人称为世界上第二种最古老的职业。特工人员带给我们的是一部部惊心动魄的传奇、一幕幕绝处逢生的盛宴、一个个也许永远解不开的谜。中国共产党以弱胜强，能打败国民党，情报工作厥功至伟。在1949年的战场上，隐蔽战线上的较量也在惊心动魄地"上演"。

　　1948年11月，辽沈战役以国民党军队的失败而告终，47万国民党军在东北被全部歼灭。新的决战开始在平津和中原一带展开。

　　对于中原决战，蒋介石收到了国民政府国防部作战厅报送的两个守江必守淮的方案：一是放弃陇海路上的据点，将兵力收缩至徐州到蚌埠间的津浦路两边；第二个是放弃徐州，让大军退守淮河南岸。但他始终没有下定决心，到底要不要放弃徐州。蒋介石觉得两军尚未交战，便自动放弃徐州未免自轻于人，于是一直拖到11月5日才最后下达命令，将陇海路兵力，撤至徐蚌之间做攻势防御。这就是国民党的"徐蚌会战"计划。当这份计划被送至东北指挥撤退的杜聿明手上时，他感到又气又恼，说，想不到国防部的高参，竟搞出这么一个出奇古怪的方案。

《淮海战役史》作者傅继俊说："方案是什么呢，就是说放弃陇海路沿线的部队，撤退到徐州以南到安徽的蚌埠这一带，摆成一字长蛇阵。你是去守淮河的，怎么弄个在津浦线两边摆长蛇阵呢？没有这么布阵的！就是这个计划。即使按照这个计划来打，也不至于打成后来的样子。蒋介石他一会儿这样一会儿那样，当时有人讲，举棋不定，亡国执政。"

制订这一作战计划的人，是国民党国防部作战厅厅长郭汝瑰。这一计划一做出，他便通过关系将其传递给了中共。

傅继俊说："他（郭汝瑰）说他是地下党，他通过上海跟董必武先生有联系。'徐蚌会战'计划是他制订的，制订好之后他把这个副本通过关系转到上海，交给了董必武。这是他说的。但我们除这个信息之外，又看到了其他的信息，我估计呢，这不是没有可能。"

郭汝瑰毕业于黄埔五期，1929 年秘密加入共产党。他头脑机敏，为人活络，在国民党内部左右逢源，既是陈诚派铁杆分子，与其他派系的关系也不错。他军事功底扎实，长期在国防部高层任职，受到蒋介石的赏识，可以经常到蒋介石官邸汇报。1945 年，郭汝瑰与共产党恢复了联系，开始通过特殊渠道向共产党传递情报。不过，在国民党内他也不可避免地受到了怀疑。

有一次，杜聿明到郭汝瑰家里做客，他注意到郭汝瑰家里的沙发上打着补丁。杜聿明就琢磨，自己是国民党内著名的清廉之人，这个郭汝瑰却比自己还要清廉，如此艰苦朴素，不大像国民党的人，由此杜聿明开始怀疑郭汝瑰。

傅继俊说："我采访杜聿明的时候，杜聿明就说，'这个郭小鬼'，因为郭汝瑰个子不高，杜聿明就叫他郭小鬼，'我就怀疑他是共产党，所以什么事我都不能给他讲'，他就怀疑郭汝瑰跟共产党有联系。"

1949 年, 郭汝瑰在四川率部起义。新中国成立后, 他在解放军南京军事学院任教员。

杜聿明等国民党将领, 后来一直与郭汝瑰保持着良好的关系。杜聿明生命弥留之际, 郭汝瑰去看他, 他拉着郭汝瑰的手问: "小鬼, 你当年是不是为共产党做事?" 郭汝瑰回答说: "光亭兄, 我们只是见解不同。"

郭汝瑰是共产党在国民党高层安排的秘密人员, 而在国民党的下层, 同样活跃着许多中共党员。

藏身闹市中的原国民党徐州"剿总"指挥部旧址, 新中国成立后, 成为部队的家属大院。几十年的天翻地覆, 让这个曾经的军事重地面目全非, 只剩下一座残破的大礼堂, 依稀还透出当年的肃杀之气。然而至今还有一个人, 仅凭着记忆便能画出徐州"剿总"指挥部的所有细节, 大到每一个岗哨, 小到墙上的一面挂钟, 他都能清楚地在地图上标出方位。

原国民党徐州"剿总"军务处文书的钱树岩回忆说: "这里东门和西门都有人站岗, 大门一道岗, 里面两道岗, 这里面共三道岗。"

钱树岩, 原来是徐州"剿总"的一名文书, 同时也是潜伏在敌人心脏内的中共地下党员, 代号"林山"。

1945 年年底, 国民党在徐州大肆抓捕亲共分子, 税务局小职员钱树岩, 被误抓进了监狱, 和一名中共地下党员关在一起。等当局搞清楚他的身份, 放他出狱时, 钱树岩倒成了真正的共产党员。几个月后, 徐州"绥靖"公署公开向社会招考文书人员, 凭着一手漂亮文字, 钱树岩成为这次考试中唯一被录取的人。从此他以军务处文书的身份, 开始了三年的卧底生涯。

钱树岩说: "旧社会都是这样的: 一、你的字得写得漂亮; 二、你得会唱戏; 三、你得会打麻将, 你得联络, 在一起打麻将能联络感情。这一片当时都是军官宿舍, 一排一排的军官宿舍。当年他们刚来到徐州, 所以没有家, 都是住宿舍。我是外伙人员, 回家吃饭。他们吃食堂。开饭号一吹, 这些军官士兵都去吃了，办公室空空荡荡的就我一个人。这就是我的天下了，于是我就这儿看看、那儿看看，搜集材料。在这时候有人喊我，说钱树岩，我这个心突突得要跳出来。是勤务兵来送开水的，把我吓死了。这是我当时地下工作的一个心态，草木皆兵啊。"

军务处文书的身份，让钱树岩有机会接触到大量的机密文件。在卧底的几年间，他向党组织传送了许多有价值的情报。

钱树岩说："国民党的文件分为四级，密件、极密件、绝密件，还有一个绝对机密件。这个绝对机密件，任何人都不能看。就是在 1949 年的夏天，我们的军务处长，把这个绝对机密件拿到我面前叫我给他抄出来。我一看这材料非常机密，涉及国民党正面部队的整个部署。这是给谁的呢，给陆军总司令的。"

为了得到这份密件，钱树岩在下班后悄悄摸回了办公室。他回忆了当时秘密获取材料时的惊心动魄的场景："我赶紧把材料装在口袋里头，回头一想不行，处长晚上来了之后，找不着文件那不得了，那全军都得戒严啊，到时候不仅文件发不出去，还可能暴露我的身份。于是我又将材料放回那个桌子上了。果然在 8 点多钟时，处长来了，我幸亏没有把这个带走。"

处长走后，钱树岩再次来到办公室，把材料带回了家。他回忆说："回家之后我抄到半夜，也不敢睡觉，那要耽误了事情怎么办？天明我就又将材料送回去了。"

由于这份情报极其重要，钱树岩得到了中央军委的表扬。这封表扬信就写在了一张钞票上。

事实上，潜伏在徐州"剿总"内的中共地下党员并不是只有钱树岩一个，出于安全考虑，他们从不相互联络。顾柏衡是当时"剿总"司令部警卫队队长，负责保卫"剿总"司令刘峙等高级军官的安全。与钱树岩不同，起初他并不愿意介入政治，但是目睹白色恐怖后，他改变了主意。

顾柏衡回忆说："其实我对政治根本就不感兴趣。当时我听到消息，说共产党被国民党活埋了 200 个人，我在徐州'剿总'南边发现，狗在抢尸首，都是被活埋的，五六百米外我就闻到那味道了。这给我敲了一下警钟，这个国民党太没有人性了。于是我就参加了共产党，当时上级马上派来两个人，打入到我这个部队里来了。"

顾柏衡的主要任务就是掩护这两名地下党员的工作。淮海战役期间，他曾险些暴露身份。

顾柏衡回忆说："有一次很有意思，我正在收听共产党内部的广播，刘峙来了。那时黄百韬正是要垮台的时候，他说国民党要派飞机来支援黄百韬，他就问，你看明天下雨不下。我哪晓得他意图啊，担心下雨了以后飞机不能去了，就说恐怕不下雨。他说看样子真的不会下雨啊，就走了。这边正听的是共产党的广播。他没有进来，就在门口。当然后来我把广播关掉了。"

1948 年 12 月 1 日，徐州解放。顾柏衡奉华东野战军司令部命令，随国民党军撤出徐州，以后在淮海战役最后阶段立下大功。钱树岩则留在城内，新中国成立后回到了税务系统。

说到情报战就不能不提到无线电侦听和破译。当年在华东野战军部队，有一支特别出色的侦听部队，叫作华东野战军四中队。华东野战军代司令员粟裕评价他们说："他们就是我的耳朵。"整个淮海战役期间，这支中队截获和破译的电报，加起来比整个华东野战军发的电报都要多。

1948 年 11 月，碾庄大战，国民党空军通信科长曾带着一部陆空通信电台，空降碾庄，以使空军与地面部队配合更加紧密。国民党第七兵团司令黄百韬为此大受鼓舞，但他不知道的是此时他的一举一动，都已经在华东野战军四中队的掌握之中。在血腥战场的背后，情报战也进入了白热化阶段。

原华东野战军司令部作战科作战股长秦叔瑾回忆说："对敌人作战时，我们每天收到这么厚的敌人的电报，我们自己发电报没有多少，就敌人每天这么多。"

还有一位名叫徐充的，1945 年，加入华东野战军四中队，任华东野战军司令部调查研究室股长。他在侦听这个行当里干了一辈子，是一名资深的谍报专家。

徐充回忆说："我当时是上海的一名学生，中学生在当年算是个小知识分子了吧。领导找我谈话，说我们做这个是保密的，跟什么人都不能讲啊，跟我老婆也不能讲。我当年还没有结婚呢，熟悉的人都不联系了，大家都不知道我到哪儿去了。我那时是搞破译的，因为那个时候就只有两种，一个是无线电接收，一个是无线电密码破译，我是学破译的。黄百韬被围后，并不慌乱，虽然电话线被切断，他仍然通过无线电指挥各军做好防御。为了及时截获这些情报，四中队的侦听和破译人员也进入了最为紧张的时刻。一个人要做多少工作呢，这边耳朵听，那边手在抄，同时还要调那个电台。大家紧张到什么程度，大小便都没时间啊，我们一个同志，正在抄，要小便，因没时间最后尿在裤子上。我们可以通过声音的高低频率，判断是谁的声音，很厉害。通过敌方电台声音的粗细高低来判断，如这是杜聿明，这是黄百韬。"

11 月 20 日，碾庄之战到了最后阶段，徐充和他的战友们几乎听到了黄百韬死前的所有往来电台。他听到绝望的黄百韬，在无线电中用明语向南京呼救。徐充回忆说："黄百韬被我们打得紧，接着也没有办法讲话了。'老兄、老兄帮我一把'，那个明码就出来了。有时是叫老头子，给蒋介石，直接通报。你听声音怎么样，听他发急了，好，动摇了，赶快攻。"

淮海战役的第二阶段，四中队破译了黄维第十二兵团的关键密码，这让他们能够轻松地接收对手的所有电报。徐充回忆说："黄维的密码叫7729，我现在还记得，加密的，就是密本上的密本。这个发的密本，又叫密码，再加明码，被我们破译了。我们破译了这个后，其他百分之九十九点几的电报我们都破译了。蒋介石后来也警惕了，做了调整，我们还是破译了。"

尽管四中队在淮海战役中起到了不可估量的作用，但是很少受到公开表彰，他们中的很多人，一辈子都是默默无闻的。

秦叔瑾回忆说："四中队这些人，真正是无名英雄。他们搞好这个，对战场帮助极大。但只有我们做破译工作的人才知道有这么多情况。"

徐充说："首长给我们总结了两句话，做我们这个工作叫'无名英雄靠党性，无线战线靠科学'。有些人，党分工你不能追求名声，你就一点名也没有，你那个工作就是无名工作。所以党分工我们是做无名工作的，工作中有特殊贡献时也是不能公开表扬的。"

淮海战役激战正酣的时候，平津战役也在紧锣密鼓地进行着。和淮海战役一样，平津一带的隐蔽战线上，也有无数中共地下党员活跃的身影。

在平津战役中，华北国民党军队的最高领导是傅作义，他手握60万军队，坐镇北平。掌握了傅作义的思想动向，就等于掌握了整个华北地区的军事动态。在他的身边，也早已潜伏着中共地下党员。与他最为接近的，是他的秘书阎又文。

1938年，进步青年阎又文怀揣着抗日救亡的梦想，奔赴延安，没想到却接受了一个意外的任务。

阎又文的女儿阎颐兰回忆说："当时我父亲到西安之后因为战事滞留在了西安，刚好傅作义部队招人，而负责招人的是我父亲的同学。他了解到部队的前进路线，跟着部队走必经延安。为了更快更顺利地到达延安，我父亲就加入部队跟着一起走。到延安之后，他找到了邢西萍，但邢西萍告诉他让他继续跟着傅作义部队走，先待在那儿，以后总有大用处。"

1939 年，傅作义开始清除自己部队里的共产党员，阎又文自此与党组织失去了联系。

1946 年，国民党发动全面内战。傅作义被蒋介石任命为华北"剿总"总司令。此时，共产党急需获取傅作义部队的军事情报。于是，中共中央社会部边区保安处派王玉设法寻找到了阎又文。此时，阎又文是傅作义的随身机要秘书，深得傅作义的赏识和信任。傅作义主持的军事、政治会议，都由阎又文负责记录，傅作义的重要电报、文件及讲稿都由阎又文起草。和组织恢复联系后，阎又文把傅作义的军事实力、作战计划、师以上将领的情况向组织做了详细的报告。

1948 年 10 月，辽沈战役胜局已定，中共中央开始着手解决华北问题。针对傅作义，党中央决定制定新的战略，这时又到了起用阎又文的时候。中央社会部部长李克农派王玉再次潜入北平，限其两个星期内拿到傅作义的作战计划，最迟不能超过 3 个星期。

随着战争形势的日益吃紧，北平的城防更加严密。王玉还没到达城门，就在黄村国民党的第一道封锁线被扣住了。后来，还是阎又文帮他解了围。

李力回忆说："仅仅一个多星期后，王玉就从北平回到了东黄泥村，带回了傅作义的详细作战计划。随后，在和谈期间，阎又文不断向党组织提供情报，包括《北平城防方案》《北平城垣作战计划》及详细地图和军事实力、将领概况、傅蒋矛盾等情报。到了后期，阎又文几乎每日提供一份书面报告，将傅作义的思想动向、矛盾心理和具体表现通过王玉用电台向中央汇报。"

平津战役后来被视为中共情报工作的巅峰之作。根据平津战役纪念馆的统计，当时北平地下党有 3000 人之众，外围人员超过 5000 人。平津战事未开，地下党员已经形成一条巨大的地下暗河，渗透到傅作义集团的每一个角落，其中甚至包括傅作义的女儿傅冬菊。在北平和谈期间，中国共产党派出的第一个联系人就是傅冬菊。

傅冬菊回忆说："不知道谁跟我父亲说了，说我是共产党员，他大吃一惊，可我爸爸一直到死也没有问过我是否是共产党。"

一对父女竟有如此迥然不同的身份，反映出历史的潮流急变。

1949年1月31日，东北野战军第四纵队的先头部队，列着整齐的队伍，意气风发地开进西直门，古都北平宣告和平解放。2月22日，傅作义带着阎又文一起到西柏坡拜会毛泽东。

中华人民共和国成立后，阎又文曾任绥远军区政治部副主任、水利部农田水利局副局长、农业部粮油生产局局长。但他的身份一直未公开，连他的妻子、女儿也一直被蒙在鼓里，直到1993年才得以揭开。中央调查部后来的部长罗青长于1997年7月10日专门在《北京日报》发表《丹心一片照后人——怀念战友阎又文同志》，公开了阎又文做地下工作的情况。

2009年，在北平和平解放60周年的时候，北京市档案馆展出的"北平和平解放史料展"中，真实版"潜伏"主角——阎又文，与刘厚同、何思源、傅冬菊三人并列为北平和平解放的功臣，他们的肖像被置于显著位置。而在此前的历届展览中都没有阎又文这个名字。

风雨钟山

1949 年 2 月，经过辽沈、淮海、平津三大战役，国民党 354 万人的精锐部队被歼灭，所剩兵力仅有 204 万人，而人民解放军已经发展到 400 万人。东北全境、华北大部和长江中下游以北的广大地区已经解放，各解放区连成一片，面积达 261 万平方千米。解放军的战线已经推进到长江北岸，离国民党政府的心脏南京近在咫尺。

1949 年春天，长江两岸，对弈的国共双方军队已经就位。江北是解放军的第二（原中原）、第三（原华东）野战军和第四（原东北）野战军一部，江南是国民党汤恩伯、白崇禧两大军事集团。双方兵力分别为 100 万人和 70 万人，在数千年中国军事史上，这个数字空前绝后。

这时的国民政府四分五裂：代总统李宗仁在南京，行政院在广州，国防部在上海，蒋介石在溪口幕后操控。一时间，国民党要员在各地飞来飞去，疲于奔命。

时任李宗仁秘书、后来担任全国人大常委会原副委员长的程思远对李宗仁及国民政府那段时间的境况深有体会："李宗仁那个时候的处境非常尴尬,既没有军费来维持军队,也没有弹药来补充军队,蒋介石同他是不合作的。"

李宗仁手里没钱,也没兵,他哀叹自己"一文不名"。

这时蒋介石已经在溪口老家度过了两个多月貌似安闲的日子。1949年1月27日,在蒋介石"引退"的第八天,蒋经国在日记中这样写道:父亲一生最喜过平淡生活,但共产党在军事上和政治上双管齐下,向我政府步步进逼⋯⋯盖以此次下野,得返溪口故乡,重享家园天伦之乐,足为平生快事,而在战尘弥漫之中,更觉难得。

蒋介石看似闲云野鹤,实际上还掌控着国民政府的军政大权。他的计划是,利用和谈争取3~6个月的时间,在江南重新扩充训练250万新兵,重整已经被解放军打散的国民党部队,伺机再战。

而做到这一切的前提是要守住长江防线。

蒋介石将京沪警备司令部扩大为京沪杭警备司令部,任命汤恩伯为总司令,统一指挥江苏、浙江、安徽3省和江西省东部的军事,会同华中"剿匪"总司令部(4月改称"华中军政长官公署")总司令白崇禧指挥的部队组织长江防御。到1949年4月,国民党在宜昌至上海间1800余千米的长江沿线上,共部署了115个师约70万人的兵力。其中,汤恩伯集团75个师约45万人,布防于江西省湖口至上海间800余千米地段上;白崇禧集团40个师约25万人,布防于湖口至宜昌间近1000千米地段上。同时,以海军海防第二舰队和江防舰队一部计有军舰26艘、炮艇56艘分驻于安庆、芜湖、镇江、上海等地的长江江面,江防舰队主力舰艇40余艘分驻于宜昌、汉口、九江等地江面,沿江巡逻;空军4个大队计有飞机300多架分置于武汉、南京、上海等地,支援陆军作战。此外,美、英等国也各有军舰停泊于上海吴淞口外海面,威胁或伺机阻挠人民解放军渡江。美国将军魏德迈这样说，如果有决心的话，国民党用扫帚把儿都能守住长江。

长江，是中国第一大江，自西向东横贯大陆中部，历来被兵家视为天堑。下游江面宽 2~10 千米，水位在每年 4—5 月开始上涨。特别是在 5 月汛期，长江江面不仅水位猛涨，而且风大浪高，影响航渡。沿江广阔地域为水网、稻田地，河流湖泊较多，不利于大兵团作战。

这时，长江对岸的解放军也在加紧备战。

1949 年 2 月至 3 月，中共中央军委依据向长江以南进军的既定方针，命令人民解放军第二、第三野战军和中原、华东军区部队共约 100 万人，统归由第二野战军司令员刘伯承、政治委员邓小平和第三野战军司令员陈毅、副司令员粟裕、副政治委员谭震林组成的总前委（邓小平为书记）指挥，准备在 5 月汛期到来之前，由安庆、芜湖、南京、江阴之线发起渡江作战，歼灭汤恩伯集团，夺取国民党政府的政治经济中心南京、上海以及江苏、安徽、浙江等广大地区，并随时准备对付帝国主义可能的武装干涉。同时决定，第四野战军以第十二兵团部率第四十、第四十三军约 12 万人组成先遣兵团，由平津地区南下，归第二野战军指挥，攻取信阳，威胁武汉，会同中原军区部队牵制白崇禧集团，策应第二、第三野战军渡江作战。

参加渡江作战的人民解放军各部队，于 3 月至 4 月初，先后进抵长江北岸，开展战役的各项准备工作。冰凉的江水里出现了游泳的解放军战士，他们大多是山东兵。

时任第三野战军第三十六军第一〇三师第三〇九团三营七连指导员的曹纪德亲历了这场备战："我们山东都是丘陵地带，没有这么多的水、这么大的河，所以我们当时看见水就害怕。"

张震时任解放军第三野战军参谋长，他清楚记得当时的场景："各个中队先派一名训练水手，山东兵不会水，所以有的学游泳，有的学划船。"

时任华东军区警卫旅警卫员的铁瑛老人回忆说："第一个是部队学

游泳,过长江要会游水,到南方,江南水乡水多,要学会游泳;第二个就是进行军事训练,准备打仗。"

进入 3 月后,南京政府下令封江,过往船只受到严格控制,长江南岸的大小船只全被赶到内河停靠,北岸的船基本上全部被调到南岸。

时任第二十七军第八十师侦察队排长的曹兴德回忆了当时的严峻形势:"没有船,封江了。"

100 多万名解放军战士渡江所需要的船,只能从内河、湖泊的渔民那里征用。船是渔民的生活依托,要连人带船地征用渔民和他们的渔船,谈何容易。

时任解放军第二野战军第十五军第四十四师师长兼政委的向守志参与了这场渡江备战。"那个时候我们到处发动群众,动员、收集船只,我们到了以后进行宣传,把当地的人民群众动员起来,为渡江出力,为打倒蒋介石出力,为打过长江去出力。"

解放军很快取得了人民群众的信任。在中共中央华东局和中原局的统一部署下,地方各级党政机关竭尽全力动员和组织广大人民群众进行支前工作。临时民工达 300 万人,山东、苏北解放区还组建了 16 个民工团随军服务。在 4 月渡江前,仅第三野战军就征集到各类木船 20977 艘,有19000 多名船工答应随船参战。

毛泽东在关于时局的声明中表示,为了迅速结束战争,减少人民的痛苦,中国共产党愿意进行和平谈判。在双方力量对比已经今非昔比的情况下,和平谈判也是国民党迫切希望的,李宗仁上台不久就发布文告,宣布将以高度的诚意和最大的努力,谋求和平的实现。

1949 年 4 月 1 日下午,国民党和平谈判代表乘专机抵达北平,为首的是和周恩来私交很深的张治中。南京方面情绪高涨,认为张治中肯定会带来和平的好消息,几家报纸都宣称,这是"新年以来情绪最好的一天"。

黎清时任渡江战役总前委作战参谋，据他介绍，当时中国共产党态度坚决："谈判可以，跟你谈，如果和平过江也好嘛，和平过江，我们能减少好多损失。我们的谈判立场还是要过江的，不是不过江。他们的谈判是让我们不要过江，划江而治。"

曹兴德也分析了双方的谈判核心："划江而治，这是阴谋，国民党从思想上没有想和平解决。打过长江去，解放全中国。"

4月8日，为了推动谈判顺利进行，毛泽东和周恩来在香山双清别墅接见了张治中。毛泽东看了李宗仁的信后对张治中说，德邻先生虽同意按八项条件作为基础进行谈判，看来对战犯的问题还是不放心，你也感到有困难吧？好，为了减少你们代表团的困难，可以不在和平条款中提出战犯的名字。又说，和谈方案先由中共方面草拟，拿出方案后再正式谈判就容易了。将来签字，如果李宗仁、何应钦、于右任、居正、童冠贤等都来参加就更好。毛泽东同张治中长谈了4个小时，还邀请他一起吃午饭。

毛泽东还做了许多相应的部署，从4月2日至11日，分别致电渡江战役总前委邓小平、陈毅，第二野战军领导人刘伯承、张际春、李达，第三野战军领导人粟裕、张震，告诉他们："一、李宗仁、白崇禧要求我军勿攻安庆，驻安庆桂军可以撤退等语，我们认为可不攻安庆，让安庆守军向武汉撤退；二、依据谈判情况，决定我军推迟一星期渡江，即由十五日渡江推迟到二十二日渡江；三、目前数日内（十一日至十六日）请令各部不要发生任何战斗（尤其是芜湖、镇江对岸）。"

4月13日晚，以周恩来为首的中共代表团同以张治中为首的南京政府代表团，举行第一次正式谈判。讨论由中共代表团提出的和平协议方案。南京政府代表团在会后提出一个修正案，包括修改意见40多条。中共方面经过研究，接受了所提修改意见中的过半数，但对于国民党代表团"就地停战"和"划江而治"的要求，中共代表团断然拒绝了。最后形成《国内和平协定》（最后修正案）。

4月15日晚，谈判双方举行第二次会议。据张治中后来回忆，这次会议以后，"代表团一致的意见，认为尽管条件过高些，如果能了然于'败战求和''天下为公'的道理，不囿于一派一系的私利，以国家元气、人民生命财产为重，那么就只有毅然接受"。因此，在代表团内部"大家表示只有接受这个《国内和平协定》为是"，并决定派人带文件回南京去，劝国民党政府接受。中共代表团向张治中提出了最后期限，要求他们在5天内给出答复。

4月16日，毛泽东又致电前线指挥员："南京是否同意签字，将取决于美国政府及蒋介石的态度。如果他们愿意，则可能于卯哿（四月二十日）签字，否则谈判将破裂。""你们的立脚点应放在谈判破裂用战斗方法渡江上面，并保证于二十二日（卯养）一举渡江成功。"

王辅一老人介绍："过了20号这天，不管国民政府是否在协议上签字，解放军都要渡江。"

时任张治中秘书的余湛邦介绍了中共当时的态度："20号，签字也好，不签字也好，都要过江。张治中一看这个情况，知道是说话没有用了，他跟着说了好几段沉痛的话，他说自从孙中山先生建立民国以来，20多年我们始终没把国家建好，我们在国际上还是受人家欺负，我们很惭愧。"

面对这个和平协定，李宗仁徘徊不定，只能向蒋介石请示。

蒋介石火冒三丈，怒斥张治中"无能，丧权辱国"。

曹纪德回忆说："国民党是两派，李宗仁是活命派。"

曹兴德等中共很多同志当时也对和谈不抱希望："我们也不相信通过和谈解决问题。"

4月20日下午，南京政府断然拒绝接受《国内和平协定》（最后修正案），和谈之路就此断绝。

时任解放军第三野战军第十兵团司令员的叶飞分析了我方的立场及思路："一种准备是和平谈判成功，和平渡江；一种准备就是谈判破裂，我们还是战斗过江。"

据曹纪德介绍，大家当时的意见高度一致："打，不打？打！"

解放军第三十五军于 4 月 21 日零点对位于长江以北的江浦、浦镇和浦口发起进攻。

曹纪德回忆说："当时感觉什么也听不见，只听见呼呼的风一样的声音，战斗非常激烈。"

时任解放军第三十五军第一〇四师第三一二团政委的董涛回忆说："这一仗与敌人争夺得比较厉害，一个叫张兴儒的副营长，在这次战斗中牺牲了。"

巩继先时任解放军第三十五军第一〇四师第三一二团二营教导员，对那场亲身经历的战争至今记忆犹新："我问老张，怎么样？他说够呛，我死了你也要把我抬到南京去。"

进攻连遭国民党军的顽强抵抗，一场战役下来，解放军伤亡 700 多人，损失最严重的主攻连只剩下 30 多人。战斗结束后，曹纪德的通信员不见了，最后，曹纪德凭借一条腰带认出了这名战友。

曹纪德回忆说："他的头和腰以下的部位全没了，都给炸没了，就剩下腰上围一条腰带，是我送给他的，我认识。我难受得很啊！"

在三浦战役打响的同时，在西起江西九江、东至江苏江阴的千里江面上，规模空前的渡江战役全面展开。

那场战役的场景，曹兴德仍历历在目："成百上千的船都从藏身的苇子里撑出来了。大家用铁锹、用头盔、用各种工具划水！"

一时间，桅杆林立，万帆招展，浩浩荡荡的解放大军，以排山倒海之势直逼长江对岸。

曹兴德说："一个船老大，拿着帆，大家一齐动手，拿铁盔扒水。"

每艘船上都有随行的船工，当时拍摄的影像画面中，一位年迈的老奶奶给人留下了深刻的印象，日后人们四处寻访，始终没有找到这位老人。还有一个扎着大辫子的少女也只留下一个背影。更多的人连背影也没有留下，他们都是真正的无名英雄。

马毛姐原为安徽无为船工，一等渡江功臣，14岁的她亲身参与了那场战役："我那时候才14岁，周围很安静，我哥哥划船，船还没到岸，我就睡着了。"

《百万雄师下江南》的摄影师高振宗用相机记录了这个波澜壮阔的历史时刻："不光是些年轻人，还有老头、老太太。老太太，虽然紧张，但紧紧掌握住舵。我看这个形象很好，就把她拍下来了。"

这些在战火硝烟中略显纤弱的身影，表明了民心所向。这场战争从一开始就有了结果。

4月21日，毛泽东和朱德发布《向全国进军的命令》，号召人民解放军"奋勇前进，坚决、彻底、干净、全部地歼灭中国境内一切敢于抵抗的国民党反动派"。在军事打击和中共地下党组织的配合下，国民党长期苦心经营、号称固若金汤的长江防线在几个小时内轰然坍塌。4月22日，三浦战役结束，南京的解放指日可待。

也是在4月22日这一天，李宗仁飞赴杭州，当面向蒋介石求救。他们把会面的地点选在了飞机可以随时起飞的杭州机场。李宗仁后来回忆说："蒋先生总是尽量安慰我，要我务必继续领导下去，他当尽其所能支持我。"然而，李宗仁最终还是没有得到军队的实际指挥权。

当两手空空的李宗仁不顾众人劝说，当天又回到炮声隆隆的南京时，暮色已经笼罩了整座城市，当时，"四郊机枪声不绝于耳，南京一片凄凉"。

李宗仁后来说："城防部队听说总统尚在城中，人心尚称安定，军队纪律绝佳，绝无败兵掳掠事情发生。"

但当时的南京城并不像李宗仁所说的那么平静，城里到处是溃败下来的军队，一片混乱，政府官员正慌忙飞往广州。据说，当天有 30 多架飞机紧急空运，6 小时内就把各部门疏散一空。

李宗仁在空荡荡的官邸坐了一夜，这一天距离他出任总统刚好 3 个月。

4 月 23 日凌晨，一夜未眠的李宗仁赶到机场，乘最后一架飞机回到老家桂林。李宗仁与下野时的蒋介石一样，让驾驶员驾驶着飞机在南京上空盘旋了几圈，不过，他比蒋介石多绕了一圈。

渡江战役是解放军在三大战役后实施战略追击的第一场战役，也是向全国进军的起点。南京的解放，意味着一个旧时代的终结和一个新时代的开始。

1949 年 4 月 23 日凌晨，第三十五军突入国民党军弃守的南京，他们的第一个目标就是国民党政权的标志性建筑——总统府。

时任第三十五军第一〇四师第三一二团二营营长的褚保兴回忆说："清晨 3 点钟左右，敌人就讲话了，他说你们不要打了，我们缴枪，我们把总统府打开。"

同为第三十五军第一〇四师的王善基时任组织股股长，他回忆说："虽然没有抓到蒋介石，但占领了总统府，我们特别高兴。在李宗仁的办公室，我们用他的信纸，笔也是他的，写信给家里，向家里人报喜。"

褚保兴回忆说："信写得一堆一堆的，说我们打到了南京，占领了总统府。"

曹纪德回忆说，当时群情激烈："打到南京城，活捉蒋介石！"

曹兴德亦深有体会："高兴！打了那么多年的仗，就为了这一天。非常激动！"

　　在渡过长江的当天下午，曹兴德带领侦察排先行追击，他们很快就追上了几个国民党军官。"我们都累得死去活来的，敌人也实在跑不动了。我高喊解放军优待俘虏，结果他们跑得更快，还不停打枪。我追上去一扑，我和其中一名军官都进了稻田，我俩扭打在一起。"被俘虏的军官拿出了一个小皮箱，试图贿赂曹兴德，希望放他一马。曹兴德回忆说："里面都是好东西，金银财宝。"

　　南京解放时，许多有守卫任务的国民党士兵并没有撤走，他们还站在原先的岗位上。

　　4月24日，解放军第三十五军第三一五团的部队进入中山陵，与国民党的护陵部队不期而遇。在南京守军大撤退的时候，护陵队伍没有撤走，总理陵园拱卫处代理处长范良为此专门请示了孙中山的儿子孙科。

　　南京国立中央大学中共地下组织总支委员许荏华介绍："'共产党来了我们该怎么办？'孙科就告诉范良，他接触到的共产党的领导人，像周恩来、董必武，他们对孙中山先生都是很尊敬的。他呢，就听从他们的安排。他坚守这个岗位，不会有问题。"

　　刘至诚时任解放军第三十五军第一〇五师第三一五团副政委，他回忆了当时同志们与国民党护陵队伍商量的场景："你们可以徒手来放哨，我们解放军持枪，共同配合，照常执勤。"

　　范良是孙中山生前的卫士，他欣然接受了解放军的建议，命令手下把武器全部上缴，士兵徒手站岗。于是，在中山陵上出现了国共两军并肩站岗、共同护卫中山陵的景象。

　　南京解放的当天，蒋经国在日记中写道："内外形势已临绝望边缘，前途充满暗影。"3天后，蒋介石离开了溪口。据蒋经国描述，当蒋介石依依不舍地离开时，百感交集，"精神之抑郁与内心之沉痛不可言状，正'山

风雨钟山

————

雨欲来风满楼'之情景也"。从这次离开到 1975 年客逝台湾，26 年间，蒋介石未能再回故乡。

蒋介石走了，李宗仁走了，南京城回到了人民的手中。

1949 年 4 月 23 日，人民解放军占领国民党的统治中心南京。据阎长林回忆，第二天下午，在北平香山双清别墅，"毛主席起床后，手里拿着《人民日报·号外》，从屋里来到了院落的凉亭里。他坐在藤椅上，看起报纸来。因为报纸上登的是人民解放军占领南京的消息，所以他看报纸时心里是很高兴的。看完报纸，他没有在院子里散步，也没有和任何人交谈，就回到办公室里去了。在办公室里，他又把报纸看了一遍，边看边在报纸上画了一些杠杠和圈圈"。看完报纸，毛泽东就给刘伯承、邓小平写了贺电，又以一个诗人的豪迈，挥笔写下一首《七律·人民解放军占领南京》：

钟山风雨起苍黄，百万雄师过大江。

虎踞龙盘今胜昔，天翻地覆慨而慷。

宜将剩勇追穷寇，不可沽名学霸王。

天若有情天亦老，人间正道是沧桑。

战上海

1949 年 4 月 23 日，中国人民解放军百万雄师渡过长江，解放了国民党的统治中心南京，随后，直逼上海。

国民党军长江防线被突破后，其京沪杭警备总部所属部队 5 个军在郎（溪）广（德）地区被歼灭，其余大部退守上海。连同原淞沪警备司令部所辖部队，在上海国民党军共 8 个军 25 个师 20 余万人。

上海，位于东海之滨，濒临长江入海处，人口 600 万，是中国最大的城市和全国的经济中心。长久以来，上海一直是英美等西方国家进入中国进行资本主义掠夺的桥头堡，他们在上海拥有大量的投资，战略地位极为重要。上海郊区地形平坦，村庄稠密，河流沟渠纵横。守军以水泥地堡为核心，构筑大量集团工事，形成了地面的防御体系，不便于大兵团机动和近迫作业。市内高大建筑物多而坚固，城市核心区傍黄浦江西岸，市北吴淞位于黄浦江与长江交汇处，是上海市区出海的交通咽喉。

南京失守后，上海成了蒋介石最大的牵挂。

4月25日，南京失守之后的第二天，在溪口老家"在野"整整3个月的蒋介石要出山了。这天上午，他来到父母的坟前祭拜，这一去山重水复、归期未卜，蒋介石不免心事重重。

第二天傍晚，蒋介石乘"大康"号军舰前往上海。

早在1948年12月，蒋介石就命令京沪杭警备总司令汤恩伯在上海构筑工事，要求坚守6个月到1年。蒋介石估计，上海一旦开战，不出3个月，美国就会出面干涉，可能会引发第三次世界大战，这样，一切问题都将在上海战役中彻底解决。为了表示与上海共存亡的决心，他把小儿子蒋纬国的装甲战车团，开到了上海。

到1949年5月的时候，国民党军在淞沪地区构筑起了外围阵地、主阵地、核心阵地三道防御地带。

蒋介石这次到达上海后又做了精心部署：京沪杭警备总司令汤恩伯以第二十一、第五十一、第五十二、第五十四、第七十五、第一二三军等6个军共20个师，配属坦克、装甲车，守备黄浦江以西市区及外围太仓、昆山、嘉定、金山等地，以第十二、第三十七军共5个师，守备黄浦江以东地区。另以海军第一军区和驻上海空军协同防守。其防御重点置于浦西市郊吴淞、月浦、杨行、刘行、大场和浦东高行、高桥等地区，借以屏障吴淞和市区，保障其出海通路。蒋介石企图依靠上海的丰富资财和长期筑成的永备工事继续顽抗，争取时间，抢运物资，掩护战略撤退；并准备大肆破坏城市，阴谋挑起国际事端，促使帝国主义进行武装干涉。他还信誓旦旦地说："余誓以在野之身，追随我爱国军民同胞之后，拥护李（宗仁）代总统暨何（应钦）院长领导作战，奋斗到底。与将士同甘苦，与上海共存亡。"

此时，渡过长江的解放军势如破竹，连续占领了苏州、杭州，许多中小城市相继解放。解放军主力直指上海。上海的解放指日可待。

就在粟裕率领的第三野战军逼近上海的时候，突然，他们接到命令，原地待命，既不要进攻，也不要靠近，具体进攻的时间，等待命令。

早在中共七届二中全会期间，毛泽东就说过，进入上海，对于中国革命来说，是过一大难关，共产党有无能力接管城市，尤其是中国最大的城市——上海，这关系到中国共产党在世界上的形象。

中共中央军委在4月底5月初向总前委、华东局、第三野战军发出一系列指示，要求抓紧完成占领上海的准备工作，既要歼灭守军，又要完整地接管上海，以利而后建设，并保护外国侨民。在军事部署上，要先占领吴淞、嘉定，封锁吴淞口和乍浦海口，断敌海上退路，防止大批物资从海上被运走。

第三野战军司令员陈毅希望"有准备地夺取上海"。他认为，接管上海的准备工作还没有做好，还没有深入进行对野战军入城纪律的宣传，如果队伍仓促开进上海，必乱无疑。他告诫指战员们，上海之战好比瓷器店里打老鼠，既要捉住老鼠，又不能把那些珍贵的瓷器打碎。

中共中央党史研究室研究员王新生说："当时解放军攻打上海，有三套作战方案。第一种是长期围困，但是上海有600多万人，每天吃喝、燃料啊，需要量都很大，会使市民陷入窘困。第二种就是向敌方薄弱的地方进攻，但是这个容易破坏市区。那么第三种呢，就是向敌人防守坚固的地方进攻，市区就能够保存得比较完整，但是解放军在作战的时候付出的代价比较大，牺牲的人比较多。最后，为了保存上海，采取的是第三种作战方案，就是我宁愿牺牲的人多一点，但是为了保存上海，这也是要付出一些代价的。"

第三野战军老战士丁公量回忆说："既要打下上海，又要把基本的完整的上海交给老百姓啊，所以这个就不好弄。那么怎么办呢，就是要把敌人引出来，引到外面来打。国民党工事是不少啊，光碉堡就有4000多个，各种各样的工事有2万多处，这个周围都是的啊，1000米以内的网子他都要拆掉。"

为肃清这些地区，国民党军队把阵地前 1000 米范围内的建筑、田地、坟包或拆除或夷平，并强制这些地区的居民向外围疏散，如有违抗，格杀勿论。第一批被迫离开的居民有 80 多万人。

5 月 6 日，邓小平和陈毅率总前委移驻江苏丹阳。为了更好地接管上海，在这里，中国共产党的 5000 多名接管干部进行了 10 天的集训，学习各种关于上海经济、文化、社会状况的知识。

关于集训的情况，王新生说："丹阳集训，实际上强调的是纪律。随着我们上海马上要解放了，解放了以后我们就面临了当时解放南京时出现的一些问题，就是干部、战士入城之后如何注意和群众之间的关系问题。比如有些战士看戏不买票，他们认为干革命这么多年了，看个戏还找他们要票？后来他们就硬进，进了以后使一些市民买了票还看不上戏，这个影响是很不好的。第二个呢，就是当时的那个灯泡，战士们他们在农村是没有电的，但是在城市有电灯，那电灯怎么用呢，电灯坏了怎么办呢？坏了他们就去找，哪里有灯泡就找一个给装上去，就这么跑到人家师范学校里，看见人家灯泡就给拧下来拿走，拿走了人家学校就没有灯了，怎么上课啊。"

当时在总前委机关工作的唐士祥回忆说："为了打好京沪杭战役中至关紧要的一仗，陈、邓两首长经常在一起研究如何顺利攻占上海又完整地保留上海的办法，苦心孤诣地谋划。他们还把分散在外地的刘伯承、谭震林、粟裕等同志请到丹阳来，一起精心研究，以便根据变化了的情况修订、补充、完善作战计划，及时做出新的决策。我还看见宋任穷、叶飞、曾山、宋时轮、张震、舒同等首长也来开过会。他们都是匆匆地来，匆匆地去，有一种强烈的使命感。"

丁公量回忆说："一切为了人民，一切依靠人民，要心里装着人民，还是这个道理。要深入人心，使得每一个战士都能够理解。"

能不能顺利地接管上海，关键在于准备好接管干部。邓小平根据南京接管工作的经验，指示各部门对接管干部进行人民解放战争的形势、任务教育和接管工作的政策、纪律教育，特别是要求部队和接管干部认真学习中国人民解放军总部颁布的《约法八章》、华东军区和第三野战军政治部颁发的《入城三大公约十项守则》，以及有关入城纪律和外事纪律的具体规定。

5月10日，在江苏丹阳的一座大庙里，陈毅对数百名席地而坐的接管干部宣布了入城纪律。陈毅说，我们虽然是野战军，但是到了城里可不许再野了。他特别强调，进城后一律不入民宅。有些干部提出，如果遇到阴天下雨、有病号怎么办。陈毅坚定地回答，不入民宅，天王老子也不行，这是解放军送给上海人民的见面礼。他还宣布，市区作战不许使用重武器。

当天，邓小平致电毛泽东，比较全面地报告了渡江前后的情况。他在电报中就接管上海的准备工作说："近日我们对外交纪律、入城守则、金融问题等等已有具体规定，对进上海的准备也较为细密。今后毛病可能少出一些，出了毛病也可能纠正得快一些。"

人民解放军在考虑如何把上海完好地保留下来，上海城里的国民党军队却在疯狂地掠夺。蒋介石有两手打算，上海要死守，实在守不住也不能白白留给共产党。他督促汤恩伯把黄金、银圆、外币等重要物资运往台湾。

早在1948年11月29日，蒋介石在准备下野的前10天，曾经发出一个秘密手令，把上海的黄金调往台湾。国民政府中央银行发行局的一份机密卷宗里这样记载："此项移运之船只……先将库存内之黄金二百万两，妥为装箱，备运台北。"这仅仅是一个开始。直到上海解放前的一个星期，国民党先后运走了110吨黄金和价值1.4亿美元的外汇和白银。除了抢运资金，他们还运走了 1500 船次机器设备、车辆、纸张、棉纱、布匹等。甚至连故宫文物也被他们一并抢运到台湾。

巨额资金的抽逃，使上海日益枯竭的财政雪上加霜，导致恶性通货膨胀，物价似脱缰的野马，一路狂奔。普通百姓已经对国民党彻底失望，一些有良知的政府官员和军人也失去了信心。

汤恩伯甚至下达命令，如果上海守不住，就要将其搬空、打烂、炸光。上海的警察特务开始疯狂地破坏和屠杀。据初步统计，在国民党统治上海的最后一个月内，至少杀害了近 4000 人，平均每 10 分钟就有一个人被押赴刑场。

曾任上海市欧美同学会常务理事的胡步洲老人回忆说："当时时局是非常紧张的，国民党警备司令部警察局有一种叫'飞行堡垒'，天天满街飞，而且天天枪毙人，一片白色恐怖是非常紧张啊。在马路上装甲车穿行，专门抓人的，专门抓共产党，警报器拉响，满街开。另一方面物价飞涨，秩序很混乱。"

国民党不甘心把先进的机器设备和工厂企业留给共产党。在撤退之前，汤恩伯下令在发电厂、煤气厂、自来水厂等地埋好炸药。

在另一个看不见硝烟的战场，一场破坏与反破坏的搏杀也悄然展开。上海共有 8000 多名地下党员，他们要尽力保住这座城市，首要任务是领导工人保护工厂、物资和机器，保证解放后能立即恢复生产。

这时上海的国民党 20 多万守军，在军事装备上，有着绝对的优势，除了美式的先进武器，还有海军第一舰队与吴淞要塞配合，4 个空军大队 140 架飞机，每日分 3 批，昼夜不停轮番协同地面作战。汤恩伯扬言，要让上海成为攻不破、摧不毁的斯大林格勒（伏尔加格勒）第二。

为了把主战场引到郊外，避免城内损失，第三野战军司令员兼政治委员陈毅和副司令员粟裕依据中共中央军委和总前委指示，决心首先兵分两路，分别从浦东、浦西迂回国民党部队的海上退路和物资进出通道吴淞口，断敌海上退路；而后再围攻市区，分割歼灭守军。其部署是第十兵团指挥第二十六、第二十八、第二十九、第三十三军和特种兵纵队炮兵一部，由常熟、苏州向昆山、太仓、嘉定攻击前进，直插吴淞、宝山，封锁黄浦江口，截断上海守军海上通路，而后由西北向市区进攻。第九兵团指挥第二十、第二十七、第三十、第三十一军和特种兵炮兵一部，以2个军由南浔、吴江等地迂回浦东，向奉贤、南汇、川沙攻击前进，进逼高桥，协同第十兵团封锁吴淞口。另2个军集结于淞江以南和嘉兴及其以东地区，伺机攻占吴淞口、青浦。而后该兵团由东、南、西三面与第十兵团会攻上海市区。战前，两兵团进行了认真准备，包括组织部队整训、加强城市政策纪律教育，并要求在市区作战时力争不使用火炮等重武器。

丁公量回忆说："封锁吴淞口，两边打过去。我们去打的时候，主要是在外围打，这样他们就要调兵出来和我们打，然而把他们的兵都勾出来了，把他们勾出来了我们再来消灭他们，所以我们就是要尽量地多消灭他们。"

5月12日，第三野战军各部队分别向上海外围守军发起攻击。解放大上海的战役打响了。战至14日，第九兵团攻占平湖、金山卫、奉贤、南汇及淞江、青浦等地，进逼川沙，威胁守军侧背。汤恩伯被迫从市区抽调第五十一军至白龙港、林家码头地区加强防御。第十兵团攻占昆山、太仓、嘉定、浏河等地，继续向月浦、杨行、刘行守军发起猛攻。

但在国民党的浦西主阵地——月浦，解放军遇到的阻力远远超出了事先的想象。

汤恩伯在修建工事时绞尽脑汁，结合古今中外的多种手法，凭借稻田、水沟、河流等天然屏障，层层叠叠地设置竹签、鹿寨、高低铁丝网、地雷区，组成复杂的防御网。

江南雨水多，随着汛期的到来，雨水灌满了壕沟。月浦 29 平方千米范围内，国民党修建了 321 座钢筋水泥地堡，防御战壕 30 多千米。

由于解放军在前几个月的战斗中频频大捷，不免有些麻痹轻敌，有些官兵甚至不知道国民党在上海外围设下了层层工事，以至于有些战士在夜里进入密密麻麻的碉堡群时，还以为周围全部是规格等齐的坟包。

东部的进攻也遇到强大的阻力。汤恩伯集中大炮，实施狂轰滥炸。

丁公量回忆说："这样伤亡就大一些。我们那个部队啊，有好几个是上海干部，有两个干部曾跟我讲他家就在这里，他很快到家了。我们渡过长江，他们因为在浦东啊，到那边就是他们家里了。但是这些同志一冲上去的时候当天晚上就牺牲了，他们已经到了家门口了，已经到了自己家乡了，牺牲了。"

战斗进行得异常惨烈，解放军每攻占一个碉堡就要牺牲上百人。在最初 3 天的激战中，解放军第二十八、第二十九军就伤亡 8000 多人。

根据这一情况，总前委指出，不要性急，应立于主动地位，做充分准备，以克服钢筋水泥工事。第三野战军指挥部即下达战术指示，总结攻击钢筋水泥地堡群的经验，并调整了部署，改取以小分队行动为主，实施火力爆破、突击紧密结合的攻坚战术，逐个夺取碉堡，加速了战斗进程。至 19 日，第十兵团相继攻占月浦、国际无线电台，肃清了刘行地区的守军。第九兵团攻占川沙、周浦，在白龙港地区全歼国民党第五十一军，将第十二军压缩于高桥地区，并割断了其与浦东市区第三十七军的联系，与第十兵团形成了夹击吴淞口之势。汤恩伯为保持吴淞口出海通路，将第七十五军东调，增防高桥，依托该地区濒江依海、三面环水、地形狭窄的有利条件，在海空军的配合下频繁反击。进攻部队与其展开了激烈的争夺战。23 日，特种兵纵队的远射程火炮对高桥东北海面的国民党军舰艇进行攻击，击中 7 艘，其余逃走，至此，封锁了高桥以东海面，将守军主力压缩于吴淞口两侧地区，为攻取市区、全奸守军创造了有利条件。5月21日，在困守上海9天之后，蒋介石终于痛下决心，放弃上海。这一天，部分国民党军队开始从海上撤离，蒋介石站在吴淞口外的一艘军舰上迟迟不肯离去。他知道，失去上海，就意味着失去了在大陆立足的根基。

蒋介石离开上海的第二天，人民解放军扫清了上海的外围。

5月23日夜，总攻上海市区的战斗打响了。

这时，已于18日登舰准备逃跑的汤恩伯见大势已去，一面将第七十五军第六师从高桥调回月浦方面加强防御，以保障吴淞的安全，一面指挥苏州河以北主力向吴淞收缩，准备从海上撤逃。24日，第二十军攻占浦东市区，第二十七军占领虹桥、徐家汇车站。24日下午4时多，解放军占领了苏州桥。25日上午，苏州河以南的上海市区全部解放。

就在所有人都认为这场市区攻坚战将很快结束时，一条苏州河挡住了人民解放军前进的道路。横穿上海市区的苏州河，宽约30米，北岸的上海邮政总局大楼变成了一个高大的碉堡，每个窗口都被国民党军修成了机枪口，居高临下构成的火力网，严密封锁了河面。

早在战役打响之前，陈毅、粟裕等人就下了命令：在上海市区战斗中，只准使用轻武器，严禁使用火炮和炸药。第三野战军司令员陈毅特别强调："宁肯多牺牲，不准用炮轰！"

1999年，电影《大进军》再现了这场惨烈的战斗。

原第三野战军第二十七军第二三五团一营营长董万华回忆说："登岸后当时打的第一场战斗，也打得很好，没有一个人伤亡，登岸之后一路打到上海，可是很多人牺牲在了桥下。"

原第三野战军第二十七军第二三五团团长王景昆后来回忆说："这些年啊，我一直在想当时这些同志说的话：'我们要一起跨过新中国的门槛啊！'"

5月25日，负责指挥上海国民党军余部的国民党淞沪警备司令部副司令刘昌义在人民解放军的强大军事压力和政治攻势下，率部投诚。当夜，第三十一军在第三十军的配合下，攻克高桥，至26日中午肃清了浦东地区的残敌。27日，上海全部解放。随后，第二十五军向崇明岛发起攻击，歼灭守军一部；6月2日，解放全岛。至此，上海战役胜利结束。

7月6日，上海百万军民走上街头，游行庆祝上海解放，并举行解放军入城仪式。

就在这一天，美国驻上海副领事欧立夫无视军管会事先发布的交通管制令，驾驶吉普车闯入游行区域，有意将车横在路上，阻断了队伍的前进。消息传到主席台，新任上海市市长陈毅毫不客气地命令："拘起来再讲！不管美国人、英国人，在中国违反了中国法令，就可以制裁他。"

拘留这样的高级外交官在中国尚属首次。中外报纸纷纷刊登此事，欧立夫也在被释放前表示了歉意。

上海这片土地重新回到中国人民的手里。

上海解放了，但国民政府几年的盘剥和掳掠已经让上海的经济、生活陷入一片混乱。现在摆在共产党面前的问题是，如何让这座近乎瘫痪的城市复苏。冰冻三尺非一日之寒，共产党人必须付出更大的努力去融化这坚冰，并交出合格的答卷。

"两白""一黑"的较量

1949 年 3 月，在中国共产党的七届二中全会上，有人对管理城市，特别是接管有"东方巴黎"之称的上海感到心中无数，有畏难情绪，甚至有人提出是否请苏联专家来协助管理大上海。陈毅不同意这种意见，他在大会分组讨论时明确表示，他的意见是自己准备搞城市。

1949 年的上海风起云涌，它以自己独特而举足轻重的经济地位考验着中国共产党人管理经济、整顿民生的能力。当时的上海是中国最大的工商业城市和经济中心，尤其是轻纺工业，占据全国半壁江山。当时每 2 件衣服，就有 1 件产自上海，每 3 支烟里有 2 支出自上海。

1949 年 5 月 27 日，上海解放。

第二天上午，各路军代表带着他们的警卫员相继跳下军用卡车。军用卡车一共 10 辆，停在上海市中心的国际饭店和金门饭店之间。当他们的黑色布鞋踩到两大饭店坐落的南京路时，欢庆上海解放的工人、学生、市民围了上来，给他们递上茶水，送上香烟，献上鲜花。

第三野战军老战士丁公量回忆说："上海市民一看到我们,老百姓就不一样了,有的就拉着我们,有的拿出水来给我们喝,有的人说,'我们这个地方你们来睡觉吧,去睡一下吧'。都这样很好。"

军代表们正推让的时候,已被任命为上海市副市长的曾山从金门饭店高高的白石台阶上走了下来,他只说了一句话:"503 命令,各军代表奔赴自己的岗位!"

503,是当时的华东野战军司令兼上海市市长陈毅同志的军事代号。因为淮海战役总前委一共 5 人——邓小平、刘伯承、陈毅、粟裕、谭震林,陈毅恰好排第三,就被叫作 503 了。陈毅此时已经在上海市民的心目中留下了非常好的印象,这都源自他为上海送来的一份见面礼。

在上海解放之前,国民党通过各种宣传,使得上海的市民对共产党充满了恐惧心理。

上海市民唐薇红老人回忆说:"开始大家说起来,共产党是要共妻的,好像什么也要共的,哎哟,我们吓死了,别的还可以,共妻就不行。"

民族资本家徐美峰的女儿徐令娴也回忆说:"共产共妻,越有钱的人越是怕,我父亲总归是觉得讲得那么可怕,也不晓得到底是怎么样。"

徐令娴的父亲徐美峰是南京中国水泥厂的经理,南京工商界的重要人物之一。而唐薇红同样是出身名门,她的父亲是清政府派遣出去的第一名西医,姐姐唐瑛则是当时旧上海的一代名媛,与陆小曼并称"南唐北陆"。

唐薇红说:"1949 年以前,我们都是太太、小姐,总是打打牌,有的时候跟先生、跟朋友去跳跳舞,也是到百乐门这种比较高档的地方去玩的。"

徐令娴说:"跳舞不是不跳,有些应酬不得不跳舞,因为有的时候搞贸易啊,客户他一定带个太太来,一定要你到百乐门啊,那你也一定要带个家属去跳舞,所以是不得不应酬。"

1949 年 4 月 26 日晚上，上海解放前夜，唐薇红和丈夫从睡梦里惊醒，外面有隆隆的枪炮声。唐薇红心里不由得十分紧张。唐薇红回忆说："好像我们这儿的老百姓说，明天要解放，共产党要打进来了，所以我们老百姓都是很怕很怕的。那天晚上，我跟我家里的人，就躲在床和楼梯下面，我们都拿了丝绵的被子裹在身上，因为人家说丝绵被，子弹不会打进来。"

为了让大上海在最短的时间内了解和信任人民的军队，早在 1949 年 2 月，陈毅就起草了第三野战军《入城三大公约十项守则》。他说，自古以来，军队进入城内，住进民房，干好事的不多。我们进城以后一定要严守纪律，给他们一个好的"见面礼"。

于是解放军进入上海的当晚，全部睡在大马路上，给紧张忐忑的上海市民一剂定心丸。

唐薇红回忆："到第二天早上，我就一个人跑出去了，跑到南京路去一看，路上有许多兵，就是说好像是很累的，都是东倒西歪的，都睡在地上。我们也不知道怎么回事，怎么有这么多兵，而且都睡在地上。"

徐令娴也说："马路上睡的都是解放军，有的坐着，有的睡着，我们觉得奇怪，讲解放军这个共产共妻的，怎么进来也不扰民，也不进人家家里。我说，共产党都是这样的，我们还怕什么呢？这么好的人、这么正派的人是共产党！就这个谣言所以我们觉得是不可以相信的。现在这么一看，我就觉得解放军不错。"

陈毅的这份见面礼，让大上海几乎是刹那间就接纳了这支新型的军队。不久后，南京路欢庆解放的人群聚集得越来越多，学生的队伍在人行道上列队高唱："我们的队伍来了，浩浩荡荡饮马长江。"

然而陈毅对财经委员会有着特别"照顾"，他说，野战部队不入民宅，先睡在大马路上，只有财经委员会的人立即住进大饭店，把"生意"做起来。

金门饭店内，接管准备工作一直进行到次日中午才告一段落。这时，各位接管"大员"才想起，已近 20 个小时没有吃饭了。然而，金门饭店的管道煤气早已被切断，且无半点存煤，烧柴的行军锅架不起来。于是，从事地下经济工作的秘密党员卢绪章赶紧致电徐令娴家，让她家里的厨房送饭到金门饭店。

徐令娴回忆说："他就叫我们药房里的厨房每天送饭送菜到金门饭店。那个时候金门饭店是上海最好的了。我们就问为什么呢？他们就是来接收上海的，他过来一讲，我们都吓了一跳。他们是共产党？他们是大老板怎么会是共产党呢？就将信将疑，但事实就是这样的。"

时年 38 岁的卢绪章曾经先后组建广大华行、民生保险公司、民孚企业股份有限公司等企业，是赫赫有名的资本家。同时，他也是徐令娴家要好的朋友。

徐令娴说："就是我结婚以后呢，卢绪章非常客气，一定要请我们到他家里去。总经理请我们，我们总归要去。等汽车进去了之后，那个大铁门一开，里面有一栋房子。房子所在地那个时候叫大西路，大概就是现在的延安西路。那栋房子里有个大客厅，里边有几桌酒席，大概都是广大华行下面的一些人在吃饭。他请我跟我爱人坐上面，我总觉得他比我们家还阔气得多呢。"

让徐令娴做梦也想不到的是，那个比她家还阔的大老板卢绪章卢伯伯，还有一个身份——中共地下党员，解放后竟然也成了共产党的接收"大员"。

1949 年 5 月 28 日下午 2 点整，国民党最后一任上海市代理市长赵祖康向陈毅交出政府印信。交接仪式结束后，当赵祖康走出市政府大门时，门上挂着的已经是"上海市人民政府"的牌子了。

上海解放后，社会秩序基本稳定了，但新政府面临着巨大的经济困难。

国民党留下的仓库里,大米仅够市民半饥半饱吃半个月,煤炭最多只够全市烧7天,留下来的银圆只有12000块。在这个战场上,对手以银圆为武器,考验着刚刚进入上海的共产党人管理经济的能力。

时任陈云秘书的周太和后来回忆说:"当时上海的物价一天比一天高,一天就涨了一半。在这样高物价的形势下,工作当时不大好做。"

国民党最后一任上海市代理市长赵祖康的儿子赵国通老人也回忆说:"国民党把上海搞得民不聊生,上海最典型的那个时候,金圆券什么的,一下子就使货币贬值。老百姓买东西,要带一大堆钱去,还要兑换金圆券,搞得民怨沸腾。"

党史研究工作者、中共上海市委党史研究室原副主任吴振兴说:"当时有的老百姓拿了一捆法币上街买东西,想买什么东西的时候,这个东西你已经买不到了,物价又涨上去了。这个问题,当时老百姓非常痛恨,老百姓当时就这样讲,哪个政府能够把通货膨胀治理好,他们就拥护哪个政府。"

严重的经济问题困扰着刚刚进城的革命者。对于共产党管理经济的能力,大上海的资本家并不看好,以美国为首的西方国家也不看好。美国国务卿艾奇逊说,共产党能够打天下,但是解决不了经济问题,解决不了中国人的吃饭问题。蒋介石深信不疑:至迟可以在明年中秋节,回上海来吃月饼。

赵国通说:"很多人就流传,上海十里洋场,那么乱的地方,说共产党打上海,军事100分,政治90分,经济可能0分。看这些土老包子!因为我们有的解放军战士,抽水马桶没见过,电灯也没见过。人家好像很看不起他们。那些人不知道,周恩来、邓小平、朱德,包括陈毅,都是从法国留学回来的,用我们现在的话说,是海归,革命海归,知道现代化的。"

1949年5月28日,也就是上海解放的第二天,上海军管会颁发了《关于使用人民币及限期禁用伪金圆券的规定》，以人民币 1 元收兑金圆券 10 万元。政府回收市民手中几乎已经成为废纸的国民党金圆券，代之以中央人民银行的人民币。6 月 5 日起，严禁金圆券在市场上流通。由于国民党政府大搞掠夺性通货发行，随着平津解放及大军渡江，金圆券的信用已接近于零。收兑工作十分顺利，7 天内共收兑金圆券 35.9 万亿元，约占国民党政府全部金圆券发行额的 53%。上海市军管会还采纳了千家驹等早几天提出的关于禁用禁持外币的建议，颁布了外汇管理办法。

然而，人民币流向市场后出现了令人尴尬的信用危机。上海旧经济势力利用人们长期以来形成的担心钞票贬值的心理，掀起了银圆投机风潮。上海市民拿着刚刚领到的工资，第一件事就是去淮海路、曹家渡、十六铺的黑市换兑银圆。人民银行发行的人民币，早上发出去，晚上又差不多全部收回了。

曾任上海市欧美同学会常务理事的胡步洲老人说："我父亲是在东方公司工作，那是很大的一个公司，他是一个部门经理，相当于科级干部。所以他这个工资比较优厚，当时他工资发下来以后，也是换成这个银圆的。家家户户都是用银圆，对金圆券不放心，工资拿到手就将它换成银圆。银圆也不用到银行里去调换，反正这个马路上，银圆贩子有的是。"

原来一块银圆值 100 元人民币，6 月 3 日涨到 720 元，6 月 4 日突然涨到 1100 元，涨势仍在继续。银圆成为上海市场实际使用的本位币，人民币只起辅助作用。到 6 月 4 日，上海投入流通的人民币近 20 亿元，大部分却浮在市面上。人民币只能购买小额货物，根本买不到整批货物。有的商号还拒绝以人民币作为商品标价，把人民币排斥在市场之外。

人民币遇阻，首先受到冲击的是进入上海的大批部队。由于部队规定不能使用银圆，战士们没有钱买盐，没有盐吃，体力就跟不上，部队的基本生活也没了保证。

第三野战军老战士丁公量回忆道："后来发一块钱，一个连发一块银圆买盐，没有盐吃大家走不动路了，所以用盐来泡饭吃。这样一个连发一块钱买盐，买了不少盐啊，这样泡饭吃。"

银圆挑头，上海的物价也顺带着连番上涨。上海解放才 13 天，物价指数就猛涨两倍多，大米价格上涨 2.24 倍，棉纱价格上涨 1.49 倍。物价飞涨的同时，南京路上四大私营百货公司开始用银圆标价，大小商店闻风挂出告示牌，讲明只收银圆。

吴振兴说："当时黄金价格都波动得比较厉害。老百姓对我们的人民币还不认识，对它的信誉度、认可度不那么高。就连上海百货公司在当时还不使用人民币呢。"

徐令娴说："我们的保姆、奶妈什么的她们拿了工钱后就马上去买那个耳环，买那个肥皂。上海还有一种固本肥皂，这个肥皂，是人人要用的。你买了东西以后，涨了就将这些东西卖出去，就是保本了，就是这样的。所以那个时候总归是什么东西要买，就快一点买，如果不买的话，明天这个价格又会涨好多。大家就是这样去抢购。"

在电影《风起云涌》中有这样一幕：初到上海，市长陈毅请军管会的同志到街上吃饭。极普通的阳春面，短短一顿饭的工夫，价格就上涨了一大截。这样戏剧性的场面并不是编剧的想象，而是上海解放之初的现实。

银圆投机猖獗的电报，不断被送到远在北平的中央财政经济委员会主任陈云的案头。6 月 4 日，华东财委向中央报告上海银圆情况，并提出发动舆论攻势、抛售银圆、禁止银圆流通、严惩银圆贩子、举办折实存款、抛售各种实物等六项办法打击银圆投机，使人民币占领阵地。6 月 5 日，上海市委再次向中央报告银圆猛涨严重影响人民币信用的情况，决定采取严厉打击银圆投机的方针，提出包括华东财委六项办法在内的五项主张。华东财委和上海市委在电告中央后，相继采取有力的经济措施和宣传攻势。6 月 5 日,政府抛出 10 万银圆,力图以银圆制服银圆,使价格回跌。全市举行了反对银圆投机、保障人民生活的游行和宣传。上海市军管会主任陈毅在全市集会上警告投机奸商赶快洗手不干,否则勿谓言之不预。然而,两手收效甚微。10 万银圆被投机商人一吸而空,6 月 7 日银圆的价格涨到 1800 元人民币。投机者把政府的警告当作耳边风,依然我行我素。

6 月 7 日晚,陈毅、饶漱石、邓小平、刘伯承等参加的中共中央华东局会议决定采取断然手段,查封银圆投机大本营——上海证券交易所。陈毅用电话向中央报告了这个决定。12 个小时之后,毛泽东亲自回了电话:同意!

陈毅甚至对陈云说:"我陈毅的人是进来了,你陈云的新币进不来,我站不住脚,只好滚蛋,回去交差,挨板子。"

陈云在看到华东财委 6 月 4 日电和上海市委 6 月 5 日电以前,已看到华中局谭政、陶铸于 6 月 2 日发来的报告武汉银圆投机猖獗的电报。在获悉华东局即将采取断然手段后,陈云主持起草了关于同银圆投机斗争的方针及策略的电报稿,拟以中财部名义答复华东、华中。最后,这份题为《中共中央关于打击银圆使人民币占领阵地的指示》的文件,于 6 月 8 日下发华东局、上海市委、南京市委,并告谭政、陶铸、华中局、西北局、华北局、东北局。在这一指示中,陈云对上海的情况进行了认真的分析,认为,上海流通之主要通货不是金圆券,而是银圆。此种情况是在平津解放及我军渡江后,金圆券迅速崩溃,南京政府垮台之下造成的。他强调指出,我们在金融上遇到的敌人,已不是软弱的金圆券,而是强硬的银圆。这一斗争不是容易的,比对金圆券斗争困难得多,斗争可能延长得很久,这是我们必须认识的。因此,除政治手段外,还须陆续采取许多经济步骤。

因上海的一些大资本家、一些投机分子的破坏,我们的人民币不能及时地进入市场,这样对我们的国家是极其不利的。经查,这些投机商贩实际上的一个据点就是上海证券交易所。

吴振兴说："这些不法商贩都聚集在这么一个交易所里面。交易所里面有几百部电话，他们用对讲机来控制这个市场。"

上海证券交易所是汉口路上的一幢显赫建筑，号称当时远东最大的证券交易所。上海解放后，旧上海证券交易所再次成为上海金融投机活动的中心和指挥部。

陈云代中央起草了致华东财委的电报，提出准备以强硬的手段在上海给投机势力迎头痛击，即查封银圆投机大本营——上海证券交易所。

时任陈云秘书的周太和说："这事是周副主席决定的，当然周副主席请示了毛主席。周副主席把这件事情定了以后就请示毛主席，因为毛主席睡了，就报告给了毛主席的秘书：假如毛主席没有睡，请告诉毛主席这个办法；假如毛主席已经睡了，就先办，第二天再请毛主席批准。"

旧上海有 200 多家钱庄、银行专门从事投机买卖，参与投机活动的有几十万人，他们的惯用手段是囤积紧急物资、哄抬物价、牟取暴利。据说当年日本侵占上海后，为稳定物价，从东京一次运来 5 吨黄金，然而物价没有被稳住，黄金全被吃了进去；抗战胜利后，蒋经国也曾在这里进行经济管制，打击投机奸商，时称"打老虎"，但最终铩羽而归。现在，同一个战场，新政权和诞生不久的人民币能打赢这场仗吗？

1949 年 6 月 10 日，上海解放以来涉及范围最大、手段最强硬的统一行动拉开序幕。风暴的中心便是汉口路 422 号的上海证券大楼。

清晨，在刚刚解放半个月的上海，市公安局局长李士英、公安总队副总队长刘德胜集结起两个营，一共 400 名便衣公安战士，准备去完成一个特殊的任务。出发之前，每个战士都领到了一个袋子，他们接到命令，要把自己口袋里的所有东西都掏出来，放进袋子里统一保管，不准留任何东西。随后，400 名战士向着上海汉口路奔去，但没有一个战士知道，到底要去执行什么任务。

同往常一样，位于上海市汉口路 422 号的上海证券交易所准时敲响了交易锣。

一个小时后，400 名便衣公安人员，突然包围了整座证券大楼，聚集在交易所中的人们惊慌失措。投机者们把自己的金银藏得到处都是，到了"急不择地"的地步。有的战士无意间拍了拍墙壁，就有很多美钞从墙缝里掉了出来。

原北海银行发行局财会科采购员张振国老人回忆说："在床底下，还有箱子里头，他乱塞，我们就不管他，反正你什么也拿不走，你东西都要留下来，你摆在房间里，都是我们的，我们知道，你马上就被赶走了，对吧。后来我们等他们走了以后，再一点一点地清理。我们在交易所里头，大概就没收好几万枚银圆，还有金条、股票什么的。还有房间里头的东西也全部被没收。"

随后，当部队进驻证券交易所清理的时候，不断有金银在马桶里、夹墙里被发现。负责查封的公安战士把一些不用的东西放到仓库，开门时，发现地板的声音不对。战士们用铁棍将地板撬开后，发现地板下面总共有400 根金条。

这次行动，一共没收了 3600 多两黄金，近 4 万枚银圆，6000 美元，1500 多万元人民币，其他各种囤积商品如呢绒、布匹、颜料、肥皂等，折合人民币价值 3500 多万元。经过两天一夜的逐个盘查，逮捕了 238 名投机分子。

张振国说："那天我们把人处理完了，有 200 多个人，将他们送到公安局，直接送监狱。那次行动，在举行的同时，地方政府就发动学生游行，支援我们的行动，把银圆贩子抓起来。"

吴振兴说："交易所里面逮捕了 200 多个不法投机商贩。1000 多个经理经过调查以后，被教育一番，放掉了。所以上海解放初第一仗，这次发生的银圆大战应该讲是利用了我们政府的力量、利用行政手段把它解决的。我们取得了第一回合的胜利。"

第二天，上海的银圆价格就从每块 2000 元跌到 1200 元，大米跌价一成左右。6 月 12 日，米价再跌一成，食用油跌价一成半。银圆之战初战告捷。

一举端掉了投机"老巢"之后，华东财委又按照陈云的部署采取一系列措施，包括命令铁路交通一律只收人民币，税收也一律征收人民币，等等。几番拳脚下来，人民币终于在上海滩站住了脚跟。

上海的银圆风波只是陈云走马上任后的第一道难题，由他领导的财经战线斗争才刚刚拉开帷幕。

1949 年 7 月，华东、华北地区先后暴雨成灾。消息传来，上海粮价应声而涨。6 月的银圆风波过后，正苦于寻不着出路的投机势力，纷纷转战大米和纱布市场，希望借此翻身。7 月 27 日至 8 月 15 日，受中共中央委托，陈云赶往上海，召开上海财经会议，以应对上海市乃至全中国通货膨胀、物价飞涨的危机。

经过调查研究，陈云很快抓住了问题的实质，他认为："物价稳，天下定。"要想稳定经济，必须先稳定物价，而在上海，物价问题的关键是"两白一黑"。"两白"是指大米和棉花，"一黑"就是指煤炭。

1949 年 10 月中旬，投机资本全面出动，抢购棉纱、大米、煤炭等紧缺物资，引发了新一轮涨价风潮。粮食、五金、化工等产品的价格每天以两三成的幅度狂飙突进。经受了国民党政府 10 多年恶性通货膨胀之苦的老百姓，顿时慌了手脚，举国惊恐。中央人民政府开会的时候，甚至有委员忧心忡忡地说，物价再这么涨下去，人民币就会变得跟国民党的金圆券一样了。

但时任中央人民政府政务院副总理兼财政经济委员会主任的陈云迟迟没有回应。他早起晚睡，日夜操劳。他要依据通货膨胀数量和物资数量的对比，选择最精确的出击点。

吴振兴说："他经过调查研究以后，确认了上海这个市场究竟需要多少棉纱可以基本满足老百姓的需求。随后他在我们上海周边地区，比如江苏苏州、无锡，浙江以及外地集中调运了一批棉纱到上海。棉纱到了上海以后没有马上被放出来，那时候资本家知道市场上没有棉纱后，就开始卖。"

开始投机商认为我们手里棉纱不多，所以并未在意。棉纱最先被抛出来卖的时候，卖价还是比较贵的。投机势力自认为看清了人民政府手中有限的资源，然而他们并没有注意到，各地国营公司在放出物资的同时，也在逐步提高商品牌价。政府的买卖价格居然也跟着市面价格上涨。谁也没明白政府葫芦里卖的是什么药。

11 月 25 日，上海、北京、天津、武汉、沈阳、西安等大城市的国营贸易公司同时开始大量抛售棉纱，且一边抛售，一边不断调低牌价。开始的时候投机商还频频接招，继续吃进。但国营公司的物资像滚雪球一样被抛售出来，而且越抛越快，他们手里的资金很快就不够用了。

周太和回忆说："后来陈云同志就把附近的这个棉纱调来，充入上海的市场，然后棉纱价格就降下来了。投机商认为棉纱价格降不下来，他就抛啊抛啊，但是，结果他越抛价格越低。"

政府连续抛售 10 天以后，粮棉等商品价格总计猛跌了三四成。许多投机资本被高利贷、工人工资和税款三道"枷锁"压得喘不过气来，有人跳楼自杀，有人逃往香港，参与投机的私营钱庄也因大笔贷款收不回来而亏损破产。上海的私营粮食批发商一下子倒闭了几十家，棉布行投机商亏损了 253 亿元。

直到这时，投机商们才看清共产党"以退为进"的手段。年轻的中华人民共和国在经济领域打了一场漂亮的"歼灭战"。一个月后，中财委以同样的方法惩治了粮食投机商。至此，在上海乃至全国，持续了十几年、如脱缰野马般的通货膨胀终于被驯服了。

多年以后，薄一波回忆说，毛泽东对这场经济仗给予过高度评价。他说，平抑物价、统一财经，其意义不亚于淮海战役。打那以后，共产党政权在大城市里站稳了脚跟，新中国的财政经济也走上了正轨。

"两白""一黑"的较量

象牙塔内的抉择

象牙塔，从来都是知识和安宁的象征。

晨钟暮鼓，这里袅袅升起的应该是琅琅读书声，间或清幽的鸟鸣声。

然而，在特殊年代，象牙塔内萦绕不去的已不仅仅是传道授业解惑。从1948年年底开始，战争胜利的天平已经偏向了中国共产党，对于高级知识分子的争夺，俨然成为国共两党对弈中至关重要的一环。一些高级知识分子，更是面临着人生的重要选择。

有一张老旧的照片，拍摄于1948年9月。照片中济济一堂的是国民党中央研究院的全体院士。前排左四是浙江大学校长竺可桢，同排右四是北京大学校长胡适。也许是偶然，更像是一种必然，这两个人所站的位置，竟然暗含了他们在这个特殊年代里最终的人生走向。

就在这张照片拍摄后3个多月，刚刚在东北战场上取得胜利的人民解放军东北野战军，迅速南下山海关，会合华北野战军，以100万兵力，发起平津战役。半个月后，北平、天津已完全处于解放军的包围之中。

战争的威胁,国民政府经济的崩溃,都让校园里的师生们为生计和教学环境担心。在中国文化的重镇北平,大学校园里出现了学校再次南迁的议论。但时过境迁,无论是师生员工的心态,还是政府提供的条件,都与抗战时期的迁校有着本质的不同。

时为北大学生的王学珍老人回忆:"在这个时候,11月22号,召开了一次校务会议,经过两个多小时讨论做了一个决议。决议的原话是这么说的,关于外间对本校迁移的传言,本会议表示北京大学没有考虑过迁校。当时的校长胡适,不赞成迁校。胡适说,北大在北平才叫北京大学,如果不在北平也就不叫北京大学了。"

《1949年:中国知识分子的私人记录》的作者傅国涌介绍:"经过多年抗战的颠沛流离,好不容易在1946年才回到一个安定格局的这些大学和这些大学教授不愿意再去折腾,再去颠沛流离一番了,就想留下不走了。"

在北平,天主教会设立的辅仁大学首先决定不迁校,燕京大学、清华大学、北京大学等学校的教授会也先后决定,学校原地不动。到1948年11月底,平津地区真正迁校的只有唐山工学院。12月8日,国民政府教育部代部长陈雪屏不得不在北平宣布,平津国立院校及教育机关原则上不迁移。

陈战国是著名学者冯友兰的学生,他回忆说:"十二月份解放军到郊区,大年三十晚上占领丰台。清华在城外。有一天,陈雪屏来了,他是西南联大的训导长,南京认为他有一套对付青年的办法,把他调去当青年部部长。当时是清华大学校长的梅贻琦请他吃饭,约了些清华教授作陪。陈说他来接他们南下,如果他们愿意就跟他同机回去。大家都不说话。"

出席宴会的还有中央研究院院士、哲学教授冯友兰,他的名字也被列在蒋介石"抢救"名单的前列。但是,冯友兰已经决定留在北平。

陈战国回忆了当时冯友兰的原话，冯先生说："共产党当了权，也是要建设中国的，知识分子还是有用的。"

最终，这架飞往南京的飞机上，只搭乘了包括清华大学校长梅贻琦在内的少数人。特地到机场迎接的南京政府教育部官员大失所望，"抢救"名单上的教授绝大部分都没有来。还是在南京的时候，蒋介石特意开过一个宴会，邀请大部分刚刚由国民政府研究院评选出来的院士，劝说他们一起去台湾。谁都知道，人才比黄金更值钱，但是，人心不像黄金那么容易搬得动。

梅贻琦走后，冯友兰被校务委员会推举担任主席职务。此时的清华，笼罩在战争的阴云中。随着解放军的步步推进，国民党傅作义的军队撤退到了北平北郊的清华校园内，并且在化学馆前面操场上布置了炮兵阵地。不过，清华园很快就解放了。清华大学学生滕藤，是进步的地下党员，他目睹了当时的情景。

滕藤对解放初期高等学府的状况深有感触："到农历 1948 年年底，清华才解放。清华比北平早解放 40 天。解放军的指挥部在颐和园的北边，解放清华是一场肉搏战。当时很有意思，我们清华的教师，粮食供应、生活费是靠党组织提供的，我们吃了 40 天的小米。当时小米就是很好的东西了。大家认为，这样我们就算解放了。"

12 月 16 日，国民党军队全部撤进城里。几天后，解放军开进海淀镇，他们没有进驻清华，只在校门口设置了一个岗哨。

陈战国介绍："1949 年 1 月，军管会有个文化接管委员会。委员会来到清华宣布接管清华。冯友兰主持会议，欢迎解放军接管，说从现在起我们清华大学就是归解放军的政府管理了。"

据主持校务工作的冯友兰回忆，当时清华的师生都出去欢迎解放军了。他的夫人看见校门口站岗的战士光着脚穿鞋，打算送给他一双袜子，结果无功而返。冯友兰不禁感慨地说："解放军可真是'秋毫无犯'。不记得什么书上说'王者之师，有征无战'。这次解放清华不就是'有征无战'吗？后来才知道，称解放军为'王者之师'还是不恰当的，他们是人民的子弟兵。"

12月18日，星期六，清华大学教务处通知师生，星期一照常上课。不料第二天，国民党派来的飞机就在清华园里投下几颗炸弹。

陈战国回忆了当时战乱的场景："12月19号，国民党派飞机轰炸海淀，把炸弹扔到清华园里，有十多枚。冯友兰先生坐在沙发上都被震到地上去了。第二天毛主席就发来了慰问电。"

炸弹共计12枚，所幸都落在空地上，并没有造成人员伤亡，也没有什么财产损失。国民党的报纸上却说，南京的空军在西郊轰炸解放军的炮兵阵地，使解放军受到重大损失。随后，清华大学举行教授会议，通过了清华大学教授为校园遭到轰炸的抗议。该抗议的中英文版通过燕京大学外籍教授私人播音电台发出。

当天晚上，两位解放军干部突然来到了清华大学教授、建筑学家梁思成、林徽因的家里。

滕藤回忆说："地下党找到梁思成，请他提供一份材料，说明北平城什么地方是要保留的，不能受影响。"

临走，一位军人对他们说："请你们放心，只要能保护文化古迹，我们就是流血牺牲也在所不惜！"

梁思成也是国民党政府中央研究院院士。随着战争形势的转变，国民党政府正在筹划把中央研究院迁往台湾。也许正是因为这次共产党人的来访，坚定了梁思成留下来的信心。有文章记载，他曾这样说道："共产党也是中国人，也要盖房子。我还是为新中国的建设出力吧。"

1948年12月17日，是北京大学50周年校庆的日子。这一天也是校长胡适的生日。本该有一番热闹隆重的庆祝，但随着解放的钟声在北平上空敲响，北京大学校长胡适和清华大学校长梅贻琦前后脚离开了。不过，他们的同行者同样寥寥可数。在即将改天换地的时刻，不同的人正在做出不同的选择。

1917 年，26 岁的胡适已是北京大学的教授，并在新文化运动中声名鹊起。抗战时期，他曾受命出任国民政府驻美国大使。抗战胜利后的 1946 年，胡适回国任北京大学校长。显赫的经历、渊博的知识，使得胡适成为国共双方共同关注的重要人物。

年轻的张友仁是北大的助教，他目睹了共产党地下党员挽留胡适的细节："临解放前，我们有在地下党的个别的同志，受党的委托，去见胡适，劝他留下来不要走，还说将来可以请他当北京图书馆馆长，后来胡适还是走了。"

由于走得匆忙，胡适只给留守北大的同事留下一张便笺："今早及今午连接政府几个电报，要我即南去，我就毫无准备地走了。"

王学珍回忆说："胡适走时也没有说登个报或者是出个布告公开说明自己走了，所以很多人不知道胡适走了没走，也不清楚，好像也没有这个事情。北大的在校学生要给胡适发电报让他回来，但是胡适还是没有回来。本来要搞 50 周年校庆，结果胡适一走，北京当时又是那个情况，还被围城了，那么校庆实际上就没有什么能庆的了。"

北大的校庆不了了之，教授们举办的展览和讲座也门庭冷落，身在南京的胡适却应邀参加了北大校友在南京举办的 50 周年校庆大会。会上，他发表讲话："我是一个弃职的逃兵，实在没有面子再在这里说话。"说着说着，胡适忍不住失声痛哭起来，会场上一片凄凉景象。

当晚，蒋介石在自己的官邸宴请胡适夫妇，算是为胡适做寿。两人谈了些什么，没有多少人知道。面对蒋介石的再次拉拢，胡适表示，愿为蒋介石"尽忠"。

1948 年的最后一天，胡适与中央研究院院士、自己的好友傅斯年一起在南京守夜度岁，或许他们已经意识到，这将是他们在大陆度过的最后一个新年。对着滚滚而去的长江，胡适与傅斯年一边喝酒，一边背诵起了陶渊明的诗《拟古》第九首：

> 种桑长江边，三年望当采。
>
> 枝条始欲茂，忽值山河改。
>
> 柯叶自摧折，根株浮沧海。
>
> 春蚕既无食，寒衣欲谁待。
>
> 本不植高原，今日复何悔。

傅国涌介绍："其中有一句'忽值山河改'是当时他们面临的处境，就是要改天换地的形势。在这个过程中，他们两人边饮酒边吟诗，不禁潸然泪下了。"

1949 年 4 月 6 日上午，胡适受蒋介石之托，前去美国求援。

浙江大学校长、著名气象学家竺可桢则与胡适的选择截然相反。

早在抗日战争时期，竺可桢曾带领浙江大学艰难地辗转西迁，为浙江大学营造了"东方剑桥"的巨大声誉。在 1949 年这个转折的年代，竺可桢也面临着去与留的两难选择。

1936 年，竺可桢出任浙江大学校长的时候，曾提出只干半年，没想到却整整做了 13 年校长。这 13 年包括艰苦卓绝的 8 年全面抗战，而这 8 年又是浙江大学历史上收获很大、成果颇丰的时候。竺安，是竺可桢的儿子，也曾是浙江大学化学系的学生。回忆起西迁往事，他感慨万千："四川、云南、贵州这些地方都属于比较落后的地方。但当时在这些地方开办了很多大学，其中贵州遵义的浙江大学水平是很高的，被誉为'东方剑桥'。"

竺可桢始终主张通才教育。在战乱中物资极其匮乏的情况下，他仍然把浙大办成了具有国际影响力的一流大学，来访的李约瑟博士把浙江大学誉为"东方的剑桥"。不幸的是，抗日战争结束后，浙江大学却因为内战和学潮，陷入不可收拾的混乱局面。

竺安介绍："不光是浙大，所有的大学都这样，经过 14 年抗战以后，整个社会经济已经是非常的落后了，没有钱大学就没法办了，所以那时候办大学就是勉强维持。"

伴随时局变化，国民党教育部拖欠学校经费的情况愈演愈烈。1949年年初，在给教育部催款的信中，竺可桢写道："目前已到公私两无办法的时候。私人方面，目前一个月薪水只可购一担米，公家经费目前每月仅12000 元，不到电费的 1/8。"

1949 年之前，因为政治和经济的影响，中国大学的教育状况早已脱离了正常的发展轨道。作为校长，如何为老师和学生要来一碗饭吃，竟然成为首要的案头工作。这甚至让竺可桢背上了"要款机器"的名号。

傅国涌介绍："在最后的 1949 年，竺可桢上半年几乎就成了天天去要钱要补助的一个校长，奔走在南京、上海和杭州之间。那时候首都在南京，他经常去南京，到教育部，到行政院，去要经费，要补助，不断地去要钱！"

竺安回忆说："我父亲是忙得不得了，一个学校的工作是千头万绪，再加上经费那么困难，老说要钱要钱，你钱晚来了几天马上又贬值了百分之几十，这个物价涨得很厉害呢。"

傅国涌也认同当时的窘况："当时因为物价一天一个变化，所以，这笔钱要来了，如果不马上将其换成柴米油盐等食物，过几天，这个纸币就贬值了，就会损失一大笔钱。"

竺安还举了个例子形容当时"日新月异"的物价："大学二年级的时候，就是 1947 年，你到小馆子里吃一碗最普通的肉丝面，是 800 块钱，到了三年级的时候还是这样一碗面，要 300 万块钱。所以你就知道这个物价的涨幅有多大了。"

5 月 3 日，杭州解放的前 3 天，竺可桢辞去浙江大学校长的职务，到上海的国民政府中央研究院任职。他在自传中写道："首先由于国民党特务视浙大为眼中钉，而且在他们看来，我是站在学生方面，是他们的对立面，在他们撤走以前，有可能做些对我不利的事情。其次，我对共产党办学方针毫不了解，不如回中央研究院重理旧业为适当。"

在 1949 年的名人抢夺战中，竺可桢也被国民政府一再动员，要他离开大陆去台湾。5 月 2 日，国民党方面在上海《新闻报》上发了一则莫须有的消息："竺可桢在近日飞抵台湾。"一来想迫使竺可桢就范，二来也算是向蒋介石"交账"。

5 月 6 日，竺可桢"途遇蒋介石的儿子蒋经国"。

竺安介绍了当时偶遇的经历："偶然在路上碰到的，是意外，他没有想到，蒋经国也没有想到。报纸上已经登了，他已经飞台湾了。他当时一看到这个消息也很紧张。既然传出了这个消息就要有所行动的，挺紧张的，路上碰到，两个人都吃了一惊，没有想到。但是，他劝蒋经国不要去台湾，还能维持多久啊，半年还是一年？"

竺可桢和蒋经国两人最终不欢而散。竺可桢拒绝了国民党方面的邀请，不仅仅是因为他对战事的判断。作为一个知识分子，竺可桢对于国民党的不满，早已有之。

竺安回忆说："国民党有这样一个规定，就是要求大学校长必须入国民党。但是好几次他（竺可桢）都拒绝了，他是到最后一次才入的，好像规定就是这样子，你大学校长就必须入国民党。就发了个登记表给好几个大学校长。他填了登记表，但是以后也没参加任何活动，也没有交党费什么的。"

上海解放 4 天后，竺可桢坐公共汽车出门。在日记中，他这样记录当天的见闻："在大新公司有毛泽东、陈毅司令像高悬空际。南京路店铺关闭，霞飞路店门均开，时有学生带锣鼓游行，且见女学生插鲜花于解放军衣襟之上。霞飞路行人，观者如堵。"

在日记中，竺可桢感慨："国民党不自振作，包庇贪污，赏罚不明，卒致有今日之颠覆。解放军之来，人民如大旱之望云霓。希望能苦干到底，不要如国民党之腐败。科学对于建设极为重要，希望共产党能重视之。"

梅贻琦走了，胡适走了，但更多的人像冯友兰、竺可桢一样留了下来。面对时代的风云际会，象牙塔内的学人在做出选择的同时，也决定了自己以后的人生轨迹。

1949 年 7 月，北平慢慢进入一年中最炎热的季节。竺可桢回到阔别 13 年的北平，参加 17 日举行的北平科学会议。会议的议程之一，是推选出席中国人民政治协商会议的代表。3 个月后，竺可桢进入新中国的中国科学院，出任副院长。

从 12 月 19 日起，竺可桢开始学习俄文。几天后，他在日记里写道："一早起来读半小时俄语。"

竺安对父亲当时勤奋的状态很理解："这个是很可以理解的，因为解放以后都提向苏联学习，你不懂俄文怎么学习啊，再加上他们这些科学家是有外文基础的，学俄文是比较快的。但是问题是他年纪大了，已经 60 岁了，年纪大他记性就差，记不住，但是他一直坚持。"

60 岁的竺可桢从头学习俄文，阅读《联共党史》《唯物主义和经验批判主义》等书，他开始努力适应一个新的时代，一个他所陌生的时代。

几乎在同一时间，在美国寻求外交支持的胡适却四处碰壁。5 年后，胡适从美国回到中国台湾。整理古籍《水经注》，成为他后来主要的工作。

而曾经同为国民政府中央研究院院士的哲学家冯友兰，也在用自己的方式努力适应这个崭新的时代。中华人民共和国成立 5 天后，被认为是唯心主义哲学代表的冯友兰给毛泽东写了一封信。

陈战国回忆说："当时他看到社会上很多知识分子，都在报纸上表态，拥护共产党，接受马克思主义，他就给毛泽东写了一封信。那封信不长，他写的信一般都不长，大概就是说，他以前犯过错误，他现在愿意改正，他决定在三五年内，用马克思主义的立场、观点、方法，重新写一部中国哲学史。"

8 天后，毛泽东派专人送来回信，信中写道：

友兰先生：

　　十月五日来函已悉。我们是欢迎人们进步的。像你这样的人，过去犯过错误，现在准备改正错误，如果能实践，那是好的。也不必急于求效，可以慢慢地改，总以采取老实态度为宜。此复。

　　敬颂

教祺！

毛泽东

十月十三日

在我们看到的 1948 年 9 月国民政府中央研究院的 81 名院士合影中，只有 9 位去了台湾。作为知识分子的代表，象牙塔内的院士们在时代交替的关头做出了自己的选择，尽管也有离去的，但大多数的人选择了拥抱新的时代。建设一个更美好的明天，成为他们美好的期盼。

在 1949 年，不仅仅是个人，国家之间同样面临着抉择。

"别了，司徒雷登"

　　1949 年的南京，在西康路 33 号坐落着一幢白色的两层小楼。4 月 25 日，南京解放后的第三天清晨，一小队解放军战士冲进了这座小楼。进去之后，战士们才发现这里的主人竟然是一位外国人。睡梦中被吵醒的这个外国人非常生气。面对这个外国人的质问，一名解放军指着屋里的古董和字画，说了一句"这些文物应该还给人民"，随后就带着战士们离开了。年轻的战士们并不知道，他们闯入的这幢小楼是美国大使馆，这位外国人就是当时美国驻华大使司徒雷登。

　　对于这一事件，司徒雷登在当天的日记中写道："在新秩序底下的第一天早上，刚 6 点 45 分钟，中共士兵们打开我房门，把我唤醒，我问他们要做什么，其中一个态度倨傲，只听见他喃喃自语。后来我跳下床，他们全部转回来，约有 12 个人。他们的发言人说：'只是周围看看……没有什么危险的。'还问我：'明白吗？'我说：'唔，明白了。'""下午 4 点钟，北大西洋列国使节集团同人对上述发生的事件都深感关切"，"同时大家都同意我们之间应该采取一致的步调。英国大使于是把消息寄发伦敦。其他列国大使也都照样把消息寄发给该国政府。本馆也把这项情报发出"。

第二天,得知情况的美国国务院,立即指示在北平和南京的驻华机构,向中共方面提出严重抗议。美国报纸也发出一片喧嚣之声,甚至鼓吹,要派遣美国海军陆战队去保卫美国使馆和侨民的安全。

与美国国务院的强烈态度不同,司徒雷登对闯入事件的态度是温和的,他选择"留在家里避免惹来任何更多的事件"。如果蓄意制造事端,他可以把这个事情说得很严重。因为当时东亚一带的国际局势十分紧张,几个大国在这一带的军事戒备都处于一级战备状态,外交上的任何风吹草动,都可能引起轩然大波。

这一事件立即得到中共中央的高度重视。当天,周恩来起草了一份中共中央给渡江战役总前委的指示:"南京解放后,对驻在南京的各国大使馆、公使馆,我们和他们并无外交关系,不要发生任何正式的外交往来,但对其人员的安全,则应负责保护,不加侮辱,也不必进行登记。"

得知解放军擅闯司徒雷登住宅,毛泽东即在 4 月 27 日凌晨 4 时为中共中央军委起草致粟裕并告总前委,刘伯承、张际春、李达电:"三十五军到南京第二天(二十五日)擅自派兵侵入司徒雷登住宅一事,必须立即引起注意,否则可能出大乱子。其经过情形速即查明电告,以凭核办。""三十五军进入南京纪律严明,外国反映极好,但是侵入司徒住宅一事做得很不好。"

28 日,毛泽东在为中共中央军委起草致总前委,粟裕、张震并告刘伯承、张际春、李达电,强调:"我方对英美侨民(及一切外国侨民)及各国大使、公使、领事等外交人员,首先是美英外交人员,应着重教育部队予以保护。现美国方面托人请求和我方建立外交关系,英国亦极力想和我们做生意。我们认为,如果美国及英国能断绝和国民党的关系,我们可以考虑和他们建立外交关系的问题。"

5月3日，毛泽东为中共中央起草致总前委，华东局，粟裕、张震、刘伯承、张际春、李达电，严厉批评三十五军未经请示擅自处理有关外交事件是无政府无纪律错误行为，指出："你们过去在准备渡江时期，对于外交政策及其他许多事项（例如军队在城市中看戏、看电影、洗澡、坐电车、坐公共汽车等事必须和各界人民同样买票，不许特殊，以及未得上级许可不得接受人民慰劳等）似乎没有明确规定。如果没有规定，你们应速规定，通令各军一体遵行。如果过去已有规定，三十五军故意违犯，则除检查该军工作做出结论通令各军外，应向各军重申前令，引起注意，不许再有违犯。""如果各军对于像外交问题这样重大事件，可以不请示、不报告，由各军各地擅自随意处理，则影响所及，至为危险。"

擅闯美国大使馆的解放军战士后来受到了部队的处分。平静下来的司徒雷登事后这样向美国国务院报告当天晚上的情形：这群士兵有10~12人，他们的发言人很有礼貌，称他们只是好奇地四处瞧瞧，没有加害人的意思。这时，苏联驻华大使馆已经随同国民政府南迁广州，司徒雷登却以专机损坏、需要维修为由，留在了南京。这实际上也是美国国务院的安排。

4月25日下午，也就是解放军战士闯入美国大使馆的那天下午，司徒雷登接到指示，美国国务院授权他继续留下，处理好共产党控制地区的领事馆和侨民事务之后，再考虑撤离。

渡江战役打响前，国民党政府在仓皇撤退时，南京城发生了混乱和抢劫，警察没有了，城市完全失去了控制，局面很快就变得不可收拾。在解放军进入南京后，这一切迅速得到制止。

司徒雷登在回忆录中写道："4月24日（星期天）一大早，共产党的先头部队成功地过了长江，入了城，平静地接管了首都。他们纪律严明、士气高昂，同政府军冷漠的表情和混乱的指挥形成了鲜明的对照。"

南京解放前，司徒雷登在 3 月 10 日给美国国务卿艾奇逊的报告中这样写道："我希望我不仅作为美国官方代表与共产党接触，而且也作为一个久居中国，致力于中国的独立和民主进步，致力于为造福中国人民而联络两国关系的中国人民的朋友与共产党接触。无论他们怎样将我等同于好战的帝国主义分子而对我不加信任，我希望我以前的活动以及我与中共许多人物的个人交往是不会使他们忽视的。"

司徒雷登大使留在南京的特殊使命，就这样浮出水面。

司徒雷登上一次与中共方面的接触是在 1946 年，当时司徒雷登刚刚接替赫尔利出任美国驻华大使。算上他，美国政府在短短两年时间内，三度更换驻华大使。国共内战一触即发，中国时局牵动着大洋彼岸白宫紧张的神经。就在社会各界热切的期盼之中，这位 70 岁的美国老人，踌躇满志地走上了美国在远东的政治舞台。

1946 年 7 月，刚刚上任的司徒雷登出现在蒋介石的官邸，参加蒋介石为他举行的家宴。在向蒋介石递交国书时，司徒雷登曾经公开表明，希望蒋介石不要过多地将自己看成美国官员，而应当将自己看成他的旧交，一个一直努力为中国效劳的朋友。

《司徒雷登与美国（战后—1949 年）对华政策》一书的作者罗义贤说："司徒雷登在中国生活了几十年，他当大使的时候，在中国已经生活了 46 年了。他受到了一些中国传统文化的影响，他觉得自己和蒋介石都是浙江的小老乡，有同乡情谊。再者，蒋介石为了和宋美龄结合，皈依了基督教。司徒雷登认为，他和蒋介石有共同的宗教信仰。"

《走近司徒雷登》一书的作者沈建中说："司徒雷登是个中国通，而且会讲一口流利的中国话。中国话里面他除了会讲杭州话以外，还会讲宁波话，他跟蒋介石在庐山会面的时候是用宁波话来谈的。他和蒋介石是朋友，可以讲是交往很深的朋友，蒋介石在西安事变被张学良软禁以后，司徒雷登还写文章为蒋呼吁，要求张学良释放蒋介石，是很深知、互相都深知的朋友。"

蒋介石用一桌丰盛而地道的家乡菜招待了司徒雷登这位"同乡"。在蒋介石的授意下，国民党的机关报《中央日报》发表了题为《欢迎司徒雷登大使》的社论。在宣布他出任大使的第二天，时为中国第三方自由派思想与言论的代表、在天津出版的《大公报》，发表了题为《司徒雷登的新使命》的社论，称司徒雷登出任美国驻中国大使是中国人民感觉欣慰的一个消息。因为"他深切了解中国社会各阶层的生活，了解一般中国知识分子以及这一代青年们的理想和抱负，了解中国发展壮大的过程以及中国民族之真实的愿望"。这样一个人物"真是"出任驻华大使的"最适合、最理想的人选了"。

司徒雷登也对他的大使身份充满信心。上任以后，他迅速开始为调停奔走。在他的建议下，军事冲突暂时搁置。他主张成立一个五人委员会，国民党和共产党两方各出两人，由他来当五人委员会的主席。然而这个他觉得可行的方案，因为架空了蒋介石的决策权，刚一提出就遭到蒋介石反对，调停陷入僵局。而这场他自认为公正的调停，事实上从一开始就在不知不觉间发生了倾斜。

罗义贤说："司徒雷登当上大使以后，对于调解国共双方的矛盾与冲突，非常天真。他在给燕京大学校务委员会、校董会写信的时候，希望辞去燕京大学的校长职务，用 3 个月或者半年的时间，来调停国内的冲突。如果做得快，从他 7 月上任，到圣诞节就可以回去和学校的师生一起度圣诞了。他是抱着一种天真想法上任的。他是一个传教士，从传教士的角度来讲，他对无神论的共产党人是不可能真正从内心深处，就是我们通常讲的，不可能真正从灵魂深处有好感的。"

1945 年，重庆谈判时，司徒雷登第一次见到了中共领袖毛泽东。初次

「别了，司徒雷登」

一

见面，毛泽东非常亲切地握着司徒雷登的手。关于这次见面的情景，沈建中说："当时是在国民党举行的一次庆祝和谈的宴会上，当时是燕大的一个同学介绍的，那个同学是燕大新闻系毕业的，在国民党中央社做记者。他利用记者的身份参加了这次宴会，他看到校长后就马上跟校长打招呼。刚好这时候，毛泽东、周恩来、董必武也来到会场了。毛泽东很客气地跟司徒雷登握手，说久仰久仰，司徒先生，然后就说你们的同学在我们这边生活得很好，你可以放心了，现在都是延安各个方面的干部了。寒暄了一下，因为毛泽东讲话带着浓重的湖南口音，这个司徒雷登有时候还不大听得懂，但是他（觉得毛泽东）很平易近人，在他回忆录中也提到这事。"

关于第一次同毛泽东见面的情景，司徒雷登在回忆录中是这样描述的："抵达重庆是在 9 月 1 日，而重庆刚好有 3 天大庆，这是第一天。第二天，蒋介石召开了外交招待会，我在会上遇到了不少老友。出席会议的还有赫尔利大使，他站在蒋介石身旁。在这之前，他坐着自己的飞机去了延安，将共产党的主席毛泽东接了过来。在人群中看到我时，毛泽东走了过来，他对我说，延安有很多燕大毕业的学生在工作。我微笑着回答他，只希望他们没有给燕大丢脸。几天以后，毛泽东和周恩来邀请我和傅泾波共进午餐，年轻的学生在一旁端茶倒水。当时我根本没有预知到，在未来不到一年时间，在由马歇尔将军组织的和平谈判的会议桌上，作为共产党代表团团长的周恩来先生会和我进行频繁的接触。"

尽管曾经有过愉快的交往经历，但是最终的调停依然还是以失败结束。在国共军力很不对等的情况下，无论是国民党还是美国人，都不可能把共产党作为平等对待的对手。1947 年 1 月 8 日，内战已经爆发了将近半年，一场大雪令南京的这个冬天格外难熬。在国民党行政院院长宋子文的陪同下，神色凝重的马歇尔登上飞机离开中国。对于战功显赫的马歇尔来说，中国之行是他一生中最为痛心，也是唯一的一次失败。

在送别马歇尔的最后时刻，马歇尔向司徒雷登咨询未来的对华政策。司徒雷登对眼前即将上任的国务卿说道："国共全面的武装较量已经爆发，现阶段美国看似选择众多，实际上只能采取一个方针，那就是积极支持国民政府。"司徒雷登这个建议，开启了美国政府大规模扶蒋反共的序幕。

3个多月以后，美国政府取消了1946年8月颁发的《对华武器禁运令》，大批美国的军事顾问源源不断来到中国。

罗义贤说："在随后到来的过程当中，美国对国民党给予的援助是相当多的，一个是把大量的军事物资以战后剩余物资的名义，低价出售给国民党政府，同时的话，将大量的闲置的军火，赠送给战时的盟友。一个是低价出售，一个是大量地赠送，使国民党得到了大量的军事装备。同时，他们又以低息无息贷款等方式给了国民党巨额的军事援助。"

出任大使之前，司徒雷登是一位知名的教育家，辛勤耕耘20年，将燕京大学办成了一所与清华、北大齐名的著名学府。面对国民党日渐令人失望的表现，司徒雷登内心苦闷。在繁忙的工作之余，司徒雷登唯一感到快乐的事情是抽时间返回燕大，看望燕大学子。每年生日，他都和燕大师生一起度过。

1947年3月的一天，司徒雷登再次出现在燕京大学。原燕大学生蔡工齐后来回忆说："因为平常他在师生当中威信很高，当时生活困难，他就弄了几百斤大米、几百斤猪肉，四五百斤吧，还有冬笋几十斤，改善生活。"

除在军事上失利之外，国民党在国统区的统治也日渐不稳。1946年12月24日晚，两名驻北平美军士兵在东单广场强奸北京大学女生沈崇。次日，北平市政府向北平美军当局严重抗议，要求其道歉、惩凶、赔偿，并保证此后不再发生此类事件。30日，北平学生为抗议美军强奸北大女学生沈崇举行反美游行，提出"严惩凶手""美军滚出中国去""反对美军暴行"

等口号。这一行动得到社会各界的支持和响应。1947 年 1 月 9 日，解放区青年、妇女联合筹备会为沈崇案件发表通电，代表解放区 9000 万青年男女抗议美军暴行，声援平、津、沪、宁及全国各地学生罢课游行的爱国运动。1 月上旬，北平、天津、上海、南京、开封、重庆、昆明、武汉、成都、广州、福州、杭州、苏州、台北等地 50 多万学生，相继举行罢课和反美游行示威，要求严厉惩办沈崇案凶手，要求美军退出中国。然而，国民党政府不顾人民抗议，竟将主犯皮尔逊交给美国方面单独处理。同年 3 月 3 日，驻华美军当局判处皮尔逊 15 年徒刑，开除军籍。5 月 11 日，美国海军部长以证据不足为由，宣布皮尔逊无罪释放，恢复军职。"沈崇案"引发了国统区大规模的"反饥饿，反内战，反迫害"的游行示威，大规模的学生运动不断发生。国统区的经济每况愈下，百姓生计陷入了极度的苦难之中。

对于这一情景，蔡工齐记忆犹新。他说："那个物价，不是一点点往上涨，是成倍翻番地往上涨。我们二中的老师，语文老师，都是有学问但是没力气的，领工资时让体育老师帮忙。膀大腰圆的体育老师骑着自行车去驮工资，驮一大麻袋，到那儿换那么十几斤粮食，上午不买下午就翻番了。到 1948 年的秋天以后，物价不是一倍、两倍地涨，而是三十倍、五十倍、一百倍、一千倍、几百万倍地涨。他们用那个法币，换那个金圆券，是几百万元换一张，就是把老百姓所有的物资、兜里的钱全变成他们的。你必须得换，所以那法币是根本都不用数了，没法数了，都是一捆一捆的，用大麻袋一装，力气小的都扛不动。"

曾经深受学生爱戴的老校长，这一次回校，领略到的是弥漫在中国人民中间的不满情绪。蔡工齐后来回忆说："开群体会的时候，我在场。我们的学生会主席，中学跟我一班的，大学也在一班，后来我因为晚了一班，他比我高一班，当时任美军翻译官，英文好着呢。我现在还记得，他在台上，他代表学生会，毫不客气地就质询他，为什么美国帮助国民党来打内战，来屠杀中国的老百姓和进步力量。这就体现了，我想也是他教育的理想，吾爱吾师，吾更爱真理。我们虽然对你在教育上的贡献是肯定的，但是你作为大使执行反动政策，我们是坚决反对的。"

罗义贤深有感触地说："作为一个教育家，最后受到学生的反对，遭到了全国学生的反对，特别是他钟爱的燕京大学学生的反对，这对于一个在中国从教几十年的教育家来讲，是非常可悲的。"

由于在军事上一败涂地，经济上全面崩溃，内政外交都陷入困境，蒋介石不得不于1949年1月21日宣布下野。在蒋介石下野半年前，司徒雷登已经在给马歇尔的私人通信中写道："蒋介石行动迟缓，我们可以考虑由更优秀的人来管理这个国家。"

一度被司徒雷登寄予厚望的李宗仁，虽然走上了代行总统职权的岗位，但是蒋介石"在陆海空军中忠诚的部下""只听从他的命令"，代总统形同虚设。

1948年10月23日，司徒雷登再次向美国国务院提出了是否可以支持一个与共产党进行合作，以求中国之统一的联合政府的建议。这一建议再次遭到否定，马歇尔直截了当地答复他，只要国民政府继续为中国舞台上的一个重要角色，美国政府还是要继续支持它。

1949年4月11日，司徒雷登致电美国国务院。在历数了南迁广州可能对侨民的利益、美国在中国的影响、他本人对中国有识之士的影响所造成的危害之后，司徒雷登明确表示："希望能够留在南京，请国务卿尽快给予答复。若能得到批准，他将在南京待足够长的时间，以便试探共产党的意图，并给他们一个机会来讨论与美国的关系。"

对此，罗义贤分析："他留在南京，并不是消极地静观，而是积极地通过各种方式展开了一系列活动。他通过他的学生、他的秘书傅泾波积极和外界联系。同时，随着解放军占领了南京，以前受到国民党迫害的外逃的他的一些学生回到了南京，他也通过他的这些学生了解共产党的施政方针。"

司徒雷登希望更广泛地了解外面的世界。4月24日，燕大毕业生钱辛波的来访，使得司徒雷登非常高兴。他饶有兴趣地听着钱辛波向他介绍离开南京以后辗转到共产党控制的烟台和北平等地区的所见所闻，如在北平见到了张治中、邵力子参加最后一次国共和谈的情景；亲眼看到了中国翻天覆地的变化；各方民主人士云集北平，新的政治协商会议即将召开，一旦新政协召开，新中国政府很快就要成立。司徒雷登听了之后，明确表示，今后美国要和中共建立联系，他希望了解更多的情况。3天后，司徒雷登开始在家中起草一份文件——《承认中共备忘录》。两周以后，在家中，他迎来了另一位不同寻常的客人。这位客人就是时任南京军事管理委员会外事处处长的黄华。毕业于燕京大学的黄华多年前也是司徒雷登的学生。

南京解放以后，黄华出任南京市军管会外侨事务处（简称"外事处"）处长。不久，他便与司徒雷登的私人秘书、燕京大学的同班同学傅泾波取得联系。5月7日，傅泾波与黄华会面，表示司徒雷登留在南京不走，就是希望与中共方面接触，并已获艾奇逊国务卿同意。傅泾波说，现在是美国对华政策改变时期，希望能在"老校长"手中完成这一转变，并表示可以从中牵线安排黄华与司徒雷登见面。黄华回应说，美国援蒋打内战的政策给中国人民造成的创痛极深，空言无补，需要美国首先做更多有益于中国人民的事。

中共南京市委立即将情况上报中共中央。5月10日，毛泽东为中共中央起草复南京市委并告华东局电，指示黄华可以与司徒雷登见面，并明确指出了在会谈中应注意的几个问题："（一）黄华可以与司徒见面，以侦察美国政府之意向为目的。（二）见面时多听司徒讲话，少说自己意见，在说自己意见时应根据李涛声明。（三）来电说'空言无补，需要美首先做更多有益于中国人民的事'，这样说法有毛病。应根据李涛声明，表示任何外国不得干涉中国内政，过去美国用帮助国民党打内战的方法干涉中国内政，此项政策必须停止。如果美国政府愿意考虑和我方建立外交关系的话，美国政府就应当停止一切援助国民党的行动，并断绝和国民党反动残余力量的联系，而不是笼统地要求美国做更多有益于中国人民的事。你们这样说，可能给美国人一种印象，似乎中共也是希望美国援助的。现在是要求美国停止援助国民党，割断和国民党残余力量的联系，并永远不要干涉中国内政的问题，而不是要求美国做什么'有益于中国人民的事'，更不是要求美国做什么'更多有益于中国人民的事'。照此语的文字说来，似乎美国政府已经做了若干有益于中国人民的事，只是数量上做得少了一点，有要求他'更多'地做一些的必要，故不妥当。（四）与司徒谈话应申明是非正式的，因为双方尚未建立外交关系。（五）在谈话之前，市委应与黄华一起商量一次。（六）谈话时如果司徒态度是友善的，黄华亦应取适当的友善态度，但不要表示过分热情，应取庄重而和气的态度。（七）对于傅泾波所提司徒雷登愿意继续当大使和我们办交涉，并修改商约一点，不要表示拒绝的态度。"

　　黄华接到指示后于 5 月 13 日前往司徒雷登住处与其会面。关于这次同黄华见面的情景，司徒雷登在回忆录中这样写道："共产党接管南京后不久，黄华被派到那儿去主管外事局的工作。他原来的名字是王汝梅，他是燕大毕业生，很早的时候就加入了中国共产党。入党后，他像其他很多人一样改了名字，化名黄华。他曾在北平马歇尔将军的'执行部'工作过，执行部是这位将军领导的使团特设机构。我和他的接触就是从那时开始的，他对我很友善，他是一名坚定的共产党员。在黄华的言行中，我注意到共产党对美国的反对。共产党反复声明外交官只代表本人不代表国家,这也让我很想知道黄华是个什么样的态度。他到任几天之后就打电话约见了傅泾波,跟他很友好地交谈了大约 2 小时。傅泾波在与黄华告别时建议黄华去拜访他的老校长。黄华回答说,如果去也只能以'学生拜访校长'的名义,但是他要同别的人商量,然后再通知傅泾波。果然,黄华在几天后来看我,我和他畅谈了两个小时,黄华的态度十分友好。共产党有不承认与国民党关系密切的'帝国主义'国家的规矩,于是,我见他的身份只能是美国公民,而非外交官。共产党的地方官员安排了我们这次会面。黄华在这次谈话中提起了共产党的这条规矩,于是,我和他辩解:在共产党大器未成之前,西方国家依旧只承认国民党政权。可是,如果有一天人民承认、接纳了新政府,至少中国人民要接纳它,并且该政权向其他国家表示了往来的诚意,相信它自然会被大家重视,这也是国际惯例。而在新政权未被人民承认前,消极等待只能是我们这些局外人的态度。换句话说,外国并没有站在审讯台上,站在审讯台上的是共产党自己。当然,北平方面事先知道我和黄华的会面,黄华事后也一定会向北平汇报这次会晤的内容。"

司徒雷登在谈话中,直接表达了自己渴望前往北平,同中共高层领导接触的愿望。6 月 28 日,黄华来到司徒雷登官邸,正式通知他中共欢迎他以燕京大学校友的身份赴北平。

就在司徒雷登准备自己的北平之行之际,美国国务院发来电报:不许以任何形式同中共接触。美国的这个决定,事实上是切断了司徒雷登与新中国建立联系的途径。

8 月 2 日,司徒雷登在南京登上了回国的专机,结束了在华 50 年的生涯。3 天后,美国国务院发表了名为《中美关系》的白皮书。在白皮书中,美国政府将丢失大陆的责任全部归咎于蒋介石政权的腐败和无能。

关于这部白皮书,司徒雷登在回忆录中写道:"1949 年 8 月 2 日,我乘坐大使馆两架飞机中较小较旧的那一架离开了南京，飞回美国。""8月5日凌晨2点，飞机在檀香山机场降落。斯图亚特·穆芮海军上将携夫人和迷人的女儿苏珊娜来迎接我们。""《美中关系特刊——1944年至1949年大事记》，这本由国务院撰写的刚刚发表的白皮书，就是我在那段时间里收到的。""离开檀香山是在8月6日的晚上。""我在离开檀香山的飞机上翻来覆去地研究国务院发表的《中美关系》白皮书，我考虑的不仅仅是它的性质特征，更重要的是它将会产生的效果和影响。""书中引用了大量的纪事、文件与摘要，中美发展的历程也在书中全面呈现，1944年到1945年之间中国的国情和美国的对华政策是书中关注的重点。"司徒雷登进而描述了他当时看到白皮书后的感受："当我得知美国政府要发表这样的白皮书时，心里有些担心。""毫无疑问，美国政府没念及旧情，发表了言辞犀利的报告，对于中国政府频频发难，这样的做法实在可怕。""在惊愕情绪的影响下，我读完了白皮书。这份报告里，目录占了17页，大事年表占了5页，正文409页，附录641页。正文和附录是该书的主体。正文引用了多种文件，并且思想带有偏见，正文记载了1844年到1949年之间中美关系发展的历程。虽然是充满偏见的，但是内容还是让我觉得感兴趣。特别是第六章，'1947—1949年，司徒雷登出任大使'。然而，实际上，我是1946年7月11日被正式任命为大使的。第五章'乔治·马歇尔将军的使命'，是对马歇尔将军代表团的相关记述。第六章共计80页，讲的都是从1947年1月15日到1949年6月2日发生的事情。一些我一直认为是'绝密'的文件资料也被白皮书所引用，在第五章和第六章之间长达333页的附录中，许多当年驻华大使馆发回美国的绝密文件都被引用。这样一来，当年那些机密的谈话都要公之于众，就连当初使馆的主张和计划也被公布出来。"白皮书的内容令惊愕万分的司徒雷登的"不安感与日俱增"，他在回忆录中写道："我时刻都在考虑：这样的白皮书发表后会对美国和中国的关系产生什么样的影响？我甚至思索：那些看到自己的名字被印在白皮书上的中国人会怎么想？那些看到自己的考察、评估和建议被印在白皮书上的美国人又会怎么想？连我自己在内的美国人，到底该何去何从？"

毛泽东对于美国政府发表的白皮书非常重视，认为这是一份绝好的反面教材，可以使那些对美国仍存幻想的自由主义者或民主个人主义者猛醒，可以使人民大众更加认清美国对华侵略的真实面目。他明确指出："现在全世界都在讨论中国革命和美国的白皮书，这件事不是偶然的，它表示了中国革命在整个世界历史上的伟大意义。就中国人来说，我们的革命是基本上胜利了，但是很久以来还没有获得一次机会来详尽地展开讨论这个革命和内外各方面的相互关系。这种讨论是必需的，现在并已找到了机会，这就是讨论美国的白皮书。"毛泽东还写信给新华社社长胡乔木说："应利用白皮书做揭露帝国主义阴谋的宣传，应将各国评论中摘要评介。"

白皮书发表之后，在毛泽东的直接过问下，新华社从 8 月 12 日到 9 月 16 日连续发表了《无可奈何的供状——评美国关于中国问题的白皮书》《丢掉幻想，准备斗争》《别了，司徒雷登》《为什么要讨论白皮书？》《"友谊"，还是侵略？》和《唯心历史观的破产》6 篇评论，对白皮书予以揭露和驳斥。其中除《无可奈何的供状——评美国关于中国问题的白皮书》之外，其余 5 篇都是毛泽东撰写的。毛泽东像从前很多次一样，拿起手中的笔，有力地向自己的敌人发起了还击。

在 8 月 18 日题为《别了，司徒雷登》的社论中，毛泽东写道："美国的白皮书，选择在司徒雷登业已离开南京、快到华盛顿、但是尚未到达的日子——八月五日发表，是可以理解的，因为他是美国侵略政策彻底失败的象征。司徒雷登是一个在中国出生的美国人，在中国有相当广泛的社会联系，在中国办过多年的教会学校，在抗日时期坐过日本人的监狱，平素装着爱美国也爱中国，颇能迷惑一部分中国人，因此被马歇尔看中，做了驻华大使，成为马歇尔系统中的风云人物之一。在马歇尔系统看来，他只有一个缺点，就是在他代表马歇尔系统的政策在中国当大使的整个时期，恰恰就是这个政策彻底地被中国人民打败了的时期，这个责任可不小。以脱卸责任为目的的白皮书，当然应该在司徒雷登将到未到的日子发表为适宜。"在这篇社论的结尾，毛泽东写道："司徒雷登走了，白皮书来了，很好，很好。这两件事都是值得庆祝的。"

很显然，毛泽东撰写这篇社论的原意并不是针对司徒雷登本人，而是以司徒雷登为靶子，通过这个靶子来批判美国政府错误的对华政策，通过这个靶子来打消当时国内很多人对美国政府存在的不切实际的幻想，尤其是知识分子对美国所产生的幻想和恐惧。

回到国内的司徒雷登被限制了行动自由，此时他的存折上的存款不足以买一盒冰激凌。当年11月，司徒雷登在火车上突发脑血栓，经过急救挽回了生命。1962年9月19日，86岁的司徒雷登因突发心脏病，病逝于美国华盛顿。他唯一的遗愿就是：死后将骨灰安葬在燕大校园，与妻子一起。如果不能实现这个愿望，那么可以将骨灰安葬在此外任何一个地方。

当年，司徒雷登出任驻华大使，在各界一片叫好声之外，唯一向马歇尔表示异议的是时任北京大学校长的胡适。他谏言道，司徒雷登是一个多重性格的人物，他是在以多重身份立言行事：1.作为燕京大学的校长；2.作为许多中国学生的老师；3.作为一个自由主义者；4.作为美国大使。他的言行具有多重性。胡适当时的身份和司徒雷登一样，也是大学校长。担任北大校长的胡适当时拒绝了蒋介石邀请他出任中国驻美大使的建议。司徒雷登后来也在自传《在华五十年》中写道："去从事一项前途未卜的使命，而这正是胡适博士所避开了的。"

2008 年 11 月，司徒雷登的骨灰被安放于杭州半山安贤园。这位在华50 年的美国人，永远地长眠在了自己在中国的出生地。

1979 年 1 月 1 日，中华人民共和国与美利坚合众国建立外交关系。邓小平应邀访美，卡特总统在白宫为他举行盛大欢迎宴会。在中国政府 21人的代表团名单中，燕京大学的毕业生有 7 人，其中包括司徒雷登颇为欣赏并获得"觉顿奖学金"的黄华先生，此时，他已担任中华人民共和国外交部部长。

中苏结盟

1949 年 1 月 31 日, 农历正月初三, 在河北省的石家庄机场, 看不到一点新年的气象。凌晨, 一架苏联的军用飞机降落在停机坪, 一位头戴圆帽、身穿圆领皮大衣的中年苏联男人, 走下舷梯。他就是苏共中央政治局委员米高扬。这是一次秘密访问。

来到机场迎接苏联客人的是中共中央书记处办公室主任、中央书记处政治秘书室主任兼俄语翻译师哲和中共中央机关办公处副处长汪东兴。在从机场去西柏坡的路上, 米高扬几次要求停车, 要到群众家里去参观。在师哲他们看来, 这是毫不掩饰地故意暴露自己。当时, 正是平津和淮海战役将要结束的时候, 米高扬的这一举动无疑是要冒一定的风险。他之所以这么做, 是要看看共产党的控制力和群众是不是真正拥护共产党, 是不是他一出现马上就会被传扬出去, 美国或者西方的通讯社就会报道他。

师哲回忆说:"1948 年 5 月, 斯大林致电毛泽东, 准备派一位有威望的苏共中央政治局委员前来听取我方的意见。这位代表于 1949 年 1 月

31 日到达平山县西柏坡中共中央所在地，就是我们早已知其名的 A. 米高扬。""从斯大林致电毛主席，到米高扬出现在西柏坡，时间过了 8 个月。为什么米高扬的来访拖了这么久呢？这是因为 1948 年下半年中国华北地区形势动荡。天津方面的敌人还未解决，而张家口和南口方面的敌军又蠢蠢欲动，以及保定、正定方面的敌人扬言要派遣骑兵南侵、奔袭石家庄等地。鉴于此，中央还做了转移的准备，以对付敌人的突然袭击。1949 年 1 月 15 日，天津解放，北平和平谈判胜券在握，西柏坡的安全万无一失，我们才有条件接待米高扬。"

当时，米高扬化名安德列夫，所乘坐的飞机从大连苏军机场起飞，直抵石家庄。在他抵达石家庄的几天前，师哲和汪东兴就带着任弼时的亲笔信，到石家庄附近找聂荣臻，说明中央要使用石家庄的飞机场，请他派部队打扫、清理并守护、警戒机场。据师哲后来回忆，他和汪东兴到机场迎接了米高扬，并陪同他到西柏坡。"在路途中，米高扬几次要求停车，要到群众家里去参观。我们出于安全的考虑，请他不必去了。但是他一路上还是几次下车在村镇中访问农民，同男女老少攀谈，毫不加掩饰地暴露自己。""我问他：'你既然生怕暴露自己，极想保密，为何自己又要到处乱跑，不注意守密呢？'他做了个奇怪的回答：'在你们这里哪能做到保密？！我看明后天我就会在路透社或美联社或其他什么通讯社的新闻消息中出现，而且不只说我访问了中国，或许还会说，俄国鬼子到中国进行破坏活动了。既然如此，躲躲闪闪又有何用呢？'我回答：'这些都只是你自己的想法。'"

事实胜于雄辩。接下来发生的一切让米高扬明白，他完全错了。师哲回忆说："后来在 50 年代初，米高扬每次见到我时，总要回忆他到石家庄—西柏坡的旅行，并深感内疚、颇为抱歉地说：'至今任何一个外国通讯社，无论路透社还是美联社都没有报道过我那次石家庄—西柏坡之行的消息。

这说明你们党深深扎根于广大群众之中，群众相信你们，听你们的话，跟着你们走。你们的力量和影响当然是强大无比的。你知道，这在我们苏联就办不到。如果有一个什么外国人出现在我们的村镇，那立刻就会向全县、全区、全省宣扬出去的。但我仍不能懂得，这是群众觉悟水平高、纪律性强，是你们把群众训练好了，还是有别的什么因素在起作用？”对此，师哲深有感触地说："米高扬暗示是否我们控制得十分严格，这说明他不只一般地不了解中国，而且更不了解中国的漫长历史、古老文化，中国劳动人民的高尚品德和政治觉悟水平。”

虽然米高扬此行冒着一定的风险，但经过4个小时的车程，于1月31日下午顺利抵达西柏坡中共中央驻地。汪东兴回忆说："米高扬乘坐的飞机从大连苏军机场起飞，直抵石家庄。飞机安全着陆后，米高扬和他的随行人员走下飞机，师哲同志与米高扬同车，我乘另外的一辆汽车，米高扬的其他随员分乘五辆吉普车于当天下午顺利到达西柏坡。”毛泽东与周恩来、刘少奇、朱德、任弼时等在住所门口迎接米高扬一行。后来，米高扬这样回忆第一次和毛泽东的见面："中国北方的冬天和莫斯科的冬天一样寒冷，毛泽东的旧棉军大衣既没棱也没角，衣袖上还堂而皇之地补着块旧补丁。他热情地把我迎进他们的房间。为了给我们驱寒，他们生起了炉子，还倒了一盆热气腾腾的洗脸水。”

2月1日，米高扬到达西柏坡的第二天，毛泽东以中共主要领导人身份同米高扬开始了第一次正式会谈。师哲后来在回忆录中说，会谈"主要是毛主席一人讲话。恩来、弼时偶尔插几句话，作些解释。主席一连谈了3个整天，即2月1日、2日、3日"。中国驻苏联领事馆秘书、外交部早期工作人员荣植回忆说："米高扬当时一见面，就说，他今天只是带着耳朵来的。你们就介绍情况。当时有一个细节就是，毛主席介绍了好几个青年组织。米高扬就问，我们怎么有这么多青年组织。毛主席回答，你知道我们的青年有多少吗，我们的青年比你们的人口还多。毛主席是有点不太高兴，米高扬那架子，大得很。"

也是在 2 月 1 日这一天，北平 20 万国民党军在傅作义率领下，出城接受和平整编，北平宣告和平解放。平津战役至此宣告结束，人民解放军取得歼敌和改编敌军 52 万人的骄人战绩。喜讯传到西柏坡，毛泽东、周恩来、刘少奇、朱德、任弼时设宴隆重招待米高扬。

不会使用筷子的米高扬很能喝酒，他喝的是中国的汾酒，满上杯一饮而尽。中共的五大书记中，毛泽东沾酒脸红，朱老总正害着喉炎，任弼时患有高血压，刘少奇也只是用小酒盅喝一点，只有周恩来小有酒量，此时也不敢与端杯豪饮的米高扬拼酒。于是，毛泽东机智地提议，不拼酒，拼吃辣椒。拍摄于 2005 年的电影《风起云涌》再现了当年的情景。

朱德将米高扬敬的酒一饮而尽。

毛泽东：米高扬同志啊，喝酒啊，我们中国同志比不过你哦。少奇同志，你跟米高扬同志比吃辣椒嘛。

刘少奇：米高扬同志，来！

刘少奇开始大口吃辣椒，米高扬吃了一个，辣得直喘气。毛泽东等人哈哈大笑。

其后，毛泽东与米高扬多次会谈。在会谈中，毛泽东说，到目前为止，中国革命发展较为迅速，军事进展也较快，比过去我们预计的时间要短些，就能过长江，并向南推进。估计渡过长江后，用不了多少时间，就可以攻克南京、上海等大城市。我们的口号是打过长江去，解放全中国。面临的问题是建立新政权。这个政权是无产阶级领导的以工农联盟为基础的人民民主专政。毛泽东还介绍了即将召开新的政治协商会议，成立有各民主党派、各人民团体、无党派民主人士参加的联合政府。他说，虽然政府的组织形式与苏联、东欧国家有所不同，但其性质与宗旨仍然是在共产党领导下的，将来的目标是实现社会主义和共产主义。国家一解放，接踵而来的任务是恢复生产和经济建设。关于中国的对外政策，是打扫好房子再请客，真正的朋友可以早点进屋子里来，但别的客人得等一等。

毛泽东在同米高扬会谈时，一方面说明中国共产党的态度，另一方面也想了解或者说试探苏共对中国问题的态度。汪东兴后来回忆说："毛主席同米高扬等会谈了好几次，双方各自介绍了本国的一般情况，并对当时国际局势的发展变化进行了分析，彼此交换了各自的看法。毛泽东对中国战争形势的分析整整谈了三次。谈话中米高扬一般不插话，也不表态，他曾明确表示，他只带耳朵来听，一切问题等他回去向斯大林汇报后，由斯大林决定。几天的会谈使米高扬认为毛主席是一个有远见卓识、有战略眼光、懂得策略、很了不起的领袖人物。"汪东兴说："米高扬这次来中国一是摸我们中国共产党的底，二是代表斯大林再次邀请毛主席访问苏联。毛主席接受了斯大林的邀请。鉴于毛主席正忙于指挥国内三大战役和农村的土地改革，请米高扬同志报告斯大林同志，待我们把蒋介石军队消灭得差不多了，大概在斯大林同志七十大寿时再前往苏联访问。"

2月6日，西柏坡下了一场大雪，毛泽东来到米高扬的住处，为他送行。第二天凌晨，米高扬由朱德、任弼时陪同，从石家庄机场乘机回国。临走时，他对担任翻译的师哲说："毛泽东有远大的眼光、高明的策略，是很了不起的领袖人物。"在回国的路上，他接到苏共政治局发来的电报，表彰他圆满完成出访任务。随后，毛泽东在3月5日至13日在西柏坡召开的中共七届二中全会上讲道："我们和苏联应该站在一条战线上，是盟友。"

3月23日上午，毛泽东率领中共中央机关乘汽车离开西柏坡前往北平。25日，毛泽东等抵达北平，进驻香山双清别墅。中共中央机关、人民解放军总部也于 25 日迁入北平。

4 月 21 日,中国人民革命军事委员会主席毛泽东、中国人民解放军总司令朱德发布《向全国进军的命令》,中国人民解放军以摧枯拉朽之势,迅速渡过长江天堑,解放了南京等大中城市,国民党统治基本解体,全部消灭国民党反动派、解放全中国已指日可待。中共中央认为,召开新的政治协商会议、建立中央人民政府已迫在眉睫;同联共中央直接交换意见,取得苏联对新中国政治、经济、外交各方面工作的了解和支持,已成为更迫切的事情。因此,中共中央决定派出以刘少奇为团长,时任中共中央政治局委员、中共中央东北局书记高岗和时任中共中央候补委员、中共中央东北局宣传部代部长兼统一战线工作部部长王稼祥为成员的代表团,秘密访问苏联。

6 月 21 日,北平迎来了炎热的夏天。在清华园车站,一辆前往大连的列车缓缓驶出站台。车上的乘客有刘少奇、王稼祥,以及陪同他们前去的苏联总顾问、苏联交通部副部长科瓦廖夫,还有工作人员邓力群、戈宝权和翻译师哲。

这是一次漫长的旅行。刘少奇一行原计划乘 20 日晚的火车离开北平。不料由于科瓦廖夫的"汽车连出事故,致迟开三小时",21 日凌晨 1 时 30 分,刘少奇等才从清华园车站动身,经沈阳同高岗会合后到达大连。在大连,他们将换乘道格拉斯飞机,绕道朝鲜上空到苏联远东伯力,经停赤塔、新西伯利亚、斯维尔德洛夫斯克等地,抵达这次出行的终点站莫斯科。

由于国内战争正在激烈进行,为防不测,飞机绕道从朝鲜上空飞行。为了抢时间,飞机航行在 10000~13000 米的高度,机舱气温骤降到 0 摄氏度以下。由于缺氧,大家呼吸困难、上吐下泻,难以支持,王稼祥在飞机上大病了一场。如今坐飞机从北京到莫斯科只需要 8 个小时,而在 70 多年前,代表团整整飞行了 7 天。

6月26日下午2点，在经历了7天漫长的飞行后，中共中央代表团到达莫斯科。随即代表团被安排在莫斯科城内奥斯特洛夫斯卡娅街8号的公寓里。这是沙皇时代一位大资本家为著名女歌唱家建造的豪华而舒适的住宅，十月革命后成为苏共中央的招待所。这里只接待中国、朝鲜党的高级领导人。苏方要求：中共代表团生活起居等一般活动，均由苏共中央对外联络部负责安排，但交通工具、同国内的通信联络一律由军事情报部门负责。

第二天，中共中央代表团被邀请到斯大林在莫斯科郊外孔策沃的别墅。刘少奇向斯大林递交了毛泽东的亲笔信。苏联方面参加会见的还有马林科夫和米高扬。斯大林就贷款、派遣专家和海空援助等问题，初步谈了苏联方面的意见。刘少奇表示希望在联共政治局会议上，就中国的政治、军事和经济等方面的形势同联共中央交换意见。斯大林同意这个要求，答应过三四天后进行会谈。师哲后来回忆说："回到寓所后，少奇召集代表团同志，一起回忆这次会见的情况和谈话的内容，分析谈话中涉及的问题哪些是重点，哪些问题斯大林已经明白，哪些问题他还不是很了解，然后拟出下一次会谈的要目，并整理出简报。""王稼祥建议少奇就中国问题写一个书面报告，这既能使会谈有所依循，又可以把问题谈得更有系统。在讨论、研究问题时还可以这份报告作为基础，把问题谈深谈透，使他们对中国的问题有个较全面、较正确的了解。这样能保证会谈内容既不会重复也不会遗漏。因在国内已有充分的准备，报告很快拟定出来，在第二次会谈后交给了斯大林。后来双方又谈了三四次，每次花去四五个小时。会谈进行得有计划、有步骤，有先后次序、轻重缓急之分。这同稼祥妥善的组织安排是分不开的。"

7月2日，双方进行第二次商谈。这天，刘少奇两次致电毛泽东和中共中央，请示可否以书面报告方式向斯大林通报情况等。第二天，毛泽东复电，同意代表团以"书面报告的方式为报道情况，提出问题"。

遵照毛泽东的指示，中共代表团进行了两天的紧张准备。7月4日，刘少奇以中共中央代表团团长的身份，向斯大林提交了1份1万多字的书面报告。报告中通报了目前中国革命的形势、新的政治协商会议与中央政府、外交问题和与苏中关系有关的问题。报告指出：中国革命战争已基本胜利，很快会完全胜利；今后的任务是争取在最短时期内结束战争，肃清蒋介石国民党残余，并尽可能迅速地恢复和发展人民经济，管理与建设国家；决定在当年8月召开新的政治协商会议，并成立联合政府，现正积极进行各项准备工作；新中国将实行民族独立、保卫世界和平与民主、平等互惠地与各国通商贸易的外交原则；毛泽东将在中苏建立外交关系后公开访问莫斯科。

7月11日晚10时，中苏双方举行正式会谈。会谈地点在克里姆林宫的联共中央政治局会议室。中方刘少奇、高岗、王稼祥出席。苏方参加的有斯大林、莫洛托夫、马林科夫、贝利亚、米高扬、布尔加宁以及有关的军队领导人。师哲后来回忆说："斯大林亲自主持了这次会议。他首先说明，这次会谈是按照中共代表团的愿望召集的。""他说：少奇同志的报告写得十分清楚、明确，他们方面的人都看了，没有问题。"

这次会谈取得了很大成果。关于中苏关系问题，斯大林说，中国政府一成立，苏联立刻承认你们。1945年签订的中苏条约是不平等的，因为那时是同国民党打交道，不能不如此。美国在日本驻兵很多，蒋介石又勾结美国，苏联在旅顺驻兵是抵制美蒋武装力量的自由行动，保护苏联，同时也保护中国革命的利益。当时联共中央内部已有决定，即在对日和约订立、美国从日本撤兵后，苏联可以考虑立刻从旅顺撤兵。如果中共要苏联从旅顺立即撤兵，苏联军队现在就可以从旅顺撤退。这个条约等毛泽东来莫斯科时解决。关于毛泽东来莫斯科的问题，斯大林说，中国政府成立、两国关系建立后,毛泽东就可以来,如果毛泽东还不便来,苏联可以派代表团到中国去。

7月27日,在中共代表团抵达苏联一个月后,斯大林在孔策沃别墅新建的二层楼上举行宴会,招待中共代表团一行。席间,双方继续进行会谈。这次会谈气氛比较轻松,大家边吃边谈。谈话的重点集中在两党两国的关系方面。斯大林举杯庆祝中国革命的胜利,他说:"我从来不喜欢奉承人家。别人对我有许多奉承,我也觉得厌烦。我说中国马克思主义者的成就,苏联人及欧洲人要向你们学习,并不是奉承你们,不是说客气话。西欧人由于他们骄傲,在马克思、恩格斯死后,他们就落后了。革命的中心由西方移到了东方,现在又移到了中国和东亚。""关于马克思主义,在一般的理论方面,也许我们苏联人比你们知道得多一些,但把马克思主义的一般原则应用到实际中去,则你们有许多经验值得我们学习。在过去,我们已经向你们学习了很多。一个民族必须向另一个民族学习,哪怕是一个很小的民族,都有很多东西值得我们学习。"在谈到两党关系时,斯大林说:"我们不愿别国共产党强制我们执行他们的意见,我们也不要求更不愿意强制别个国家的共产党一定要执行我们的意见。我们两党之间,经常交换意见是必要的,但我们的意见并不都是正确的,各国共产党可以拒绝我们的提议,当然我们也可以拒绝各国共产党的提议。"斯大林带着歉意地问中共代表团说:"我们是不是扰乱或妨害了你们呢?"刘少奇有礼貌地回答说:"没有。"但他提到,1945年毛泽东或许可以不到重庆去,有周恩来去就够了。但毛泽东到重庆去,结果是很好的,使我们有了政治上的主动权。斯大林说:"毛泽东到重庆是有危险的,CC(The Central Club,中央俱乐部)等特务有害毛同志的可能。当时,美国人曾向我们说:中国国民党要和平,为什么中国共产党不要和平?我答复说:'中国共产党的事,我们管不着。'"斯大林又问刘少奇:"你们在美国人参与的和平运动中是否受了损失，妨害了你们？"刘少奇回答说："在和平运动中，中共中央的头脑是清醒的，但有个别的负责同志对和平有幻想，受了若干不大的损失。但那次和平运动很有必要，结果我们孤立了美蒋，使后来我们推翻国民党，打倒蒋介石，没有一个人说我们这样做得不对。"斯大林最后感慨地说，胜利者是不能被审判的，凡属胜利了的都是正确的。他进而说道，中国同志总是客气的、讲礼貌的，我们觉得我们是妨碍过你们的。你们也有意见，不过不肯说出来就是了。你们当然应该注意我们讲的话正确与否，因为我们常常是不够了解你们事情的实质，可能讲错话。不过，如果我们讲错了，你们还是说出来好，我们会注意到的。斯大林的这番话，实际上是在用一种委婉的方式向中国同志表示歉意，承认苏联曾妨碍过中共。

谈话间，斯大林给刘少奇敬酒，他说，今天，你们称我们为老大哥，但愿弟弟能赶上和超过老大哥。这不仅是我们大家的愿望，而且也是合乎发展规律的，后来者居上。请大家举杯，为弟弟超过老大哥、加速进步而干杯！

刘少奇礼貌地说，兄长总是兄长，老弟还是老弟，我们永远向兄长学习！满面喜气的斯大林对刘少奇说，弟弟应该加倍努力，力求上进，争取超过兄长，这也是为了你们将来要承担更多更大的国际义务。

师哲后来回忆说："在整个访问过程中，我亲眼看到，斯大林对少奇是信任和尊重的，他从来不主动提出讨论和解决哪些问题，每次会见都聚精会神地倾听少奇的每句话，体会少奇的语意和心情，并对少奇的意见多次表示同意和赞赏。斯大林根据中方要求或愿望进行商谈，提出意见、建议或指出解决的办法。并且他不准别人插手，以免横出枝节。因而在会谈中从未有过误会或不愉快。可以说，历次会见都是在热情洋溢、友好诚挚的气氛中进行的。"

8 月 14 日，刘少奇带着首批苏联援华的经济、军事等专家 220 人离开莫斯科启程回国，8 月 25 日到达沈阳。

刘少奇的这次秘密访苏获得了成功。访问直接沟通了中共中央同联共领导人之间的联系，对以后中苏关系的发展以及苏联对新中国的态度有着重要影响，也为年底毛泽东的正式访苏做了准备。

在刘少奇成功访苏回国一个多月后，中华人民共和国在 1949 年 10 月 1 日宣告成立。第二天，苏联宣布和中国建交。10 天后，苏联驻中国大使罗申抵达北京。中国政府给予了特殊的礼遇，周恩来、董必武、郭沫若、聂荣臻及各民主党派负责人和首都 3000 余名群众到车站欢迎。一周以后，毛泽东亲自接过了罗申递交的国书，并且设宴款待罗申大使。在美国孤立和封锁中华人民共和国的形势下，新中国成功地打开了第一扇外交门窗。

早在 1948 年，一直喜欢穿布鞋的毛泽东就买好皮鞋、缝好厚呢子大衣，连行李都已经装箱，准备去往莫斯科访问。然而斯大林以征粮工作开始为由，拒绝了毛泽东的访问。这件事情使毛泽东感到非常不快。俄罗斯学者列多夫斯基后来这样解释斯大林拒绝的理由："推迟毛泽东访问莫斯科的真正原因是，在苏联政府和蒋介石国民党政府之间还保持着官方关系期间，莫斯科下不了决心来接待这位'游击部队的领袖'，担心会导致国际关系复杂化。"

在刘少奇夏天访苏时，毛泽东宣布了"一边倒"的外交政策。做出这个决定，对于毛泽东来说，其实并不轻松。

"一边倒"，即倒向以苏联为首的社会主义阵营一边，就是明确宣布新中国在国际斗争中，将坚定地站在社会主义和世界和平民主阵营一边。这一方针是毛泽东于 1949 年 6 月 30 日在《论人民民主专政》一文中提出来的，他明确指出："积四十年和二十八年的经验，中国人不是倒向帝国主义一边，就是倒向社会主义一边，绝无例外。骑墙是不行的，第三条道路是没有的。我们反对倒向帝国主义一边的蒋介石反动派，我们也反对第三条道路的幻想。"这是毛泽东在深刻总结中国革命历史经验的基础上，从当时整个国际战略格局，特别是美国等帝国主义国家对新中国采取敌视态度并实行包围封锁的现实考虑而提出来的。显然，毛泽东提出的"一边倒"，并不是放弃民族独立，一切依从别国，更不是去当别国的附庸，而是以维护国家主权和民族独立为前提的国际战略态势上的"一边倒"。

中苏一建交，毛泽东就着手进行访苏的具体准备工作。11 月 9 日，他以中共中央名义致电中国驻苏联大使王稼祥："我们已请柯瓦略夫（即柯瓦廖夫，当时是在中国的苏联经济专家组组长）通知斯大林同志，请他决定毛主席去莫斯科的时间。我们认为毛主席可于十二月初动身去莫斯科。至于恩来同志是否应随毛主席一道去莫斯科，或于毛主席到莫后再定恩来是否去及何时去，此点亦请斯大林酌定。"11 月 12 日，毛泽东在接到斯大林的邀请电后，立即复电："菲里波夫（即斯大林）同志：感谢你欢迎我到莫斯科去。我准备于十二月初旬动身。同时请你允许柯瓦略夫同志与我一道同去。他已对苏联专家的工作做了安排，他去不会影响工作。"

1949 年 12 月 6 日，北京下了一场大雪，毛泽东第一次穿上厚实的皮大衣，登上北上的专列，前往莫斯科。这是中华人民共和国成立之后，中共最高领导人的第一次出访。这也是毛泽东生平第一次走出中国故土，出国访问。毛泽东的随行人员有陈伯达（以教授的身份）、师哲（翻译）、叶子龙、汪东兴等。苏联方面由苏联驻华大使罗申、在中国的苏联经济专家组组长柯瓦廖夫陪同。

毛泽东这次访苏的目的，主要是同斯大林就中苏两国间重大的政治、经济问题进行商谈，重点是处理 1945 年国民党政府同苏联政府签订的《中苏友好同盟条约》。这个条约是《雅尔塔协定》的产物，而《雅尔塔协定》是苏、美、英三国背着中国签订的，严重地损害了中国的主权和利益。为了适应中国革命胜利后国际形势的新情况和中苏关系的新变化，废除中苏旧约，制定新的中苏条约，把中苏关系建立在平等、互利、友好、合作的基础上，是一个重要而紧迫的任务。

毛泽东选择了一个最理想的出访时机，适逢斯大林七十大寿。列车上装满了毛泽东为斯大林精心准备的寿礼：一车皮山东产的大葱和一车皮江西产的蜜橘。

毛泽东乘坐专列从北京出发，经东北的满洲里，沿着漫长的西伯利亚铁路前往莫斯科。专列经过天津时，因在铁路线上发现了一颗实际上已经破旧的手榴弹，公安部部长罗瑞卿还专门下车去调查一番。

专列进入苏联境内第一站奥特堡尔时，苏联外交部副部长拉夫伦捷夫已专程前来迎接，并在车站举行了简短的欢迎仪式。列车行至斯维尔德洛夫斯克车站时，毛泽东下车在月台上散步，但几分钟后，他忽然头昏目眩、满头大汗、站立不稳，在师哲搀扶下，回到列车上。后来毛泽东乘车时，中途不再到月台上散步。

12月16日，莫斯科时间中午12时，专列抵达莫斯科雅罗斯拉夫车站后，毛泽东发表了书面演说："我这次获有机会访问世界上第一个伟大社会主义国家苏联的首都，是生平很愉快的事。中苏两大国人民是有深厚友谊的。十月社会主义革命之后，苏维埃政府根据列宁、斯大林的政策首先废除了帝俄时代对于中国的不平等条约。在差不多三十年的时间内，苏联人民和苏联政府又曾几次援助了中国人民的解放事业。中国人民在患难中，得到苏联人民和苏联政府这种兄弟般的友谊，是永远不会忘记的。"当天下午6时，斯大林在克里姆林宫会见毛泽东。两人一见面，就热烈拥抱起来。毛泽东说："我是长期受打击排挤的人，有话无处说……"斯大林表示理解，回了一句："胜利者是不受审（判）的，不能谴责胜利者，这是一般的公理。"会谈快结束前，斯大林说："你这次远道而来，不能空手回去，咱们要不要搞个什么东西？"毛泽东回答说："恐怕是要经过双方协商搞个什么东西，这个东西应该是既好看，又好吃。"当毛泽东谈到中苏友好同盟和互助条约问题时，斯大林说："这个问题我们可以讨论并做出决定。需要讲清楚，是应当宣布保留一九四五年缔结的苏中友好同盟条约，还是应当声明将对它进行修改，或者现在就对它作相应的修改。"他又说："大家知道，这个条约是根据雅尔塔协定缔结的……这就意味着，这个条约的签订，可以说是取得了美国和英国的同意的。……即使对某一条款的修改，也会在法律上给美国和英国以口实，他们会提出也要修改有关千岛群岛、南库页岛条款的问题。"毛泽东表示："我们所采取的行动，必须符合公众最大的利益。这个问题需要好好考虑一下。唯中国社会舆论有一种感想，认为原条约是和国民党政府订的，国民党政府既然倒了，原条约就似乎失了存在的意义。"

这次会谈后的第三天，毛泽东致电刘少奇，详细介绍了与斯大林会晤和会谈的情况。

到达莫斯科的第五天，苏联举国开始庆祝斯大林七十寿辰。在大剧院的舞台上，一些国家的党政首脑一个接一个地上台，发表辞藻华丽的颂词，引人注目的是，演说者宣读的都是预先准备好了的俄文演讲稿。斯大林愤怒地问主持庆祝大会的主席，为什么他们全都用俄文发表演说，难道他们没有自己本国的语言吗？毛泽东从师哲那里了解到原委后，大声地说，瞧见了吧，知识受到了惩罚，但他是不怕的，因为他对俄文一个字也不认识。随后，毛泽东走上发言席，浓重的湖南口音响彻大剧院。

虽然在这次庆祝斯大林七十寿辰大会上，毛泽东在形式上受到了苏方高规格的接待，但苏方对签订条约等实质问题避而不谈，这令毛泽东有些着急。

访问苏联的要求，是毛泽东在 1947 年提出来的，直到中华人民共和国成立之后，才得以实现。然而毛泽东没有想到，自己在访问过程中受到如此冷遇。废除中苏旧约，签订新的条约，是毛泽东这次出访最大的任务。苏联方面对签订新条约表现出来的漠不关心，让毛泽东越来越烦躁，他开始在住所闭门不出。

在苏方联络员柯瓦廖夫来别墅看望毛泽东的时候，毛泽东终于忍不住表示了自己的不满。他说："我到莫斯科来，不是单为斯大林祝寿的。我现在的任务是三个：吃饭、拉屎、睡觉。"这明白无误地是说给斯大林听的，表达了对斯大林不准备签订新约的不满。

就在这时，缅甸政府正要求同中国建立外交关系，印度继缅甸之后也承认了新中国，英国也想承认新中国。这些国际动向，让斯大林不能再稳坐如山了。同时，毛泽东在别墅的闭门不出，还引出了一场不小的风波。师哲后来回忆说："当时凑巧遇到一件预料不到的事：英国通讯社造谣说，斯大林把毛泽东软禁起来了。消息传出后，苏方倒有些着慌。""毛主席访问苏联，这是中华人民共和国成立后，党和国家最高领导人同苏联党和政府最高领导人的第一次直接会晤，是最重要的外交接触和谈判，理所当然要引起国际舆论的高度重视。但十几天来竟没有消息报道有什么实质性的进展，这是西方人士不能理解的，当然要引起世人的种种猜测。""大家为此很着急。稼祥足智多谋，不愧为'智囊'。他提出以主席答塔斯社记者问的形式，在报上公布主席到苏联的目的。1950 年 1 月 1 日，毛主席决定发表这个《答记者问》，1 月 2 日见报。"

1 月 2 日，苏联《真理报》发表毛泽东与塔斯社记者的谈话。记者问："中国目前的情势如何？"答："中国的军事正在顺利进行中。目前，中国共产党和中华人民共和国中央人民政府正在转入和平的经济建设。"问："毛泽东先生，您在苏联将逗留多久？"答："我打算住几个星期。我逗留苏联时间的长短，部分地决定于解决有关中华人民共和国利益的各项问题所需的时间。"问："您所在考虑的是哪些问题，可否见告？"答："在这些问题当中，首先是现有的中苏友好同盟条约问题，苏联对中华人民共和国贷款问题，贵我两国贸易和贸易协定问题，以及其他问题。此外，我还打算访问苏联的几个地方和城市，以便更加了解苏维埃国家的经济与文化建设。"

师哲在回忆录中说："《答记者问》发表后，震动很大，政治空气为之一新。谣言不攻自破。"

《答记者问》发表的当天，毛泽东致电刘少奇："本（二）日发表我和塔斯社记者谈话，请嘱乔木、陈克寒（时任新华社总社社长兼总编辑）注意，照塔斯社稿译发为要。"

后来在斯大林的要求下，这篇谈话由外交部正式发表。此时，斯大林已不再坚持原有的想法，表示同意周恩来到莫斯科来，立即签订新条约。得知消息后，毛泽东通知周恩来，迅速赶到莫斯科。

在等待周恩来的日子里，心情豁然开朗的毛泽东开始走出大门，去各地参观访问。遵照毛泽东的愿望，汽车直奔波罗的海的芬兰湾。遥望十月革命的策源地之一——喀琅施塔得要塞，毛泽东走下汽车，在冰层上来回踱步，举目眺望，满怀激情地说："我的愿望是要从海参崴——太平洋的西岸，走到波罗的海——大西洋的东岸，再从黑海边走到北极圈。那时才可以说，我把苏联的东西南北都走遍了。"

1 月 10 日，周恩来率领中华人民共和国政府代表团乘火车离开北京前往苏联，20 日到达莫斯科。

周恩来到来之后，签订新条约的工作开始了。22 日晚，毛泽东、周恩来等同斯大林、莫洛托夫、马林科夫、米高扬、维辛斯基等会谈。斯大林先表示："现有协定，包括条约在内，都应修改，尽管我们曾经认为还是保留好。这些条约和协定之所以必须修改，是因为条约的基础是反对日本的战争。既然战争已经结束，日本已被打败，形势发生了变化，现在这个条约也就过时了。"双方商定了各项问题的处理原则和工作方法。从第二天起，具体商谈由周恩来、李富春、王稼祥同米高扬、维辛斯基、罗申进行。

北京大学教授沈志华介绍："尽管周恩来来之前，做了很多的准备，但是毕竟中华人民共和国刚刚成立，我们的外交经验毕竟不足。苏联准备得特别详细，从 1 月 5 号开始，专门搞了一个条约起草委员会，改来改去，到 13 号的时候，已经改了 7 稿，一共有 13 个文件。包括大连问题、旅顺问题、贷款问题、专家问题，人家全准备好了，而且有法律专家提供意见。一个核心的问题是他们的条约是新的，但是内容还是旧的。"

当中共方面提交的新约被递交到斯大林案头时，这位苏共最高领导人经历了复杂的思想斗争，才同意最终按照中方意愿拟定新约。

沈志华说："其中有一个文件改得最大，不是叹号，就是叉，最后签了个名，斯大林。你可以从这个看到，斯大林看到这个文本之后，气愤之极啊。最后，28 号的时候，苏联交回来的，基本上跟中国提交的一样。"

1950 年 2 月 14 日，中苏新约和有关协定的签字仪式在莫斯科克里姆林宫举行，由周恩来和苏联外交部部长维辛斯基代表各自政府在文件上签字，斯大林和毛泽东出席了签字仪式。当晚，中国驻苏大使王稼祥在莫斯科大都会饭店举行盛大招待会。斯大林也应邀来到饭店出席招待会，这在他来说是打破惯例的举动。当毛泽东和斯大林以及中苏双方其他高级领导人合影时，毛泽东的机要秘书叶子龙发现了一个不引人注意的细节——斯大林稍稍向前挪了一小步。回到下榻处，他向毛泽东提到这一点。毛泽东微微一笑说："这样就一般高了嘛！"毛泽东身高 180 厘米左右，斯大林看上去要矮一些，但从照片上看，两人基本上差不多高。

至此，毛泽东提出的"一边倒"外交政策以条约形式正式确定。

1950 年 3 月 4 日，毛泽东、周恩来回到北京。从 1949 年 12 月初到 1950 年 3 月初，毛泽东完成了一生中时间最长的一次出访，也完成了他此行最重要的一项任务——《中苏友好同盟互助条约》的签订。

《中苏友好同盟互助条约》和有关协定的签订，是新中国外交工作中取得的巨大成功。1950年3月10日，周恩来在第二十三次政务会议上的报告中说，这就以新的条约把中苏两国的友好与合作关系固定下来，在军事上、经济上、外交上实行密切的合作。4月11日，毛泽东在将条约和协定提交中央人民政府委员会批准时也说："这次缔结的中苏条约和协定，使中苏两大国家的友谊用法律形式固定下来，使得我们有了一个可靠的同盟国。这样就便利我们放手进行国内的建设工作和共同对付可能的帝国主义侵略，争取世界的和平。"新约和有关协定使1945年8月的旧约和协定随之失去效力，这也让新中国有更大的政治资本，在国际上去审查过去中国和各帝国主义国家所订的条约。

1956年9月，毛泽东在接见阿尔巴尼亚劳动党代表团时，动情地说道："建国之初，大工厂我们还不会设计，现在谁替我们设计？化学、钢铁、炼油、坦克、汽车、飞机等工厂，谁给我们设计呢？没有一个帝国主义国家替我们设计过。国与国之间没有矛盾是不现实的，但是我们同苏联靠在一起，这个方针是正确的。"

荡涤"尘埃"

1949年1月31日，北平和平解放。北平的城市改造工作也随即开始。除了城市市容的改造，人的改造也着手开始。就是说，在新中国建立之后，要把以前旧社会遗留下来的污泥浊水，统统扫除干净。在北平城里，不务正业、不事生产的流浪汉与乞丐成为新政府最先改造的人群。

北平解放后，街头仍有大量游民和乞丐，城市小偷混迹其中，对社会治安造成很大的影响。春末夏初，刚刚成立的北平市政府建立了"乞丐收容所"，17岁的派出所户籍干部程续章每天都会遇到这样的人。原北平市公安局外三分局派出所户籍干部程续章回忆说："乞丐那阵就是睡在街上，有时候就倒在那儿不能动了，要点饭吃。就是那么个状态。要饭，有的人给，有的人不给。不给怎么办呢？那就饿着吧。当时就是这样。"

很多乞丐在政府收容他们的时候，都感到恐慌、害怕。拍摄于1949年的纪录片《踏上生路》真实反映了新政权收容流散在北平、天津两地的千余名乞丐，鼓励他们自食其力的过程。片中说：在迅速收容、迅速处理的原则下，对乞丐进行了短期的教育，使他们认识到，劳动是光荣的，寄生是可耻的。这里是学习技艺的地方，最要紧的是克服堕落思想。经过几个月的教育，他们就紧张地站在了自己生产的岗位上。

在此期间，公安局共抓捕了小偷2100多人，收容乞丐约250人。其中，年轻力壮者被送到劳动大队，前去修治黄河或到察哈尔开荒种地；老弱者被送到安老院，从事力所能及的轻微劳动；176人被送往习艺所进行教育、改造，学习生产技能。

北平改造乞丐的同时，在刚刚解放的上海，民政部门也开始实行收容政策，将大批游民和流浪儿送进教养机构或者移送到苏北垦区等地学习改造。在一个个逐渐解放的城市里，同样的行动都在逐一展开。

改造乞丐只是社会变化的序幕，更大的变化随即而来。中华人民共和国成立后不久，北京市就成立了封闭妓院总指挥部，封闭妓院的工作随之紧锣密鼓地开始了。

北京的妓院多集中在前门外大栅栏以西以南的一片地区，人称八大胡同。这里是旧北平花街柳巷的代名词，有各等妓院一百几十家之多。

1949年3月，在刚刚解放的北平城，市公安局遵照上级指示开始对妓院从业人员严格调查、加强管理。各分局接到任务，要求对辖区内的妓院数量和妓女状况开展详细调查。

原北平市公安局二处二科科员于行前介绍："八大胡同在前门一带，那里的楼房是很阔绰的，名字也花里胡哨的，那个大红灯笼高高照，一到了晚上，喧闹不止，卖各式各样水果的、糖果的，或者什么肉类的都排满了，人来人往的，在那一带游逛的人很多。"

那些被逼为娼的女孩们的遭遇和共产党人封闭妓院的行动，后来被拍成电影《姐姐妹妹站起来》。影片真实地表现了烟花女子的辛酸与无奈，以及接受新政府改造的过程。

在当时的北京城里,妓女之间也有着不同的身份。一种被称为"自养",这是为数不多的一部分。尽管她们和老板订有合同,但仍然拥有一定的人身自由,卖身所得也是和老板分成。另一种则是完全卖身,她们和老板订有终身合同,卖身所得几乎要全部上交,并且常年遭受着非人的待遇。

时任北京市妇联筹委会副主任的杨蕴玉介绍:"绝大多数的妓女,是因为家庭贫寒、无法生活而被拐被卖的。"

时任北京市公安局某处侦查员的李龙回忆说:"彭真同志在封闭妓院行动前,到八大胡同去暗访,接触了一个15岁的小女孩。小女孩哭着说:'我一天只能挣四个窝窝头的钱。'彭真同志就问她:'你这个钱都到哪了?'她说:'我一开支,铺钱,就是租被子的钱,房租,房子也都是临时租的,七扣八扣,再给领家、老板,自己所剩的也就是四个窝窝头的钱。'她一边哭,一边诉说这个情况,所以彭真同志很体察这个情况。最底层妇女的这种惨状,实在是不能够诉说的。"

共产党人向来不喜欢打无准备之仗。从3月份的调查行动开始,妓院的数量、分布以及妓院老板的姓名住址和财产情况,已经被公安局全盘掌握,下一步就是采取迅速有效的行动了。

1949年11月21日,程续章接到命令,让他和5名民警带上武器于下午3点30分到分局集合。程续章后来回忆说:"我在派出所接到分局的通知,让我们去分局开会,不知道要干什么。一到分局,大门就关了,许进不许出,公安干部也是一样。"当天下午5时,在中山公园中山堂召开北京市第二届各界人民代表会议。会议通过了一项决议,即关于封闭妓院的决议。决议指出:妓院乃旧统治者和剥削者摧残妇女精神与肉体、侮辱妇女人格的兽性的野蛮制度的残余,传染梅毒、淋病,危害国民健康极大。而妓院老板、领家和高利贷者乃极端野蛮狠毒之封建余孽。兹特根据全市人民之意志,决定立即封闭一切妓院,集中所有妓院老板、领家、鸨儿等加以审查和处理，并集中妓女加以训练，改造其思想，医治其性病，有家可归者送其回家，有结婚对象者助其结婚，无家可归、无偶可配者，组织学艺，从事生产，并没收妓院财产以作为救济妓女之用。

11 月 21 日晚 6 点整，北京市第二届各界人民代表会议关于封闭妓院的决议刚刚通过，行动指挥部就命令妓院老板和领家到各公安分局集中，实施拘留。八大胡同里只剩下了伙计和妓女。

8 点的钟声一过，待命了几个小时的干警们就接到了行动的命令。27 个行动小组的 2400 多名公安纵队的干警，分乘 37 辆大卡车，朝 224 家妓院包抄过去。

这是一项秘密行动，在此之前，2400 多名干警都不知道行动的具体内容是什么。

李龙介绍："8 点钟统一行动。这个行动是非常秘密的，因为一漏风声的话，妓院的老板和管家、领家，他们有可能就转移财产，做各项的准备活动了，所以严密地封锁这个消息。"

于行前回忆说："大风一刮，雾蒙蒙的，一种到前线去的感觉，那时候都是那种心态。"

程续章回忆说："这妓院我也没去过，反正知道有妓院，知道是不干好事的地方，但是具体情况并不了解。封闭妓院那天我才接触到妓院，看到妓女。"

另一位当天参与行动、曾任北京市公安局外二分局侦查股副股长的李树杉回忆道："进去以后，这帮人就以为我们是嫖客呢，好家伙，一喊接客，这些妓女啊没有接客的就站在门口，就叫大家挑、拣。后来我们一宣布我们这个身份，她们就着急了。"

程续章回忆说："妓女她们是很害怕的，她们不了解、不知道我们穿制服的带着枪去是干什么的。"

于行前回忆说:"她们在床上又哭又闹、又拍又打的。王树显生气了,她说你们干什么呀,你们怎么这个样子,你们闹什么啊?现在政府来解救你们,你们这么闹!你们再闹我就找两个人来拿一个床单把你们抬出去。这个女同志这么理直气壮地一训斥她们,大家就不哭也不闹了。"

李龙回忆说:"我们讲完政策之后,有一部分人安稳一点,但是有些人还是不理解,还是闹。闹到什么程度呢,有个妓女把自己所有剩下来的私房钱到处藏,有的是给别人,让人家帮她带走。我们当时就告诉她们:你们的个人财产,公家绝不没收。我们共产党不没收你们个人的财产,我们只是把你们的个人财产登记了,暂时保存。你们将来出去了之后,这些东西还都是你们的。"

从 1949 年 11 月 21 日晚间 8 时到次日凌晨 5 时,北京市共封闭妓院 224 家,1000 多名妓女被集中收容。旧社会的娼妓制度终于走到了尽头。

在 1949 年 11 月底查封所有妓院之后,为了彻底改造这些妓女,北京市公安局特别成立了一个妇女生产教养院,1300 多名妓女被分别安排在教养院下设的 8 个所里。每个所配备 1 名所长,4~5 名共产党干部。当这些衣来伸手、饭来张口的妓女们遭遇穿着粗布军装、言语豪迈的共产党女干部时,双方的互不适应和冲突不可避免地发生了。

如今的韩家胡同 36 号,曾是八大胡同的一家妓院。封闭妓院的第二天,它成为收容和改造妓女的总指挥部,名叫北京市妇女生产教养院。21 日深夜,几十名年轻的妇女干部也集中到这里。

杨蕴玉后来回忆说:"开始集中的当天夜里,局势就很紧张。因为她们一贯受欺骗、受凌辱,所以她们认为世界上没有好人,对新社会、对共产党、对革命政府,在情绪上也完全是对立的。所以她们对我们也是抱着完全怀疑的态度,充满了不信任。所以一见到我们,她们有人上房子逃跑,有人装病,有人哭娘叫爹的,折腾得很厉害。"

对于这些特殊的学员来说，被收容的第一晚，是一个漫漫长夜，不知道今后的生活将会怎样，她们在忧虑中熬到了天亮。

一觉醒来，她们发现门口站着持枪站岗的战士，顿时炸开了锅，哭声震天动地。

和这群特殊学员的沟通成为摆在妇联干部们面前最急迫的事情。杨蕴玉回忆说："我们这几个人，包括这 8 个所里的干部，差不多都是三夜两天没有闭过眼，就先应付着这个折腾。说实在话，当时我作为主要负责人，对这一批工作对象确实束手无策，不知道从哪儿下手，我没遇到过这样的工作对象。后来，我们就决定了几条：第一条，平等对待。首先，不允许叫她们妓女，一律改叫学员。再一个就是用感情感化她们。你有什么事，有什么困难，有什么要求，只要是合理的，我们统统解决。你想孩子了我们给你接孩子，你生病了我们给你看病，你装病我们送茶、送水、送饭，没有棉衣公家给你发棉衣，被子不够给你发被子……这些女干部，就是这样来感化她们的。"

诉苦，俗称"倒苦水"，是中国共产党发动群众、教育群众的一个法宝。从军队中发起的诉苦运动也被妇联干部借鉴过来，让这些学员发泄心中的愤怒和苦涩。

对于当时教育感化的场景，杨蕴玉记忆犹新："首先让他们在小会上说自己的身世。这样一说呢，别的人跟她有同样遭遇的，你也想说、她也想说，这样就说起来了。小会上说了以后，感觉这里头有些典型，有愿意在更大范围说的，就可以在全所组织的会议上让她们说。这样子启发起来，运动就展开了。8 个所普遍展开诉苦运动，这样就提高了她们的觉悟，她们怎么受这些老板、领家的欺负、压迫，如何被强迫，如何有病不给治，有些姐妹如何被逼死，她们的苦难和许多情况，都是在这些会上说的。"

1950 年 1 月 19 日和 2 月 11 日，在北京市妇女生产教养院连续举行了几次大型的斗争会。面对着曾经欺骗、剥削她们的老鸨、领家，学员们勇敢地冲到台上揭发控诉。那些昔日心狠手辣、滥发淫威的老鸨终于在事实面前低下了头。

人民政府依法惩处了那些民愤极大、罪恶累累的老鸨、领家，将有着 5 条人命血债的恶霸窑主黄树卿、黄宛氏判处了死刑。

随着思想的逐渐转化，学员的情绪似乎也安稳了下来。在对妓院进行调查时，工作人员就发现，妓女患性病的情况非常严重。除性病外，她们中还有很多人有慢性肠胃炎、结核、心脏病、疥疮等病症。她们不仅遭受着身体上的巨大痛苦，还要承受来自社会上的压力和歧视。在中华人民共和国成立初期财政极端困难的情况下，新政府花费了 1 亿元，进口药剂青霉素，所有学员的病症都得到有效的治疗。

为了让这些社会底层的女性日后能够独立生活，教养院还特别安排她们学习最简单的文化和生产技能。

《人民日报》1950 年 2 月 9 日第 4 版专题报道了北京市妇女生产教养院改造妓女的工作。报道主要内容如下：

北京市妇女生产教养院成立至今已经两个多月了。一千三百多名受尽摧残剥削的姐妹们，在这里逐渐地医治了自己精神和肉体上的创伤，她们现在正受着人民政府的教养，在不久的将来这批新生的妇女就要光荣地投入生产战线了。

全市妓女被集中在教养院的开始几天，她们有些人觉得非常兴奋愉快，但大多仍怀有顾虑，而原来是头、二等的妓女，竟公开表示不满。有的甚至故意起哄，企图鼓动大家逃跑。

荡涤「尘埃」

155

解释政策，安定生活

面对着这种情况，教养院初期的工作除耐心地给学员解释政策外，更集中精力安定她们的生活。工作人员日夜忙碌为大伙搞好伙食，安排床铺，生起火炉，小孩子、老母亲在家无人照料的给接到教养院里来，留在妓院的衣物原封不动地给取回来，害急病的送医院治疗。学员们感到不但自己的生计问题获得解决，而且工作人员是那样热心地照顾体贴她们，使她们深深受了感动，情绪也就逐渐平稳下来了。

安定她们生活以后，便对她们开始进行启发性教育。一千三百多名学员在八个所里分别组成中队、班和小组，工作人员和学员生活在一起，了解她们的思想情况。她们因为长期受着精神和肉体的蹂躏，起初不愿诉说自己的惨痛遭遇，认为这是命里注定了的；对老板、领家虽然十分仇恨，但总怕将来还要依靠他们，所以谁也不敢控诉他们的罪行。

启发诉苦，控告领家

针对着上述思想，教育工作的第一步便是揭发旧社会特别是妓院老板、领家的罪恶，找出她们受苦的根源；并在上大课时讲述与她们生活相近的故事，打动学员的感情。在听《白毛女》《血泪仇》和《一个下贱的女人》的时候，很多人悲伤地痛哭，有的学员立刻去找所内工作人员，向她们诉起苦来。

由于学员们有了初步觉悟，八个所里先后都开了控诉会。经过诉苦，她们逐渐打破了顾虑，消除了依靠老板、领家的念头，进而认识到是谁为她们制造了无边无岸的痛苦，于是她们要求惩办压迫她们、剥削她们的领家、老板，替她们报仇雪恨。

一月十九日在后马场举行的控诉会上，当被害的学员卢金舫等亲手将脚镣手铐给罪恶滔天的老板、领家"母老虎"和"活阎王"戴上，公安局表示一定接受大家的要求把这二人送人民法院依法惩办的时候，"感谢毛主席""感谢人民政府"的欢呼声，像暴风雨一般震动了整个礼堂。学员们从此进一步认清了人民政府是真正为她们申冤报仇的，对工作人员的态度也更加亲切和信赖了。

文化娱乐活动是提高学员思想的重要武器之一。看了《日出》后，她们说："要不是解放了，咱们还不是落个陈白露、翠喜和小东西的下场吗？"描写农民翻身的《九尾狐》对大家的教育更为重大。

学员们的创造力是很丰富的，她们采用多种多样的形式编歌编剧来表达自己的感情。《苦尽甘来》《跳出火坑》和《再生》等剧本，许多快板、双簧、小调和集体舞蹈，鲜明地刻画出妓院中暗无天日的生活与老板、领家的兽性摧残，蒋匪伤兵和地痞流氓的无耻暴行；同时，她们也表达出在人民政府的教养下，如何努力地改造了自己。

随时表扬鼓励，培养了进取心

院部对学员的每一点进步，都给以表扬和鼓励，随时注意培养她们的自尊心和进取心。同时，北京的女工、女学生和医务工作者常给她们写信、送文具；文艺工作者和戏剧演员们教给她们排戏唱歌。这些同情和援助，也曾给她们以无上的安慰和鼓舞。

目前教育工作已经进入树立劳动观点的阶段。才入教养院时，她们都害怕劳动，特别头等妓女，表示将来进了工厂"可不把人累死？！""那怎么受得了呢？"等到她们听到"劳动英雄赵梅英""王秀鸾""坚贞不屈的侯五嫂"和"女区长韩秀贞"

等革命故事以后，她们初步树立了劳动观点，有了重新做人的信心。

戒了烟，改了装，早学习，晚开会

结合思想教育，各个所里逐渐组织她们自己管理日常生活，打扫院子、厕所，管茶炉等。在集体生活的锻炼中，她们开始慢慢地改掉了从旧社会带来的坏习气。很多人戒了大烟、纸烟，改穿了朴素的衣服。现在她们清晨七八点钟起床后就开始自习。白天有固定的政治学习、文化学习及娱乐活动，晚上开小组会。除了政治学习外，学员们文化学习也有显著的进步，刚入院时一字不识的，现在已有许多人认得一千多字，并能写信作文了。

治好性病，感谢政府

教养院一个繁重的工作——治疗学员的性病将近全部完成。刚入院时，她们患有梅毒、淋病和第四性病的竟达全体人数的百分之九十以上。人民政府曾支出六千余万元购买各种药品，邀请六十多名医务工作者给她们认真治病。现在，她们的各种性病，都已逐渐治好，她们的精神显得非常愉快饱满了！学员们常常对医生和工作人员感激地说："以前我们害病烂死都没人管，今天人民政府花了这么多钱把我们治好，我们要不进步可太对不起毛主席和人民政府了！"此外，政府对收容在教养院的五十多个小孩的健康非常关心，许多幼女在七八岁时因被领家、老板强奸而染上性病的也都治好了。

整个医治工作对学员也是个思想教育的过程。她们刚入院时，都说没病，拒绝就医，怀疑政府是否真心给她们治病。可是她们看到她们的病真的被治好时，觉悟随即提高了，她们把政府、把工作人员和医务人员看成了恩人。

教养院已有七十多名新生妇女先后出院结婚或回家生产。在庆祝张秀兰夫妻团圆的大会上，有副对联写出了她们的真情实感："旧社会使夫妻分离；毛主席让鸳鸯重欢。"

参加生产，重做新人

在教养院这样关切的教育改造下，大部分学员都自愿要求学习技术，准备进工厂做工。政府已为她们买了织布机和织袜机，将组织这批新生妇女走上光荣的生产岗位去。教养院负责人杨蕴玉时常告诉她们：今后要好好劳动生产，成家立业做新人！

1950 年 5 月，北京市妇女生产教养院集中管教的 1300 多名学员中的大部分人都已经找到各自的出路，剩下的不到 200 人也都走进了工厂，成为自食其力的纺织女工。这家工厂被取名为"新生织布厂"。

解放给所有的人带来了新的希望，曾经在黑暗中生活的人们终于看到了明朗的天空。在天津，人民政府采取了与北京不同的措施，对妓院实行寓禁于限的方针，严格管理妓院，鼓励妓院主和妓女自动转业。到了 1951 年，在镇反运动中，根据妓女们的控诉和揭发，韩翠玉、李万有等一批臭名昭著的恶霸窑主被枪毙，这在当时的天津引起了不小的轰动。

上海则在 1951 年 11 月 25 日，将仅存的 72 家妓院全部封闭。一些罪大恶极的老鸨被逮捕。妓女们被收容，在政府帮助下开始了新的人生。

随后，全国各地相继采取措施，彻底废除了在中国延续了几千年的娼妓制度。

清除妓女，只是北京荡涤"尘埃"的一步，还有许多工作要做。北京市政府将下一步改造工作的重点对准了距离八大胡同不远的天桥。

1949 年，北京市区的规模远不如今日这般庞大，天桥地区还是城南的一处城乡接合部。在不到 1 平方千米的小小区域内，有卖旧布的、卖旧鞋的、玩杂耍的,有电影院、戏院、说书馆等娱乐场所,集中了三教九流、各色人等,北京的天桥几乎就是这座城市底层的完整缩影。与此同时,天桥也是鱼龙混杂、黑恶势力较为集中的地区。

时任北京市天桥派出所所长的蒋克亲历了当时混乱的场景,他后来回忆说:"当时,小小的天桥就有四个霸天,这里边有菜霸,有粪霸。菜霸,就是农民进城卖菜,必须向他进贡、纳税,你不进贡、纳税的话,就根本不许你在这卖菜。所谓粪霸,因为前门这一带都是一些商店,所以那个厕所都是比较肥的。住户你要是不向他纳税的话,他不给你掏,那你怎么得了啊,没有几天你家里就没办法进去了。"

时任北京市公安局刑警大队副政委的王少华也回忆道:"那时候东霸天、西霸天、南霸天、北霸天,那个霸,那可叫厉害。看中谁的妻子,谁的妻子就是他的;看中谁的女儿,谁的女儿就是他的;想买谁的妻子就买谁的妻子,想买谁的女儿就买谁的女儿。"

在 1950 年 10 月开始的镇反运动中,城市恶霸是被重点打击的五大类对象之一。而他们当中的大多数都身怀武艺,甚至随身佩带武器。

绰号"张八"的东霸天张德泉,18 岁时就拜武师学艺,之后又加入了青帮和国民党。百姓对他深为恐惧,当地流传着"天桥两头洼,不怕阎王怕张八"的说法。

时为北京市公安局处务分局侦查员的罗白玉回忆说:"当时抓他们可难了,其中有一个躲藏得非常隐蔽,花了很大力量才抓到他。他们有的像张德泉那样的,还会武功。那时候真正是咱们一搞材料,他们都知道;咱们一找苦主什么的,他们也有通信。"

在 1951 年的 1 月至 5 月,北京市军管会和军法处连续 4 次召开控诉恶霸大会。而在 5 月 16 日这一天,自发来到天坛祈年殿附近参加大会的群众竟有近 3 万人。

蒋克后来回忆说："最初分局长向我布置，说准备在一个戏园里召开控诉大会。结果我召开派出所的积极分子大会一商量，群众都反对，说不行，你这一个戏园子才能装一两千人，就站着，站满也才一两千人，根本不行，就要求在露天开。"

控诉会开始之前，有160多名曾经遭受恶霸欺压凌辱的市民要求发言，但由于时间所限，最后只安排了19名苦主上台控诉。

罗白玉回忆说："其中有一个叫李克德的，是一个年轻小伙子，他一只胳膊没有了，主要是这个张八，就是张德泉用炸药给他炸的。原因是他们新分的地让张德泉给霸占了，他们当然不干，结果张德泉弄个炸药给他炸了。"

蒋克回忆说："当时控诉时，我记得有群众晕倒在会场上了。那真是喊声震天。打倒恶霸！打倒北霸天、南霸天！还有喊共产党万岁的。"

这次针对恶霸的控诉大会通过北京人民广播电台向整个北京城实况转播。5月18日，《人民日报》第一版以"北京市九区近三万人集会　控诉四大恶霸罪行　一致要求政府枪毙他们"为题，报道了北京市这次控诉四大恶霸罪行的盛况。报道主要内容如下：

北京市第九区各界人民和北京市各区、街代表，各民主党派、机关、部队、团体、学校代表共二万八千余人于十六日下午在天桥举行大会，控诉恶霸张德泉、福德成、孙永珍和林文华等四人的罪行。这四个人都是天桥有名的恶霸，他们的绰号是"东霸天""西霸天""南霸天"和"林家五虎"之一。几十年来他们骑在天桥人民头上，勾结敌伪的军警、特务，残害人民。死在他们手里的人，据已查明的就有十四个。绰号"东霸天"的张德泉，又名张八。他是国民党员，曾当伪甲长。林文华是中统的特务分子。

他拿别人当靶子来练武术,同院住户被他打死一人,有三人被打得吐血。当十九名上台控诉他们的罪行的人提到当年所受迫害时,无不悲愤万分,当场气昏的有七人。一个八十岁的老太太也参加了控诉。台上台下两万多人不时愤怒地高呼,要求人民政府枪毙恶霸反革命罪犯。北京市各地收听大会广播的各界人民,也不断地打电话来要求枪毙这四个恶霸。到会的第九区区代表谷凤翔、国民党革命委员会北京市分部常委召集人宁武、辅仁大学校长陈垣、工商界代表李贻替等先后在会上讲话,一致要求政府枪毙这些恶霸,坚决镇压反革命。当北京市军事管制委员会军法处代表宣布,政府一定按照大家的意见办时,全场立即齐声欢呼:坚决镇压反革命!为人民报仇!感谢人民政府!毛主席万岁!

　　昔日横行一方的恶霸们,如今在万声唾骂之中低头认罪。整个天桥地区的治安状况也为之大变。蒋克回忆说:"从那个运动以后,那些积极分子更加热爱政府、热爱共产党,纷纷向我们举报线索。之后,天桥的治安大为好转。镇压反革命运动以后,天桥一带,民警几乎很少来做工作。那些积极分子抓流氓、抓小偷,每天都有。小偷、流氓都是由群众送到派出所的。"

　　与此同时,针对城市恶霸的打击也在全国范围内相继展开。在扫除妓女制度、铲除恶霸的同时,1950 年 2 月 24 日,中央人民政府政务院下达了由周恩来总理签署的《政务院关于严禁鸦片烟毒的通令》。全文如下:

　　　　自帝国主义侵略我国,强迫输入鸦片,为害我国已百有余年。由于封建买办的官僚军阀底反动统治,与其荒淫无耻的腐烂生活,对于烟毒,不但不禁止,反而强迫种植,尤其在日本帝国主义侵略下，曾有计划的实行毒化中国，因此戕杀人民生命，损耗人民财产，不可胜数。现在全国人民已得解放，为了保护人民健康，恢复与发展生产，特规定严禁鸦片烟毒及其他毒品的办法如下：

一、各级人民政府应协同人民团体，作广泛的禁烟禁毒宣传，动员人民起来一致行动。在烟毒较盛地区，各级人民代表会议或人民代表大会，应把禁烟禁毒工作作为专题讨论，定出限期禁绝办法。

二、各级人民政府为使禁烟禁毒工作进行顺利，得设禁烟禁毒委员会。该会由政府民政、公安部门及各人民团体派员组织，民政部门负组织之责。

三、在军事已完全结束地区，从一九五〇年春起应禁绝种烟；在军事尚未完全结束地区，军事一经结束，立即禁绝种烟，尤应注意在播种之前认真执行。在某些少数民族地区如有种烟者，应斟酌当地实际情况，采取慎重措施，有步骤的进行禁种。

四、从本禁令颁布之日起，全国各地不许再有贩运制造及售卖烟土毒品情事。犯者不论何人，除没收其烟土毒品外，还须从严治罪。

五、散存于民间之烟土毒品，应限期令其缴出，我人民政府为照顾其生活，得分别酌予补偿。如逾期不缴出者，除查出没收外，并应按其情节轻重分别治罪。

六、吸食烟毒的人民限期登记（城市向公安局，乡村向人民政府登记），并定期戒除。隐不登记者，逾期而犹未戒除者，查出后予以处罚。

七、各级人民政府卫生机关，应配制戒烟药品，及宣传戒烟戒毒药方,对贫苦瘾民得免费或减价医治。烟毒较盛的城市,得设戒烟所。戒烟戒毒药品的供应,应由卫生机关统一掌握,严防隐蔽形式的烟毒代用品。

八、各大行政区人民政府(或军政委员会)、中央直辖省市人民政府,各按本地区情况,依据本禁令方针,制定查禁办法及禁绝种吸日期,呈报中央人民政府政务院批准施行。并于批准后,印发布告,进行广泛深入的宣传教育工作。

希即依照执行,并转令所属遵照。

此令。

由此,一场群众性的禁毒运动随即展开。紧接着,又取缔了"一贯道"等反动会道门和封建迷信组织,扫除了旧社会遗留下来的残渣余孽。

就在首都北京举行一系列荡涤旧时代"尘埃"行动的同时,全国各地也同样开始了类似的活动。新生的国家有了新的形象、新的希望。这一时期,中央人民政府副主席宋庆龄曾到各地视察,她感慨地说,旧中国已经变成了新中国,中国已经是一个健康和充满活力的国家。

北上，北上

1949 年 6 月 15 日，新政协筹备会议在中南海勤政殿召开，参加会议的有中国共产党和各民主党派、各人民团体、各界民主人士、国内少数民族、海外华侨等 23 个单位的代表，共 134 人。会议一致通过了《新政治协商会议筹备会组织条例》，选出了由 21 人组成的筹备会常务委员会，推选毛泽东为主任，周恩来、李济深、沈钧儒、郭沫若、陈叔通为副主任。然而，这 134 名代表的到来却是十分不易的。就拿李济深和沈钧儒来说，一年前他们还远在香港。

1949 年 6 月 20 日《人民日报》关于这次会议的报道指出："召集新政治协商会议以建立民主联合政府的主张，是中国共产党在一九四八年'五一口号'中所提出的。中共的提议得到了全国民主阵营迅速的普遍的响应。代表各民主党派和各民主阶层的人士，去年八月开始，就陆续来到解放区，以便与中共共同进行新政协的筹备事宜。中共负责人曾与他们就各种国是问题，详尽地交换了意见。在历时约十个月的商谈中，对反对帝国主义、反对封建主义、反对官僚资本主义，打倒国民党反动派的统治，以及建设新民主主义国家的纲领和步骤等项根本问题，获得了一致的意见。"

1948年4月30日，在中国大地上的两个政府都发生了重要的事件。

在南京的国民党政府千方百计拼凑了一副班子，召开了所谓行宪国民大会，并通过所谓民主选举，选举蒋介石任总统、李宗仁任副总统。

在河北省阜平县城南庄，中共中央书记处召开的扩大会议讨论通过了经毛泽东修改的《中共中央纪念"五一"劳动节口号》，提出"各民主党派、各人民团体、各社会贤达迅速召开政治协商会议，讨论并实现召集人民代表大会，成立民主联合政府"，并于当天通过陕北的新华社正式对外发布。这就是历史上著名的"五一口号"。

钱之光之女钱幼康介绍："解放战争进入到1948年以后，全国的政治形势和军事形势都发生了巨大的变化。这时候国民党的势力受到了很大的打击，所以中国共产党根据这个形势，在五一提出了'五一口号'，号召各民主党派、人民团体以及一些进步人士，早日来参加政治协商会议，共商国是，来成立一个民主的联合政府，使这个联合政府具有广泛的代表性。"

时为司徒美堂秘书的司徒丙鹤后来说："当时，国民党撇开共产党，撇开民主党派，自己开国大，我们当然不参加了。看到中共中央'五一口号'，要召开新的人民政协，团结民主党派，不要反革命参加，大家热烈响应和拥护。"

时为李济深秘书的张克明后来分析说："民主人士，实际上是知识分子、高级知识分子，他们有理想，对国际、国内情况很熟悉，又有政治经验。而且这个政治经验是失败的经验。国民政府一党专政，就变成独裁政府了。所以联合政府是大家很赞成的，各个民主党派、各个组织是很满意的。"

5月1日，也就是中共中央发布"五一口号"的第二天，毛泽东写信给李济深、沈钧儒，希望他们能够北上解放区，共策组建联合政府大业。信中说，在目前形势下，召集人民代表大会，成立民主联合政府，加强各民主党派、各人民团体的相互合作，并拟订民主联合政府的施政纲领，业已成为必要，时机亦已成熟。但欲实现这一步骤，必须先邀集各民主党派、各人民团体的代表开一个会议。在这个会议上，讨论并决定上述问题。此项会议似宜定名为政治协商会议。一切反美帝反蒋党的民主党派、人民团体，均可派代表参加。不属于各民主党派、各人民团体的反美帝反蒋党的某些社会贤达，亦可被邀参加此项会议。

　　5天后的5月5日，李济深、何香凝（中国国民党革命委员会），沈钧儒、章伯钧（中国民主同盟），马叙伦、王绍鏊（中国民主促进会），陈其尤（中国致公党），彭泽民（中国农工民主党），李章达（中国人民救国会），蔡廷锴（中国国民党民主促进会），谭平山（三民主义同志联合会），郭沫若（无党派）等12人向毛泽东和全国通电，表示响应中共"五一口号"。电文指出："南京独裁者窃权卖国，史无前例"，"当此解放军队所至，浆食集于道途"，"乃读贵党五一劳动节口号第五项，'各民主党派、各人民团体及社会贤达，迅速召开政治协商会议，讨论并实现召集人民代表大会，成立民主联合政府'，适合人民时势之要求，尤符合同人等之本旨，何胜钦企。除通电国内外各界暨海外侨胞共同策进完成大业外，特此奉达，即希赐教"。

　　钱幼康说："5月5号香港各界的民主人士代表和进步人士代表就给予了回应。当时由于种种原因，还有通信的不畅，中共中央一直到7月中旬才收到这个电报。到8月1号，毛泽东又给予回电，对香港各民主党派和进步人士的回应表示钦佩，对他们赞成和促使召开政治协商会议表示欢迎。"

毛泽东在 8 月 1 日给李济深、何香凝、沈钧儒、章伯钧、马叙伦、王绍鏊、陈其尤、彭泽民、李章达、蔡廷锴、谭平山、郭沫若等的复电中说："五月五日电示，因交通阻隔，今始奉悉。诸先生赞同敝党五月一日关于召开新的政治协商会议讨论并实现召集人民代表大会建立民主联合政府一项主张，并热心促其实现，极为钦佩。现在革命形势日益开展，一切民主力量亟宜加强团结，共同奋斗，以期早日消灭中国反动势力，制止美帝国主义的侵略，建立独立、自由、富强和统一的中华人民民主共和国。为此目的，实有召集各民主党派、各人民团体及无党派民主人士的代表们共同协商的必要。关于召集此项会议的时机、地点、何人召集、参加会议者的范围以及会议应讨论的问题等项，希望诸先生及全国各界民主人士共同研讨，并以卓见见示，曷胜感荷。"

于是，从 1948 年 8 月开始，如何将云集在香港的民主党派和文化名人，秘密转送至解放区就成了迫在眉睫的事情。于是，钱幼康的父亲，曾任中共南方局委员兼财经委员会副书记的钱之光被委派承担了这一任务，和他一起的还有潘汉年、夏衍、连贯、方方等党内人士。

钱幼康回忆说："我父亲在 1948 年的 8 月 2 号就接到了周恩来的电报，要求他去香港，去负责完成这项任务。于是就成立了华润公司。当时大家在一起谈论公司名称时，我父亲就建议说叫华润公司，说华是代表中华的华，代表中国，润是毛润之的润，是代表我们的党，说明华润公司是我们党设立的公司。当时大家认为，无论采取什么方法，一定要完成周副主席给的接送民主人士北上的任务。"

由于战争正在进行，香港与解放区的陆上、空中交通都已中断，周恩来最初曾经试图开辟香港—英国—苏联—哈尔滨的专门路线。但港英当局强调："不可能很快答复。"周恩来当即决定放弃这一设想，而采取从香港坐船到大连或营口进入解放区的海上通道。

就在此时，突然传来噩耗，应中共中央邀请参加政治协商会议筹备工作的爱国将领冯玉祥将军，在自美国回国途中，因不明原因轮船失火，于9月1日与他的女儿冯晓达一起遇难。于是，民主人士北上的安全问题成为中共中央考虑的重点。

钱幼康回忆说："周副主席对接送民主人士北上有很明确的指示，就是要绝对保密，保证安全。为了安全转移这批人，不引起国民党等各方面太大的注意，我们决定分4批来转移，将他们接到解放区去。而且每一批走什么人，什么时间走，那个船什么时候开，都由谁来联系，都由谁在船上护送，都做了很周到的、很周密的部署。"

考虑到安全等各方面的因素，第一批北上的民主人士人数不多，主要有沈钧儒、谭平山、章伯钧、蔡廷锴等人。为了安全起见，民主人士的行李先行被运走，自己离家时只带一个小提包，还化了装。

9月12日上午，这艘负有特殊使命的货船，向北航行，途中经历了海上风暴和轮船机器故障，终于在9月29日安全到达当时已经解放的哈尔滨。

第一批民主人士顺利到达解放区，引起了各方的关注，也使得国民党加强了对香港民主人士的监视。而接送第一批民主人士的苏联轮船在回程时与另一艘轮船相撞，搁浅不能走了。于是，第二批民主人士的接送变得更加困难。虽然钱之光等人很快又找到了一艘载重1000吨的货船——"华中号"，但如何让这些社会名人顺利上船，是个非常棘手的问题。

位于北京阜成门附近的鲁迅纪念馆，有一尊鲁迅先生看着远方的雕像，鲁迅先生满脸坚毅之色。"横眉冷对千夫指，俯首甘为孺子牛。"鲁迅先生的这句话与雕像脸上的表情形成了绝妙的呼应，也是鲁迅先生一生的写照。也许鲁迅先生没有料到，他的话，竟成了他的夫人许广平与儿子周海婴，以及许多爱国民主人士抛弃旧时代、从香港北上投身解放区历程的最准确描述。

作为那次北上行动的亲历者,周海婴与母亲许广平是第二批从香港前往解放区的。周海婴有一台黑色的禄莱相机,在那次途中曾经拍摄了很多真实的照片,也记录下了其与同船的前辈们在一起的瞬间。而这台相机,还是周海婴和母亲许广平,用省下的置装费在香港买来的。

周海婴后来回忆说:"那时候是十月,也不是很冷。可是要到东北去,冬装没有,那怎么办呢?等到快要走之前,地下党就送给我们每人一千块钱的置装费。想到要到解放区为人民服务,我到底拿什么去为人民服务呢?所以我和我母亲商量是不是在香港买一台相机。地下党给了我们两千块港币,我母亲还是非常通情达理的,她就说这样吧,我们想办法把这个衣服的置装费压下来,压一半。这样我们就买了一台相机。"

当时的香港,聚集着很多社会名人,经常会有一些或大或小的聚会,然而,所有人都自觉地对于北上的行程闭口不谈。周海婴与母亲当时借住在沈钧儒的小女儿沈谱的家中,焦急地等待着北上的消息。

周海婴后来回忆说:"我有一次看到地下党的方方,平时他都穿着普通衣服,那天他穿的是香港少爷公子的纺绸衫,拿了一把扇子。我看到他,愣了一下,差点没认出他来。他说,你们快走了。我说,是吗?他说,是。这样我们才有了要走的消息。我们就开始准备行李。我们的行李也是他们提早一两天来车运走的。"

1948 年 11 月 23 日傍晚时分,周海婴与母亲许广平坐上了一辆黑色的小汽车,但汽车并没有直接去码头,而是绕到了九龙一户普通工人的家门口。多年后,周海婴对当时的行程仍记忆犹新:"车开到九龙,到一个小的楼房前面,我们从一个很小的楼梯进去,有一个门打开,进去一看呢,好几个民主人士都在里面。"

到了九龙这间普通的民宅里,沈志远、侯外庐以及许广平和周海婴才知道,原来大家都在等待着同一次北上的行程。不久,天色完全黑了下来,众多民主人士乘坐小舢板登上了早已等待的"华中号"轮船。

这艘搭载了郭沫若、马叙伦、翦伯赞等共30余位民主人士的"华中号"货轮,为了安全,悬挂的是葡萄牙国旗。

周海婴说:"为了安全,他们就在香港用昂贵的港币买了葡萄牙的旗子,所以这艘船的尾巴上挂的是葡萄牙的旗子。"

同样为了安全,船上所有的民主人士,都被安排了一个化名,以应付可能遇到的港英政府以及国民党的检查。

周海婴说:"我那个时候用的假名叫朱渊,说我是船员。年轻一点的是船员,那些年纪大的民主人士怎么办呢?只好装家属了,老爷老太太。因为这个船是客货两用的,所以没有多少睡的铺。我一个人在一个小船舱里待着,算是一个船员。"

在船上的10天时间里,周海婴用他刚刚买来的禄莱相机,为这些社会名人拍摄了不少照片,同时也在和他们的交往中学到了很多知识。

周海婴的母亲许广平则一直在为儿子赶织毛衣。因为一半的置装费买了相机,所以早在香港出发前,许广平便开始为儿子周海婴赶织去北平过冬用的毛衣。上船后,郭沫若屡次看到在赶织毛衣的许广平,特赠诗一首:

> 团团毛冷线,船头日夜编。
>
> 北行日益远,线编日益短。
>
> 化作身上衣,大雪失其寒。
>
> 乃知慈母心,胜彼春晖暖。

当时,只有20岁的周海婴是船上的活跃分子,因为喜欢无线电,同船

北上,北上

171

的郭沫若、马叙伦等人还给他安排了一项特别任务。周海婴说："饭厅有一个收音机,因为我从小也喜欢无线电,于是他们就把这个收音机交给我,说你来操作吧。所以我每天打开这个收音机收听短波新闻,等到我们船开出去两三天以后,在海上可以收到我们延安的电台了,它的开始曲是《兄妹开荒》。一听《兄妹开荒》,大家就知道这是延安的电台。"

也正是通过这台收音机,船上的民主人士得知了解放战争在东北进展迅速。

头两天的行程风平浪静,25 日将进入台湾海峡的时候,天空暗下来,将近半夜,风浪趋近 7 级。

周海婴回忆说："这个风浪差不多已经到六七级了,所以这个船在海面上就是颠簸,非常强烈地颠簸。那些老人家、民主人士,只好躺在床上,起不来了。到了开饭的时候,除我之外只有两三个人在那儿吃。船上摆的碗和杯子都会掉下来。"

但当晚"华中号"所遇的危险还不只是风浪。如果那晚的风力再增强一级,轮船就必须靠岸躲避,而这时船正行驶在台湾海峡。

周海婴说："如果在台湾找地方停泊,那可是一个非常大的赌注。是不是能够安全地在那边停泊?是不是能够再安全地起锚?"

幸好半夜过后,台风转移,风浪逐渐减弱,否则结局会怎么样,真是谁也难以预测。

12 月 3 日一早,经历了风浪的"华中号"轮船停泊在了丹东附近的"大王岛",那里已有吉普车和大、小汽车在等候。此后两天,第二批北上的民主人士是在赶往沈阳的路上度过的。中途,大家在一家中式皮帽店停车买帽子,每位男士一顶。而店主向郭沫若再三表示歉意,因为郭沫若的头大,店里的帽子,他没有一顶能戴得上的。最后帽店老板说实在对不起,没有合适您的帽子。结果,郭沫若拿了一顶最大的帽子,但还是顶在头上,没能戴下来。这应该算是他们这一行艰难旅途中一个小小的插曲。

1948 年 12 月 5 日，第二批北上的民主人士顺利到达沈阳。但是连续两批民主人士北上，国民党当局更加警惕，接下来第三批北上的行程变得更加艰难。

在中央拟定的民主人士邀请名单中，有一个人的名字一直排在第一位，但是直到两批民主人士北上后，这个人还没有出现。1948 年 11 月 5 日，周恩来再次致电香港，要求社会部副部长潘汉年和钱之光等人，务必在 12 月之内将几十名各方面的代表人物送到解放区。名单中排在第一位的仍然是这个人，他就是曾为国民党一级上将，却被蒋介石三次开除党籍的李济深。

李济深经历独特，1920 年，他南下广州参加孙中山组建的军政府，担任黄埔军校教练部主任。北伐时，他出任国民革命军第四军军长，攻必克，战必胜，使第四军赢得"铁军"的称号。1927 年，蒋介石在南京成立国民政府，李济深担任国民政府军事委员会参谋总长。但他后来逐渐与蒋介石决裂，并三次被蒋介石"永远开除出党"。

1948 年 1 月 1 日，中国国民党革命委员会在香港成立，宋庆龄被选为中央委员会名誉主席，李济深担任执行委员会主席。作为民主人士中的旗帜性人物，国共两党都在竭力争取李济深。双方的暗中较量，紧张激烈。

钱幼康说："李济深先生也是一个很重要的人物，而且他的社交范围很广，跟香港当局、跟美国方面联系都很多。另外就是国内的，因为当时国民党已经分崩离析了，所以也有各种反动的政治势力来争取他。"

李济深之子李沛钰后来回忆说："我们当时住在香港罗便臣道 92 号，上面有三层，地下室是厨房和表哥住的，一层住的是国民党特务，我们住在第二层，三层租给人家了，后来知道他们是共产党，来保护我们的。所以那时候斗争很激烈。"

钱幼康回忆说:"头两批一走,李济深就成为全香港瞩目的焦点,都觉得下一步走的可能是李济深。国民党那是最担心李济深北上的,因为李济深是最能分割蒋介石的资源的。蒋介石当黄埔军校校长时,他是教练部主任,他在中央军系统也是门生故吏满天下的,所以蒋介石的特务甚至准备暗杀李济深。国民党保密局的特务,就在李济深家对面开了个小杂货铺,从这个杂货铺窗户里面就能望见李公馆的窗户。他们就整天在那儿盯着李济深走了没有。只要李济深一动,他们就可能采取刺杀行动,所以这个时候应该说是相当危险的。"

70 多年前,当潘汉年等人在香港劝说李济深北上时,李沛钰并不在父亲身边,而是作为飞行员在杭州接受训练。李沛钰的处境,正是李济深迟迟不能下定决心北上的原因之一。

李沛钰后来回忆说:"当时我登记回香港,我爸爸妈妈那时都在香港。处长就问我,你是不是要回香港?我说,是啊。他说,你还是不要回去了。我说,第一,我的政治见解不一定和我爸爸一样。第二,我回去看妈妈,这是人之常情嘛。他说,我同情你,但是没有办法,空军总司令部下的命令,扣留你当人质。那没有办法,我回不去了。"

儿子被扣为人质,而妻子已经是肝癌晚期,此时如果北上,无疑是与妻子生离死别,亲情的牵扯让李济深左右为难。此外,还有一个原因,也让他顾虑重重。1927 年,蒋介石在上海发动"四一二"反革命政变,大量屠杀中共党员。李济深则于同日返抵广州,并于 3 天后在广州发动了"四一五"事变,展开大规模的所谓"清共"行动。对于曾经联合蒋介石、共同"清剿"共产党之事,李济深一直都有很大的顾虑。

为了打消李济深的顾虑,按照周恩来的指示,潘汉年请来国民党左派领袖廖仲恺的遗孀何香凝女士亲自出面。创建黄埔军校的时候,蒋介石是校长,廖仲恺是党代表,李济深是教练部主任,李济深和廖仲恺的关系是很好的，他对廖夫人何香凝也非常尊重，所以何香凝跟李济深谈话，可以直言不讳。

钱幼康回忆说："她去了就问李济深，说任公你怎么还不走啊？！何香凝就提醒他说，早点走在政治上有好处。何香凝这个话说得是非常到位的，因为解放战争已经打到这个时候了，战局已经不可逆转了，蒋介石显然是打不过解放军了。在这个时候，政治上的运作，就越来越重要了，你还在香港埋头搞军事策反，实际上那边国民党军队已经快被打败了，现在最重要的工作是开政协，你再迟迟不去，对政治上的大局不利。她这么一说，就说服了李济深。"

经何香凝一番劝解之后，李济深终于打消顾虑，同意北上。然而自从前两批香港民主人士安全北上后，国民党政府不仅加强了对通往解放区的全面封锁，同时又联络港英当局，加强对在港民主人士的控制与监视。这第三批民主人士北上谈何容易，尤其是李济深，他寓所的对面就有国民党特务在监视。

1948 年的圣诞节，伴随着欢庆圣诞的烟火，李济深等人秘密出发了。钱幼康说："我父亲钱之光、方方和潘汉年同志研究以后，选择在圣诞节第二天深夜走。因为香港也是跟西方一样，要过圣诞节，要放假的，这种时候呢，就是不太容易引起外界的注意。"

圣诞节的晚上，香港一派节日气氛，潘汉年带了一批人到李府去庆贺。

《协商建国》的作者郝在今介绍："潘汉年到李府后，说着说着就提议，咱们到邓文昭家喝酒去，于是一群人簇拥着李济深就走了，就这么突然地走了。李府对面监视李济深的特务，从窗户正好能看见李济深公馆的一个窗户的衣帽间。这个衣帽间挂钩上，挂着李济深的外套。他就盯着这个外套，外套在，李济深就没走。当潘汉年等人簇拥着李济深走的时候，李济深本来要拿外套的，潘汉年不让他拿。李济深立刻就明白了，就赶紧跟着走了。这样，特务还盯着外套，那一群人走时，他也分不清谁是谁，外套在，他们还以为李济深没走。等到李济深上了船，香港地下党的党员吴递周，带着两个人悄悄到李济深家里，把他的外套、行李拿上，再送到船上。所以这个掩护是做得相当巧妙的。"

上船后，李济深又惊又喜，原来老朋友章乃器、茅盾夫妇、彭泽民、邓初民、施复亮、洪深等已先到了船上。他们装扮得五花八门，有的穿着长袍马褂，有的西装革履，有的如商人模样。这些民主人士在脱身行动中都有一个共同特点：不带任何大件行李，丝毫没有出远门的迹象。然而，这些社会名人的聚集，还是让港英当局和国民党特务十分关注，所以，他们登船还要经历一番曲折。

钱幼康说："他们不是直接上了苏联的货船，而是划小船，就像在海里游玩，装成游玩的样子，划着小船，然后绕很多圈，然后再上苏联的这艘船。所以这第三批接走的人最多，这批不只是接走一些民主人士，也接走我们党的一些干部。"

对于60多岁的李济深而言，此次北上充满了太多的未知，儿子生死未卜，后来也是因为国民党内部高官出面担保，才没有被绑架走。但李济深的离开，成了与妻子的最后一别。

郝在今说："李济深妻子在其走后就病故了。等李济深的家属北上的时候，北平、天津已经解放了，李济深亲自坐车到天津去接他们。"

李沛钰回忆说："我爸爸是个很威严的人，根本不会掉眼泪。就是在接我弟弟妹妹北上的时候，在火车站，看着每个人都戴着黑箍，他抱着小桐，那时候那么高一点，掉泪了。这是我第一次看到爸爸掉泪，因为他和妈妈感情很深，也知道肯定是诀别了。知道妈妈去世了，我爸爸非常难过，第一次掉眼泪。"

在第三批民主人士北上的轮船驶离香港 5 个小时后，时任中共中央统战部部长的李维汉来到西柏坡毛泽东的住处，向他报告："李济深先生已从香港启程了。"毛泽东听了这个消息后非常高兴，他笑着对李维汉说："我请你吃长寿面。"这一天是 1948 年 12 月 26 日，正是毛泽东 55 岁的生日。

李济深到达解放区后，和许多知名人士一道发表了拥护中国共产党领导的声明。1949 年，他参加了新政协的筹备工作，参与制定共同纲领和其他重大工作。

1949 年 3 月，包括著名民主人士黄炎培等人的第四批民主人士离开香港，在天津顺利上岸。春去秋来，接送民主人士北上的工作，一直持续到中国人民政治协商会议的召开。这期间先后到达北平的各路民主人士，超过 350 人。

1949 年 3 月 25 日，率中共中央及中国人民解放军总部迁至北平的毛泽东主席和朱德总司令在西苑机场举行了盛大的检阅式阅兵，受到在北平的各界人民代表和民主人士的热烈欢迎，中共各领袖及各界代表、各民主党派领袖均参加了检阅。在参加欢迎和检阅的 1000 多人中，就有不久前到达北平的李济深、沈钧儒、黄炎培、郭沫若、马叙伦、谭平山、章伯钧、柳亚子、张东荪、陈叔通、马寅初、彭泽民、李德全、蔡廷锴、盛丕华、俞寰澄、茅盾、叶圣陶、张奚若、许德珩、张志让、邓初民、陆志韦、陈其尤、李锡九、符定一、吴耀宗、陈其瑗等各民主党派领袖及文化学术界名流。

此后，毛泽东就新政协所要讨论的各项问题，同各民主党派领导人和其他爱国民主人士进行交谈。他先后会见了张澜、李济深、沈钧儒、陈叔通、何香凝、马叙伦、柳亚子等。他的卫士长李银桥后来回忆说："毛泽东对这些民主人士很尊敬，十分亲切有礼，一听说哪位老先生到了，马上出门到汽车跟前迎接，亲自搀扶他们下车、上台阶。一些民主人士见到毛泽东总要先竖起大拇指，连声夸赞'毛主席伟大'。对于这种情况，毛泽东十分不安。一次，毛泽东出门迎接李济深，李老先生一见面就夸毛泽东了不起，毛泽东扶他进门坐下后说：'李老先生，我们都是老朋友了，互相都了解，不要多夸奖，那样我们就不好相处了。'有一天，毛泽东准备会见张澜先生，事前他吩咐我：'张澜先生为中国人民的解放事业做了不少贡献，在民主人士中享有很高威望，我们要尊敬老先生，你帮我找件好些的衣服换换。'我在他仅有的几件衣服里选了半天也没找到一件没有补丁的衣服。我心里很不是滋味，对他诉苦道：'主席，咱们真是穷秀才进京赶考，一件好衣服都没有。'毛泽东说：'历来纨绔子弟考不出好成绩，安贫者能成事，嚼得菜根百事可做，我们会考出好成绩！'我说：'现在做衣服也来不及了，要不先找人借一件穿？'毛泽东不同意：'不要借，有补丁不要紧，整齐干净就行。张老先生是贤达之士，不会怪我们的。'毛泽东就是穿着补丁衣服会见张澜，会见过许多民主人士的。"

从双清别墅到中南海

　　9月，正值金秋时节，是北平一年中最美的季节。毛泽东的心情也格外的好。全民期待的新政协即将召开，代表们陆续从各地赶来。同时，毛泽东也终于决定搬家了，从香山双清别墅搬到中南海。这半年多来双清别墅的生活，对进京"赶考"的毛泽东来说，就像大考前的预科，如今终于要结业了。

　　香山，位于北京西郊，每年秋季以红叶闻名于世。1949 年 3 月 25 日，中共中央机关从西柏坡迁到北平，便直接进驻香山，而这里也对外号称劳动大学。毛泽东就住在香山的园中之园——双清别墅。

　　中共中央抽调了 36 名战士到中央警卫团的警卫连工作。张木奇是其中年龄最小的一个，那一年他只有 16 岁。时为中央警卫团警卫连战士的张木奇回忆说："进了香山大门口了，我们的连指导员王连龙轻声跟我们说：'小鬼们站一下，现在大家走路不要走这个石头路了，因为你们穿的都是带钉子的皮鞋，你们现在走盘山路石头两边的草坪，在草地上慢点走上去，现在老头正在睡觉。'连长说的老头是谁我们不知道。等到开联欢会欢迎我们 36 位同志时，我们才知道是来保卫毛主席。保卫毛主席啊！我们都特别高兴，做梦也没想到保卫毛主席来了。"

对于张木奇来说，毛泽东等中央领导在他心目中是崇高而遥远的，他从没想过自己有一天会成为毛泽东的卫士。刚开始的几天是在紧张中度过的，不久后张木奇终于见到了毛泽东。

张木奇后来回忆说："主席当时说，小鬼，你好，你叫什么名字啊？就问我叫什么名字。当时，我可能激动得过分了吧，忘了马上回答主席。旁边的李树槐同志很机警，他是警卫科长，他就给主席说了一下我的名字。他说，主席，这是张木奇。主席听后说，哦，张木奇，哪几个字啊？写写看。就把他那个大手伸出来。我在他左边站着，他把左手伸出来，让我在他手上写我的'张木奇'三个字。"

在双清别墅的日子里，张木奇每次见到毛泽东，都是看到他在若有所思地散步。正是在这段时间里，毛泽东在这个中共中央的临时指挥所里，运筹着全国的解放，发表了《南京政府向何处去？》等重要文章。摄影家徐肖冰与侯波夫妇在这段时间里也经常来到香山，为中共中央的一些活动和领导人拍摄照片。

4 月 23 日，人民解放军占领国民党的统治中心南京。几十年后，曾担任中央新闻纪录电影制片厂摄影师的徐肖冰，还清晰地记得他在 1949 年 4 月 24 日为毛泽东拍摄的那张毛泽东读《人民日报·号外》的珍贵照片："当时，我有时候住在香山，主席习惯在夜里工作。有一天他下午起来了以后，到院子里头散步，这时候，秘书就给了他一张号外，刚出版的《人民日报·号外》，报道的是南京解放的消息。主席拿着那张报纸，一边看一边走。走到院子里，主席就随便找一个凳子坐在那里，看这个南京解放的消息。我怕影响主席看报，就悄悄地拍了几张主席看那张报纸的照片。"

据时为毛泽东卫士长的阎长林回忆，南京解放的第二天下午，"毛主席起床后，手里拿着《人民日报·号外》，从屋里来到了院落的凉亭里。他坐在藤椅上，看起报纸来。因为报纸上登的是人民解放军占领南京的消息，所以他看报纸时心里是很高兴的。看完报纸，他没有在院子里散步，也没有和任何人交谈，就回到办公室里去了。在办公室里，他又把报纸看了一遍，边看边在报纸上画了一些杠杠和圈圈"。

同日，新华社发表毛泽东写的关于国民党反动统治宣告灭亡的新闻稿，指出："在人民解放军百万大军攻击之下，千余里国民党长江防线全部崩溃，南京国民党反动卖国政府已于昨日宣告灭亡。"毛泽东看完报纸，还写了一首《七律·人民解放军占领南京》。

南京的解放意味着国民政府事实上已经不复存在，从这时起，毛泽东把大部分精力用于召开政治协商会议和建立新中国。一时间，香山双清别墅成了云集在北平的各界名人最向往的场所，迎来了一批又一批客人。在这些客人当中，有的是与毛泽东第一次见面，更多的是十多年没见的老相识。

郝在今说："李达从武汉来到北平，他是参加过中共一大的，后来虽然脱党了，但是当了教授，还宣传马克思主义。李达到了香山以后，跟毛泽东聊天，聊到晚上困了，就躺在毛泽东床上睡觉。毛泽东在那儿办公。警卫人员就奇怪了，心想什么人这么大胆子，怎么在主席的床上睡觉？！他们不知道，李达是毛泽东的老朋友了。"

尽管在各界拜访双清别墅的客人们眼中，毛泽东是个平易近人的领导者，但在毛泽东的心底，对每一位客人都是充满了尊敬并虚心求教。1949年5月的北平，天气逐渐热了起来。仍住在双清别墅的毛泽东，有时会约客人们一起到颐和园去游园。每一次出行，都令随行的警卫人员煞费苦心。

时任中共中央社会部便衣队队长的高富有后来回忆说："五一那天，

主席到颐和园来了。他到颐和园是来看柳亚子。两点多钟，他来了。我在颐和园旁边一个小门等着，而不是在大门口。我为了安全，让他走小门。到了小门口他一站，说你为什么让我走这个小门？我说市民走大门，机关和部队走小门。这么着把他骗过去了，他进去了。"

毛泽东到了颐和园之后，柳亚子还没有到，他就在太阳底下耐心地等待着。高富有回忆说："主席进去以后就说，等柳亚子来。中午太晒，毛主席站在太阳底下。我这个人急，就跟毛主席说你靠这个边，坐在这个边上等。他瞪我一眼。后来我想搬个凳子给他坐。毛主席说，你这个人，人家是要穿个衣服，戴个帽子，梳梳头，洗洗脸，人家出门是要这样。不像你，一蹦就出来了。你为什么这么着急？"

过了一会儿，诗人柳亚子赶到了，一见毛泽东就半握着拳说："共产党万岁！毛主席万岁！"毛泽东回应道："人民万岁！包括你，也包括我！"

毛泽东与柳亚子游园时，很快就被游客们认了出来。高富有回忆说："毛主席和柳亚子走着走着，不知道谁说了句：'这不是毛主席吗？！'这么一喊，一下子就被围得没法走了。"

出于安全考虑，高富有赶紧想办法带着毛泽东离开。他和主席之间在陕北转战时培养起来的默契，这时候发挥了作用。高富有后来回忆说："那会儿我和毛主席在陕北打仗，我们两个谁也不说话，我怎么走你就跟着我怎么走。打仗的时候就这样。现在我走他跟着我走，我靠着墙走，他也跟着我靠着墙走。走到前边有几个船装备好了，上了船，我说咱到龙王庙看看，结果到了龙王庙，人都站满了。"

尽管如此，毛泽东依然游兴不减，频频向游客们挥手，甚至还想再逛逛景点，高富有不得不善意地撒了个小谎。他回忆说："从十七拱桥靠边过来，从旁边一个小门下船，下了船以后，我说主席您今天就到这了，可以从这走了。毛主席说我想参观一个殿。我说今天殿都不开，哪天开我请您来。"

《毛泽东年谱》较为详细地记载了毛泽东同柳亚子游园的过程：5月1日下午，毛泽东"从香山双清别墅乘车到颐和园，前往柳亚子住处益寿堂访柳亚子，谈诗甚畅，随后一同乘船游览昆明湖。在交谈中，柳亚子说，今天胜利了，这是我们盼望已久的。我们都很清楚，蒋介石早晚是要垮台的，因为他们腐败无能，太不得人心了。共产党要胜利，这是肯定的。共产党的政策正确，合乎民意，人民拥护支持，这是胜利的基础。但是，我们没有想到胜利会这么快，人民解放军很快渡江成功，并且占领了南京，我们不知道毛主席用的是什么妙计。毛泽东说，打仗没有什么妙计，如果说有妙计的话，那就是知己知彼，根据实际情况，作出正确的决策。还有，就是先生说的，人民的支持是最大的妙计。我们有一百万军队渡江，如果没有人民的大力支持，是不能成功的。毛泽东还对柳亚子说，你现在可以赤膊上阵发表文章、讲话，现在与蒋介石时代不一样了，你的人身安全是有保证的，你的意见会受到尊重的。游船绕过湖心岛龙王庙，通过十七孔桥，至湖东靠岸。毛泽东与柳亚子话别，约定五月五日再见"。果然，5月5日上午，毛泽东派秘书田家英去颐和园接柳亚子到香山寓所叙谈。其间，两人谈论了南北朝诗人谢灵运《登池上楼》、隋朝诗人薛道衡《昔昔盐》、宋朝诗人苏轼《题惠崇春江晚景》等诗篇，并论及其中"池塘生春草""空梁落燕泥""竹外桃花三两枝，春江水暖鸭先知"等名句。中午，毛泽东宴请柳亚子，作陪的有朱德、江青及女儿李讷、秘书田家英。后毛泽东将上述诸诗句题写在柳亚子《羿楼纪念册》上，并作一题记："一九四九年五月五日柳先生惠临敝舍，曾相与论及上述诸语，因书以为纪念。"

在双清别墅的半年时间里，毛泽东还先后接见了张澜、李济深、沈钧儒、郭沫若、何香凝等众多的客人。1949年春天来的一个小客人，却让他格外高兴，这位小客人就是毛泽东的大女儿李敏。

李敏是毛泽东和贺子珍的女儿，小名叫娇娇，1936年出生在陕西保安的窑洞里。李敏 4 岁的时候就被送到莫斯科，与母亲贺子珍、哥哥毛岸青一起生活。1948 年，东北解放，李敏与母亲贺子珍和哥哥毛岸青一起回到了哈尔滨。一方面她非常想见到父亲，但同时又不敢相信自己的父亲竟然就是画像上的毛泽东。于是她用俄文给毛泽东写了一封信。

李敏在信中写道："毛主席，大家都说您是我的亲爸爸……我是不是您的亲生女儿，请赶快来信告诉我……"毛泽东接到女儿的信后非常高兴，马上提笔写了回信，并特别叮嘱用加急电报发给李敏。毛泽东在回信中说："娇娇，看到了你的来信，我很高兴。你是我的亲生女儿……希望你赶快回到爸爸身边来。"

李敏后来回忆说："刚开始叫爸爸有点拘束，但还是叫了。我长这么大没叫过爸爸，第一次叫爸爸。我和我二哥毛岸青一块儿，都叫爸爸了，都很拘谨。正好到了中午要吃中午饭，他让我们一块吃饭。吃饭的时候，我不知道那是什么菜，就问他菜名，他说是田鸡。我问什么是田鸡，他说田里面那个鸡。"

李敏的到来给百忙中的毛泽东带来了不少的欢乐。李敏回忆说："他很累，天天都是工作、开会、看文件。他很累了，就找我聊天。他有时候睡不着觉，就让我们去和他聊天，给他分散精力，这样的话他就能入睡了。"

1949 年，李敏只有 13 岁，不久就和其他领导人的孩子们玩在了一起，也没有了刚来时的拘束。香山公园成了孩子们嬉戏的好地方。当时，周恩来的侄女周秉德有时也会来双清别墅，和李敏等小朋友们玩耍。

周秉德后来回忆说："我就记得那里有棵核桃树，我们几个小姑娘在那儿剥核桃。从前认识的核桃就是那种皱皱巴巴的像脑子一样的核桃，看到核桃树我才知道，核桃原来有一层绿的软壳，软得可以剥的。我们几个就剥，剥了以后就砸，砸了就吃，吃得很开心。然后再一看手，全黑了，就是因为这个核桃壳外面那层绿壳，你剥的话就会把手搞黑，这个印象很深。"

这个时期，周秉德的伯父周恩来已经住到了位于北平城内的中南海。这座红墙围绕的皇家园林是当时北平军管会费尽周折为中共中央选定的办公地点。

郝在今说："当时怎么安排毛泽东的住处，警卫人员也很费心，当时也有些争论，因为北平城里当时真正的政府机关的房子不多，能够警卫安全的房子更不多。有人提出，最安全的地方是故宫，但是毛泽东坚决不进紫禁城。他坚决反对，他说我不是封建帝王，我不去住故宫。这样就很难给他找房子。找来找去，大家发现中南海有个好条件，它旧房子比较多，再一个中南海有个大围墙，相对安全，就准备让他住到中南海。"

然而，毛泽东也不愿意搬到中南海，他宁愿住在香山。于是很长一段时间，毛泽东进城开会的时候，要从香山早早出发。

1949年四五月间，有时工作得太晚，毛泽东就偶尔住在中南海里的菊香书屋。6月，随着新政协筹备会即将召开，毛泽东在中南海菊香书屋居住的频率高了起来。但年久失修的菊香书屋已有些破败，于是工作人员提议进行修缮。

张木奇后来回忆说："当时要给斑驳脱落的柱子漆上一层漆，这样，外宾来了看着，不至于这儿一块儿、那儿一块儿，几百年来脱落得破烂不堪的样子。但主席听完汇报以后，想了想说，现在你们不要想这些事情，慈禧太后这个老婆子很坏，但是她这些房子还可以继续为人民服务，为我们人民服务。这个话，我们想都想不到。他住着破烂房子，不让翻修。因为翻修起码得有一定的开支啊！"

虽然为了工作方便，毛泽东慢慢搬进了中南海，但他始终坚持不进驻紫禁城。

1949年8月28日，下午3点，在北平中南海的菊香书屋，一向爱穿布鞋的毛泽东换上了刚刚打完鞋油的黑皮鞋,穿上了只有参加重大活动时才穿的浅色中山装,他一边系着纽扣一边催促着身边的工作人员准备车子赶紧出发。因为他要去前门火车站迎接一位重要客人。为了这位贵客的到来,毛泽东已经等待了将近一年的时间。这位重要客人就是由上海前来北平参加新政治协商会议的宋庆龄女士。

宋庆龄与毛泽东同岁,当年都是 56 岁。在中国的政治舞台上,宋庆龄在年轻时代就开始引人注目。

宋庆龄出生在一个显赫之家。父亲宋耀如是中国近代民主革命的伟大先行者孙中山的好友;姐姐宋霭龄,嫁给了曾任国民政府财政部部长的孔祥熙;妹妹宋美龄,嫁给了蒋介石;弟弟宋子文也曾出任国民政府行政院院长。

1915 年,22 岁的宋庆龄嫁给 49 岁的孙中山。10 年后,孙中山逝世。宋庆龄坚定地维护孙中山的革命思想,成为国民党左派的领袖人物之一,也成为中国共产党人的亲密朋友。

事实上,毛泽东邀请宋庆龄北上已有半年之久。1949 年 1 月 19 日,毛泽东、周恩来联名写信给留居上海的宋庆龄。全文如下:"庆龄先生:中国革命胜利的形势已使反动派濒临死亡的末日,沪上环境如何,至所系念。新的政治协商会议将在华北召开,中国人民革命历尽艰辛,中山先生遗志迄今始告实现,至祈先生命驾北来,参加此一人民历史伟大的事业,并对于如何建设新中国予以指导。至于如何由沪北上,已告梦醒与汉年、仲华切商,总期以安全为第一。谨电致意,伫盼回音。毛泽东、周恩来。子皓。"当天,周恩来还就设法帮助在上海的宋庆龄经香港北上事,为中共中央起草致方方、潘汉年、刘晓电:"第一,必须秘密而且不能冒失。第二,必须孙夫人完全同意,不能稍涉勉强。如有危险,宁可不动。"此时,上海还没有解放。

宋庆龄接到信后，非常感激中共对她的信任，但由于当时身体有病，不宜旅行，暂时未能动身。

1949 年 6 月 20 日，新政协筹备会第一次全体会议在北平闭幕。新生的人民共和国如一轮朝阳即将破晓而出。值此千古盛事，无论如何都不能缺了宋庆龄这个中国共产党最亲密的朋友。

新政协筹备会闭幕的前一天，6 月 19 日，毛泽东致信在上海的宋庆龄："重庆违教，忽近四年。仰望之诚，与日俱积。兹者全国革命胜利在即，建设大计，亟待商筹，特派邓颖超同志趋前致候，专诚欢迎先生北上。敬希命驾莅平，以便就近请教，至祈勿却为盼！专此。敬颂大安。"

新政协筹备会闭幕的第二天，6 月 21 日，周恩来致函宋庆龄："每当蒋贼肆虐之际，辄以先生安全为念。""现全国胜利在即，新中国建设有待于先生指教者正多。敢藉颖超专诚迎迓之便，谨（略）陈渴望先生北上之情。敬希早日命驾，实为至幸。"

毛泽东和周恩来还专门派邓颖超为特使，将这两封信面呈宋庆龄，诚邀其北上。

在周恩来的这封信上，有一处涂抹的痕迹，他将"略呈渴望先生北上之情"的"略"字改成了"谨慎"的"谨"字。廖梦醒的女儿李湄介绍："我们知道，'略呈'就是我简单地说一说，比较随便，'谨呈'就是很郑重地说，那就很恭敬了。"这件小事在当时并没有引起注意，直到 32 年后宋庆龄去世了，北京市修整了宋庆龄故居。在准备展品，复制这封信的时候，一位细心的干部才发现，信中代替"略"字的那个"谨"字，并不是周恩来的笔迹，而是毛泽东的手迹。

李湄的外公廖仲恺、外婆何香凝是孙中山最亲密的战友，她的母亲廖梦醒 11 岁就认识宋庆龄了，后来曾经做过宋庆龄的秘书。同时，廖梦醒还一直是中共的秘密党员。

1949年夏天，和邓颖超一起去上海的，还有廖梦醒。让廖梦醒陪同邓颖超到上海当面邀请宋庆龄北上，也是经过一番深思熟虑的。李湄后来回忆说："邓颖超过去和宋庆龄接触的机会不是很多，最好是有一个和宋庆龄比较熟的，在她面前即便说错了话也没有关系的这么一个人，作为缓冲，那就方便多了。而且她是晚辈，可以倚小卖小，说错了话也没关系，所以就选择了让我母亲陪同邓颖超去上海迎接宋庆龄。"

作为廖梦醒的女儿，李湄曾经多次听母亲讲起当年与邓颖超一起到上海当面邀请宋庆龄北上的情景。宋庆龄当时迟迟没有答应北上，身体不适是重要原因。她曾向自己的德国秘书王安娜诉苦说："我虚弱的体质使我恢复得很慢。昨天我试着多工作了一会儿，就感到头晕得厉害，差点儿晕倒。"

当时，除了疾病在身，宋庆龄还遇到一件令她十分不快的事。上海解放后不久的一天，宋庆龄家里突然来了几个年轻的军人，说是来接管房子的。李湄后来回忆说："他们不知道这个宅子是宋庆龄的公馆。看门的人不让进，解放军战士要进，就发生了争执。"

当时的上海市市长陈毅知道了以后很生气，他批评了有关人员，同时让潘汉年副市长登门向宋庆龄道歉，因为潘汉年原来和宋庆龄是认识的。

在这种情况下，为了妥善起见，邓颖超到了上海后，没有急着见宋庆龄，而是让廖梦醒先去打前站，试探一下。当廖梦醒身穿灰布制服、头戴灰布军帽出现在宋庆龄面前时，宋庆龄不由得吃了一惊。李湄后来回忆说："我母亲穿了一身灰布制服，戴了一顶灰色的帽子。她进到宋庆龄的客厅，宋庆龄一开始没有认出她是谁。我母亲用英语叫了一声 Aunt。Aunt 就是姑姑的意思，她从小就是这么叫宋庆龄的。宋庆龄这才认出是我妈妈，就笑了，说：'我还以为来了一个女兵呢。'"

当天晚上，邓颖超见到了宋庆龄，并转呈了毛泽东和周恩来的亲笔信，请她北上。此时,宋庆龄说出了自己迟迟不愿北上的深层原因,因为24年前,孙中山先生是在北京去世的。

宋庆龄说:"北平是我伤心之地,我怕到那里去。"

廖梦醒说:"大家都盼着你去呢。"

宋庆龄说:"你让我考虑考虑。"

在邓颖超和廖梦醒到达上海后的两个星期时间里,周恩来连续给邓颖超发了7封电报,都是谈宋庆龄北上的问题。比如:7月1日,周恩来为中共中央起草致上海市委并转邓颖超电,对护送宋庆龄北上应注意的问题做出安排,并提出宋病体难支,故北上时应备头等卧车直开南京,然后再换卧车,由浦口直开北平,并附餐车。7月19日,周恩来致信邓颖超:"接着你的来信,很高兴,盼望得很久了。你除了与夫人(指宋庆龄)联络外,就安心静养吧,完成两个月计划,会对你以后的工作有利。"

这期间,邓颖超也在一次次耐心地做着劝说的工作。周秉德后来说:"我伯母也不着急,就是从各个方面和她谈天说地。当然不能天天去打扰,总得有那么一个缓和的余地吧,逐步地谈,而且跟她通通消息,北平这边是什么样的状况,有什么进展,我们在战事上又有多大的进展。"

渐渐地,宋庆龄被中共的诚意打动,北上已是盛情难却的事情。

宋庆龄是一个坚强的革命者,但也是一个感情细腻的女性。孙中山在北京去世,可以说是她一生中最难忘最痛苦的事。不愿到这个伤心之地,是人之常情。然而,24年前,孙中山是带着联俄联共、扶助农工、建立新中国的遗愿离开的。如今,他的愿望即将成为现实,新中国的建国大业,也促使宋庆龄动身北上,去见证这一历史性的时刻。

1949年8月28日下午,新政协特邀代表宋庆龄在邓颖超陪同下,从上海抵达北平。下午3点45分,毛泽东乘坐的黑色的吉斯防弹轿车开到了前门火车站的站台上。陪同前来迎接宋庆龄的还有朱德、周恩来、林伯渠、董必武、李济深、何香凝、沈钧儒、郭沫若、柳亚子、廖承志，以及保育院儿童50多人。下午4时，随着一声汽笛长鸣，宋庆龄乘坐的专列缓缓驶进站台。列车刚刚停稳，毛泽东马上就走进车厢，迎接宋庆龄。上一次他们见面，是5年前毛泽东不顾个人安危前往重庆与蒋介石谈判的时候。据毛泽东的卫士长李银桥后来回忆，宋庆龄到北平时，毛泽东、朱德、周恩来、刘少奇等党中央领导人早已在前门车站站台上迎候她。当晚，毛泽东设宴为宋庆龄洗尘，热烈欢迎她前来共商国家大事。对于宋庆龄来说，这是她自孙中山奉安大典后，第一次来这座古城，这期间相隔了整整20年。

9月7日，特邀代表、湖南军政委员会主席程潜由湖南到达北平。毛泽东、朱德、周恩来、林伯渠、董必武、李济深、郭沫若等百余人到车站迎接。程潜到北平时，正为毛泽东摄影的徐肖冰回忆道："当程潜走下火车后，毛主席快步迎上去，紧紧握住他的双手。就在握手的刹那间，程潜的泪水流了下来，激动得说不出话来。还是毛主席先开了口，风趣地说：多年未见，您历尽艰辛，还很康健，洪福不小啊！这次接你这位老上司来，请你参加政协，共商国家大事。"接着，毛泽东把程潜扶进车里，两人同乘一辆车，来到中南海的菊香书屋。晚宴时，毛泽东对程潜说："20多年来，我是有家归不得，也见不着思念的乡亲。蒋介石把我逼成个流浪汉，走南闯北，全靠这一双好脚板，几乎踏遍了半个中国。""我们这个民族真是多灾多难啊！……打败了日本侵略者，也过不成太平日子。阴险的美帝国主义存心让蒋介石来吃掉我们。我们是被迫打了4年内战，打出一个新中国。这是人心所向啊！"

就这样，从双清别墅到中南海，毛泽东会见了一位又一位重要的客人，这些客人被共产党吸引，被毛泽东的魅力打动。不久后，他们都将成为新中国成立的筹备者。

协商建国

　　1949 年 6 月 15 日，新的政协在北平召开了筹备会议。因为内战尚未结束，召开全国人大会议的条件并不具备，新政协因而被赋予了一项特殊使命，那就是代行全国人大职能，选举国家领导人和政府部门主要负责人。在当时人们的眼里，政协代表就相当于美国的议员和苏联的苏维埃代表，社会各界、各党各派都争先希望获得代表资格。

　　按照 1948 年中共与到达解放区的民主人士的商定，原定政协代表为180 人。由于新政协代行全国人大职能，参加政协会议的阵容必须扩大，要求参加会议的申请也越来越多。当时负责报道政协第一届全体会议的记者徐盈，亲历了筹备小组的工作过程。工作任务最棘手的就是李维汉负责的拟定出席政协会议名单的第一小组。

　　徐盈女儿徐东介绍："据我父亲说，李维汉当时是第一届全体会议筹备小组的组长，他的主要工作就是筹备，出席第一届全体会议的人员名单就是由他负责拟定的。所以他感觉这个工作非常重要。3 个月来无时不在想,所以父亲形容他是连做梦都在想。"

在政协会议召开前夕,似乎在一夜之间,涌现出了各种各样的党派组织,都在强烈要求进入政协会议的名单之列。

针对出现的种种问题,政协筹备会议决定:以 1948 年 5 月 1 日为界线,各民主党派以赞成"五一口号"画线,积极响应者可以参加新政协,后来者,则需要审查资格。

在处理复杂的党派问题的同时,新政协还特别设立了"无党派民主人士"一类,他们虽然没有参加党派组织,却领导、联系很大一批民主人士从事民主运动。郭沫若和马寅初等就是以这样的身份参加新政协的。

《协商建国》的作者郝在今说:"在政治协商会议召开的前一天晚上,政协代表的名单终于搞完整了。因为在筹备期间,不断有人要求加入政协。筹备组也发现有些重要人士应该请他们来参加政协。所以这个名单是不断变化的。到了前一天晚上,终于形成了一个大名册,应该说是包括了全中国各个方面的杰出人物。它的代表性非常广泛。这些人能够凑到一起开会,那是真不容易。"

当毛泽东看到最终拟定的 662 人代表名单时,指着名单说:"这就是一部包罗万象的'天书'。"

与此同时,另一个难题也摆在新成立的政协面前:在 1949 年的北平,到哪儿去找一个能够容纳将近 700 人的大会堂?会议召开的日期迫在眉睫,这个难题最终交给了政协代表之一,同时参与国旗、国徽设计的著名建筑师——梁思成。

北平的和平解放,令作为建筑学家的梁思成振奋不已。从对待文物的态度上,梁思成对夺取了政权的共产党有了一定的认识。于是,他拒绝跟随蒋介石去台湾,在北平留了下来。在新政协召开之前,梁思成正在主持国旗、国徽的设计。当把为新政协设计会堂的任务交给他时,正在病中的梁思成毅然接受了。

当年梁思成的同事，时为清华大学教授、怀仁堂改造工程小组成员的汪国瑜回忆说："政协会议开得很急，所以那时候要求，如果会堂需要设计改造的话，必须在很短时间内完成，甚至于包括施工，都要在很短时间内完成，要不然赶不上时间，所以设计改造大概要在一个月之内完成，时间很短很短。"

在考察完中南海所有的建筑之后，梁思成有了理想的改造目标，就是中南海的怀仁堂。1949年的怀仁堂是一个依照皇家气派放大的四合院。四围建筑为高大的轩廊，中间天井宽敞方正。梁思成破天荒地想出了一个大胆的思路：给这个巨大的皇家四合院，加盖一个顶棚。

汪国瑜后来回忆说："政协会议会场的布局，我们有些改动。比方说，周围走廊后面要有一些房间能够休息，这是会议必须有的。特别是地面，因为原来怀仁堂的地面是平的，改造了以后的会堂有微微的坡度，这样保证坐在后排的人不受前排的遮挡。"

经过两个月的紧张改造，怀仁堂的大院上面盖了个大顶，露天院落变成了千人会堂。梁思成给顶棚设计了琉璃瓦屋檐。新的政协会场与中南海古典风格建筑浑然一体，天衣无缝。焕然一新的会场静候政协会议的召开。

经过3个月的紧张准备，1949年9月17日下午，新政协筹备会召开第二次全体会议。新政协最后一次筹备会在中南海勤政殿举行。会议决定，将新的政治协商会议正式定名为中国人民政治协商会议。这样，召开中国人民政治协商会议第一届全体会议的准备已经完成。

散会之后，毛泽东将所有代表留下，邀请他们前往中南海瀛台。入夜时分，散会的代表陆续来到，大家惊奇地发现，昔日的皇家大厅摆开了十几个大圆桌。新中国的第一次国宴就在曾经的皇家园林开始了！

中南海原本是山水葱绿、建筑堂皇的皇家园林。中央，就是模仿东海仙山堆就的瀛台众岛。十几桌国宴的座上宾，无一例外全是中国各界顶尖人物。时年 30 岁的司徒丙鹤因为给华侨代表司徒美堂担任翻译，有幸亲历了当日隆重的夜宴。第一桌的主人是毛泽东，看着眼前济济一堂的各界代表，毛泽东十分感慨。

时为大会联络秘书的司徒丙鹤回忆说：“毛主席说，我们这一桌什么人都有了，都来了，有无产阶级李立三，李立三就点头，还有无党派郭沫若，民主教授许德珩，还有华侨，还有妇女，总共都齐了。他就说，我们这一百多年来啊，革命不容易啊，经过太平天国、鸦片战争、戊戌变法、辛亥革命、抗日战争到解放战争，有人把这一百多年来的历史写一本书都很好的。”

从鸦片战争到辛亥革命，我们是中国革命的继承者。在一番激情洋溢的讲话之后，毛泽东举起酒杯，走到华侨代表司徒美堂面前，给他敬酒。司徒丙鹤回忆说：“毛主席就问司徒美堂，您高寿了？司徒美堂说我 83 岁了，在美国待了 69 年。毛主席说高寿、高寿，老当益壮，干一杯。他们就干了一杯。后来司徒美堂看见毛主席没有烟了，就从口袋里拿出烟，有个铁饭盒这么大，送给他。听说这烟是孔祥熙送给司徒美堂的。”

《协商建国》的作者郝在今还讲了一个细节：“这烟是用美国的铁盒装的。毛泽东掰半天铁盒却掰不开，他就开玩笑说，这美国烟不让我抽啊。一旁的司徒丙鹤帮他把那个烟盒打开。司徒美堂还注意到毛泽东抽烟的一个细节，毛泽东当时抽着自己的纸烟，他把纸烟掐灭了，剩下半截烟没扔，装进自己兜里了，然后抽这个雪茄，他就觉得中共领袖还真是艰苦朴素。”

司徒美堂是闻名遐迩的爱国老人，从小习武，练得一身功夫。17 岁加入洪门致公堂。20 岁那年，一个白人流氓去他打工的餐厅吃“霸王餐”，司徒美堂上前教训他，结果将他打死。司徒美堂被判死刑，后经华侨凑钱营救，被改判为 10 个月有期徒刑。司徒美堂因为这件事在华人社会出了名。孙中山当年赴美从事爱国活动时，身份便是"洪门大哥"，为他担任贴身保卫的正是司徒美堂。罗斯福在成功竞选总统之前，长期为司徒美堂担任私人律师。

1949 年，毛泽东亲自写信，邀请这位在海外华人社会颇具影响的侨领回国参加政协。接到毛泽东的邀请信后，司徒美堂冒着被国民党特务暗杀的危险，辗转回国。瀛台夜宴是毛泽东与司徒美堂两人之间的第一次会面，这位比自己年轻得多的新中国领导人给司徒美堂留下了深刻的印象。后来，司徒丙鹤曾问司徒美堂对毛泽东的印象如何，司徒美堂用 16 个字表达了他对这位新中国领导人的印象：刚强幽默，很有风趣，海阔天空，放言无忌。

在给司徒美堂敬酒之后，毛泽东一一走到每个代表跟前，举杯相庆。夜宴之后，诸位代表被邀请到怀仁堂看戏，当晚为诸位国宴嘉宾助兴的是袁世海、李少春的拿手好戏《野猪林》。

瀛台夜宴 3 天之后，1949 年 9 月 21 日下午 7 时，中国人民政治协商会议第一届全体会议在中南海怀仁堂隆重召开，这时，西宁、银川等大城市相继宣告解放。人民解放军正在继续扫荡国民党军队的残余力量。中共中央文献研究室编、金冲及主编的《毛泽东传（1893—1949）》记载：

> 毛泽东等来到中南海怀仁堂，出席中国人民政治协商会议第一届全体会议。大会在欢快的中国人民解放军进行曲和场外鸣放五十四响礼炮声中隆重开幕，全体代表起立，热烈鼓掌达五分钟之久。这是一个具有历史意义的庄严时刻！
>
> 毛泽东在会上致开幕词。他说：
>
> "诸位代表先生们，我们有一个共同的感觉，这就是我们的

工作将写在人类的历史上，它将表明：占人类总数四分之一的中国人从此站立起来了。"

"我们的民族将从此列入爱好和平自由的世界各民族的大家庭，以勇敢而勤劳的姿态工作着，创造自己的文明和幸福，同时也促进世界的和平和自由。我们的民族将再也不是一个被人侮辱的民族了，我们已经站起来了。我们的革命已经获得全世界广大人民的同情和欢呼，我们的朋友遍于全世界。"

"随着经济建设的高潮的到来，不可避免地将要出现一个文化建设的高潮。中国被人认为不文明的时代已经过去了。我们将以一个具有高度文化的民族出现于世界。"

"让那些内外反动派在我们面前发抖罢，让他们去说我们这也不行那也不行罢，中国人民的不屈不挠的努力必将稳步地达到自己的目的。"

毛泽东这些话，说出了中国人民此时此刻的共同心声。他所说的"中国人从此站立起来了"，使许多人热泪盈眶。代表们不时报以热烈的掌声。

各民主党派、各界代表八十八人在会上发了言。特邀代表宋庆龄说："这是一个历史的跃进，一个建设的巨力，一个新中国的诞生！我们达到今天的历史地位，是由于中国共产党的领导。这是唯一拥有人民大众力量的政党。孙中山先生的民族、民权、民生三大主义的胜利实现，因此得到了最可靠的保证。""让我们现在就着手工作，建立一个独立、民主、和平与富强的新中国。"

这天晚上，毛泽东没有回香山，他住进了中南海丰泽园的菊香书屋。此后 17 年，这里一直是毛泽东的住所。

中华人民共和国，这是如今老幼皆知的国号。在中国人民政治协商会议第一届全体会议之前，国号是中华民国。当年在新政协会议期间，对于这个国号的去留问题，代表之间展开了激烈的讨论。

9月25日深夜，司徒美堂接到周恩来和大会秘书长林伯渠署名的请柬，上面写道：9月26日上午11时在东交民巷六国饭店举行午宴，并商谈重要问题，务请出席。第二天，当司徒美堂准时来到六国饭店时，发现黄炎培、何香凝、陈叔通、张元济，好几个代表都在那里。大家面面相觑，受邀的都是70岁以上的老人。

司徒丙鹤回忆说："周副主席说现在把门关了，不给人家听。今天开会的都是70岁以上的老人，有个别的不是，就是讨论一个国号——中华民国。现在的问题是有的人说要保留这个国号，有的人说不能要，大家都是70岁以上的人了，对于中华民国有感情，对辛亥革命有感情，大家提意见吧。"

沈钧儒、张澜、陈叔通、黄炎培、何香凝众多代表在座，在征求这些元老级代表意见之前，对于是否保留"中华民国"，中共有自己的意见。当时的说法是，在中华人民共和国后面加一个括号，即可简称"中华民国"。

徐东说："中共当时是这样想的，就是不否认中华民国对辛亥革命的贡献，老百姓如果用民国，不加禁止。"

黄炎培第一个站起来发言，他觉得老百姓已经习惯，改掉会引起不必要的反感。其他代表在他之后纷纷表达了自己的观点。

张元济认为当时老百姓用的银圆上都有中华民国的字样，不必再改了，继续用中华民国的称号，是可以的。

司徒丙鹤后来回忆说："司徒美堂站起来，他最厉害。他说他是辛亥革命的人，孙中山他是拥护的，他参加过辛亥革命，但是这个中华民国是假的。中华民国，老百姓没有钱，蒋介石当权，四大家族当权，军统当权，所以他坚持说不能用。他说，我们的革命是不是革命，是革命公开告诉大家，光明正大，我们的中华人民共和国不是中华民国，我们另去搞一个，不要那个东西，这个才是昭告天下，名不正言不顺，一定要光明正大。"

在众人发言结束后，周恩来表示待会儿把大家的意见提交大会主席团，由大会最后决定。

畅所欲言的讨论让所有的参会人员感到轻松，推荐、任命理想的人选进入政府组阁，则是压在大家肩头的难题。由于人事任免事关自身利益，因而是会上会下讨论的焦点。1999 年拍摄的电影《肝胆相照》展现了这期间一段真实场景。

　　罗隆基等人在饭店吃饭。

　　甲：这次关于政协的人事安排，不知道你听到些什么没有啊？

　　乙：听说成立民主政府，要安排十一位民主人士担任要职啊！

　　甲：我也听说有几个部的部长是民主人士，努生兄，你人脉广泛，主管何部啊？

　　乙：今时今日，能够和美国说上话的，首推 Dr. 罗啊！不知你是否有意出任外交部部长？

　　罗：外交部部长？没有实权，我还不干呢！

中共"五一口号"发布后，罗隆基就曾向中共提交了自己的政纲，并且提出，如果不接受政纲，将不参加政协会议。

罗隆基，字努生，中国民主同盟的创始人之一，早年留学美国，获政治学博士学位。他文笔出众，学识广博，反对蒋介石独裁，信奉西方民主制度。在第一届全体会议上,他最希望自己未来担任的职务是外交部部长。人事任免因为事关自身利益,因而是会上讨论的焦点。

郝在今在谈到当时的情景时说:"有的人就压床板不起来了,说他们大党能出副主席,能出部长,我们小党难道连个部长都不能出,让我当副部长?"

司徒丙鹤对当时情况也记忆深刻,他说:"革命以后,革命的果实怎么分,那个时候有争吵,有的人在开会,有的人在北京饭店二楼准备跳楼,那不得了哦。"

罗隆基后来担任政务院政务委员,后任森林工业部部长、政协全国委员会常委、民盟中央副主席等职。

当时,对于民主党派人士担任副主席或者参加政府入阁的安排,很多共产党党内的代表一时也难以接受。

郝在今说:"有的共产党员、工农兵代表也有意见,说我们工农兵代表打天下,现在是民主人士坐天下,觉得给民主人士的席位分配多了。"

司徒丙鹤回忆说:"有的人说,早革命不如迟革命,革命的不如不革命,不革命不如反革命,一大套话,都不大好听。毛主席、周副主席受了好多气。"

人民解放军著名将领许世友的一段故事后来也被写进了电影《肝胆相照》。

　　许世友:"宋庆龄先生,我们都服气,她一向是党的朋友,可有些本来就是唱反调的人,革命胜利了,他们来搭伙来了!"
　　周恩来:"革命和不革命,总是要变化的,过去不革命的,现在革命了,这就是进步啊!过去是革命的,现在自己不允许别人革命,这就是落后啊!"

刚从前线赶来的许世友是军队代表之一，战功卓著。1948 年，他和谭震林一道，率领将士浴血奋战 8 个昼夜，攻克山东省会济南，歼敌 10 余万人，基本解放山东全境，使华东、华北解放区连成一片。心直口快的他将内心压抑的这些不快一吐而出，他的话其实也代表了当时非常流行的一种声音。

这样的争论和苦口婆心的解释，是毛泽东、周恩来等中共领导在政协会议上司空见惯的工作。其实早在政协会议召开的 5 个月之前，毛泽东就通过一次特殊的谈话，阐明了在政协会议上组建联合政府的原则。1949 年 4 月，渡江战役打响的前夜，国共和谈正在举行。李宗仁派遣特别代表黄绍竑和刘斐来到北平。在双清别墅，他们见到了毛泽东。

郝在今说："高层人士谈话是很有策略的，刘斐、黄绍竑就问毛泽东，说毛主席你打牌是喜欢清一色，还是喜欢平和啊？打麻将清一色就是指这一副牌，全是一个花色，它是个比喻性的说法，就是你新政权只要共产党人、只要民主党派，不要我们这些人。平和那就是各种花色凑起来只要能和就行。毛泽东立刻回一句，说他喜欢平和。这两个人就放心了，他们回去后就去争取李宗仁和共产党合作。"

9 月 30 日，大会进入最后一天，选举结果揭晓。毛泽东当选为中央人民政府委员会主席，朱德、刘少奇、宋庆龄、李济深、张澜、高岗为副主席，6 位副主席中一半是民主人士。周恩来当选为政务院总理，4 位副总理中两位出自民主人士。在这 15 位政务委员中，有 9 位是民主人士。

郝在今说："选举的时候，中共还专门召开党组会议，要求保证民主党派的选票。毛泽东说，我们的选票少几票没关系，民主人士一定要被选上。因为民主党派毕竟人数比较少，而中共影响大，好多工农兵代表也愿意选中共领袖。他就怕民主党派领袖、怕民主党派推荐的人选选不上，专门开了党组会议。结果，公布选票时，民主党派人士的选票也很高，可以说做到了皆大欢喜。"

林业学家梁希是著名的清廉人士，从来不接受高官厚禄。在周恩来盛情相邀之下，梁希出任林业部部长。周恩来说，共产党要的就是清官！

然而，令民主人士吃惊的是，周恩来的夫人邓颖超，在1946年旧政协中就曾担任政府委员，在刚刚成立的政务院中却没有担任任何职务。这对终身相濡以沫的革命夫妻对结果并不意外，周恩来平静地走出会场，经过邓颖超身旁时点了点头。

为期10天的中国人民政治协商会议第一届全体会议结束了。这次会议取得了一系列丰硕成果：大会确定，将国号改为中华人民共和国，确立公元纪年。同时还通过了具有临时宪法职能的《共同纲领》。将五星红旗作为国旗，《义勇军进行曲》作为代国歌。然而，在确定国旗、国歌、国徽的背后，还有着许多不为人知的故事。

新中国标志

作为一个国家的象征和标志，国旗、国歌、国徽有着不同寻常的意义。在 70 多年后的今天看来，中华人民共和国的国旗、国歌、国徽依然是那样的神圣庄严。那么，70 多年前，她们又是如何产生的呢？

1949 年 6 月 18 日，北平的天气已经热了起来，在绿荫环绕的中南海，新政协筹备会正在有条不紊地进行着，筹备会下设的 6 个小组分别举行了第一次小组会议。以马叙伦为组长、叶剑英和茅盾（沈雁冰）为副组长的筹备会议第六小组负责拟定新中国的国旗、国徽、国歌方案。参加工作的成员有郭沫若、张奚若、田汉、马寅初、郑振铎等 10 余名著名人士。

彭光涵当年 31 岁，是新政协筹备会第六小组中年龄最小的成员，担任第六小组的秘书。几十年后，他仍然清楚地记得，当年他冒着炎炎夏日，骑着自行车跑遍北平的各个图书馆去收集别国的国旗资料的情景。彭光涵回忆说："我们这个小组的第一次会议是在勤政殿开的，当时是由叶剑英主持这次会议。他说：'我建议，为了完成这个任务，我们是不是用筹备会的名义公开向全国人民征求意见,这样我们可以得到各方面提出的方案,一起向群众学习,征求各方面意见。'"

7月14日,由郭沫若等人起草的《征求国旗国徽图案及国歌辞谱启事》经毛泽东、周恩来修改审批后,被分送《人民日报》《光明日报》《天津日报》等各大报纸连续刊登5天。内地和香港各报及海外华侨报纸也纷纷转载。这样大规模地在报纸上征集国旗、国徽、国歌,在中外历史上是少见的。主要内容如下:

新政治协商会议筹备会为征求新中国国旗国徽图案及国歌辞谱,制定条例如下:

一、国旗,应注意:(甲)中国特征(如地理、民族、历史、文化等);(乙)政权特征(工人阶级领导的以工农联盟为基础的人民民主专政);(丙)形式为长方形,长阔三与二之比,以庄严简洁为主;(丁)色彩以红色为主,可用其他配色。

二、国徽,应注意:(甲)中国特征;(乙)政权特征;(丙)形式须庄严富丽。

三、国歌:(甲)歌辞应注意:(1)中国特征;(2)政权特征;(3)新民主主义;(4)新中国之远景;(5)限用语体,不宜过长。(乙)歌谱于歌辞选定后再行征求,但应征国歌歌辞者亦可同时附以乐谱(须用五线谱)。

四、应征国旗国徽图案者须附详细之文字说明。

五、截止日期:八月二十日。

六、收件地点:北平本会。

征稿启事发出后,在中华大地和海外华夏儿女中引起强烈反响,应征稿件如雪片一样纷至沓来。据彭光涵统计，国旗设计稿有 2992 幅，国徽设计稿有 900 幅，国歌歌词有 696 首。

征稿中不乏跨越重洋从美国寄来的国旗设计图案，甚至朱德总司令也派人送来了自己的设计图案。在浩如烟海的应征图案中，复字 1 号和复字 4 号吸引了更多人的目光。

彭光涵回忆说："复字 4 号，旗帜上三分之一是黄的，三分之二是红的，在三分之一的左上边有个星星，代表中国共产党，黄代表黄种人，代表和平，红代表革命，代表中国大地。复字 1 号，整面旗帜是红色的，上面有一个星星和一条杠杠，一个星星代表中国共产党，一条杠杠代表黄河。所以当时拿出这两个图案，让大家去挑选。"

在这两个国旗图案中，大部分人认可复字 1 号，但也有少数人坚决反对这个图案。比如，张治中，不久前他还是国民党和平谈判的代表，在第六小组上交建议的方案之后，他做了一件出人意料的事。

彭光涵回忆说："张治中就找到毛主席，他首先问毛主席，对这些国旗图案你的看法是哪一个？毛主席说，我还没有决定，我还在研究，看看大家的意见再说。张治中说，我是不客气的，我认为，1 号图案的旗帜，一个是我们是革命，中间画条杠杠那是分裂革命，另外也是分裂我们的国家，这个杠杠，说它是黄河，还不如讲它是金箍棒。毛主席听后哈哈大笑，说是有这么个问题，我们大家再商量商量。"

1949 年 9 月，中国人民政治协商会议第一届全体会议期间，初选委员会选出 38 幅国旗设计图案印发给全体代表讨论。经全体代表分组讨论后，9 月 25 日晚，毛泽东、周恩来在中南海丰泽园召集关于国旗、国徽、国歌、纪年、国都等问题协商座谈会。在讨论中，毛泽东说，过去我们脑子老想在国旗上画上中国特点，因此画上一条杠，以代表黄河，其实许多国家国旗也不一定有什么该国的特点。苏联之斧头镰刀，也不一定代表苏联特征。英、美的国旗也没有什么该国特点。我们这个五星红旗图案要表现我们革命人民大团结。现在要大团结，将来也要大团结。因此现在也好，将来也好，又是团结又是革命。

这时，距离宣布中华人民共和国成立仅剩 5 天，但是国旗什么样，大家还没有一个统一的意见。第六小组的成员都很紧张，大家决定让秘书彭光涵将 23 号分组讨论的意见情况向领导反映。彭光涵回忆说："我回到办公室，7 点钟和周恩来的秘书谈，8 点钟，突然间周恩来同志来找我了。他说，你是从头到尾都搞这件事，你看哪个图案你认为是比较好的、可能得到大家赞同的？我就翻到 32 号图案，说 32 号图案是我们大家也是第六小组认为好的。"

复字 32 号图案，作者名字叫作曾联松，是上海一名普通的经济工作者。在他的原稿里，一颗大星中间还有着镰刀、锤头的图案，后来镰刀、锤头图案在第六小组的修改中被去掉了。

在周恩来的指示下，彭光涵熬了一夜画出修改后的国旗样稿。第二天一早，他去食堂喝了一碗棒子面粥，吃了两个窝窝头，然后就骑上自行车到了前门大栅栏，找到一家制旗社，制作了在两天后的政协全体会议上要展示的国旗。

9 月 27 日，中国人民政治协商会议召开第一届全体会议。这次会议一共通过了 4 个决议，其中一个决议就是把五星红旗作为中华人民共和国的国旗。这时，距开国大典仅剩 4 天的时间。

9 月 29 日上午，国营永茂实业公司的职工宋树信接到了缝制国旗的紧急任务。确定了布料的材质后，宋树信就马上带人去找这些布料。其他的都好说，然而用来做那五颗金星的黄缎子怎么都找不到。

无奈之下，宋树信想到了位于前门外的北京市最大的绸布店——瑞蚨祥。如果这里也没有绸布的话，那就彻底没有希望了。

瑞蚨祥经理薛世翼介绍："当时我们有一个老员工叫李庆昌，是专门管库房的。他就带着工作人员，还有我们前面的售货员，到库房去翻这个东西。当天没找到，用了 2 天的时间才找到这个黄缎子。找到了当然非常高兴了，那时候已经是 30 号，第二天就是十一了。那个时候生产的缎子，没有很宽的布幅，就是宽度不够。当时还得请示党中央、国务院，国旗上一个大星带四个小星，做大星时布幅不够宽，要拼一个角。当时拼的这个角根本看不出来，做得非常好，做了两面国旗。"

瑞蚨祥的黄缎子用来缝制了新中国第一面国旗上的五颗金星。1949年 10 月 1 日，五星红旗在天安门上空高高飘扬。

在征集国旗图案的同时，国歌的征集工作也在紧锣密鼓地同步进行着。国歌既反映了一个国家的民族精神，又是一个国家的象征。世界上每一个主权国家都有自己的国歌，它是一个国家和民族共同心声的表达和共同意志的体现。

新中国成立以前，国家政权不断更迭，国歌也几度易换。回顾历史，中国在清代以前，闭关锁国，对外交往不多，也就没有国歌。中国最早的国歌的产生，缘于 1896 年北洋大臣兼直隶总督李鸿章作为外交特使赴西欧和俄国作礼节性的访问需要。按当时的外交惯例，在欢迎仪式上是要演奏国歌的。为此，清政府只好临时编了一首国歌。此歌被后人称为《李中堂乐》。此后 10 多年，清政府在对外交往和国内大典中一直沿用此歌。20世纪初，清政府又颁布了一首名为《巩金瓯》的晦涩难懂的国歌。不久，辛亥革命推翻了清政府，这首国歌也随之寿终正寝。辛亥革命后，南京临时政府曾征集国歌，并在公报上刊登了一首歌词拟稿，歌名为《五族共和歌》。这首国歌反映了资产阶级立国的理想。1915 年 5 月，袁世凯政府把一首名为《中华雄立宇宙间》的歌曲作为国歌。1920 年，段祺瑞政府又以一首名为《卿云歌》的歌曲作为国歌。1930 年，南京国民党政府把国民党党歌作为代国歌，1943 年正式将其定为国歌。1949 年，当新中国像一轮红日在东方的地平线上喷薄欲出时，也呼唤着新国歌的诞生。

1949 年 7 月 4 日，叶剑英在中南海勤政殿第一会议室主持召开了第六小组第一次会议，推选郭沫若、田汉、茅盾、钱三强、欧阳予倩五人组成国歌词谱初选委员会，郭沫若为召集人。8 月 5 日，第六小组第二次会议决定，聘请马思聪、贺绿汀、吕骥、姚锦新四位音乐专业人士为国歌词谱初选委员会顾问。怀着对新中国的无比热情，当时参加新政协筹备会的很多代表也积极地参与了国歌词谱的征选。

几十年后，彭光涵回忆起当年的热烈场面，仍心潮澎湃、热血沸腾："马叙伦也写过，郭沫若也写了，茅盾也写了，所以很多的名家都写了。朱德也写了。大家都写了歌词，但是大家研究来研究去，有的太长，有的以表扬抒颂较多，所以大家对这些歌词并不都满意。8 月 23 日讨论以后，要在短时间内确定一个国歌是不可能的，所以有人就建议是不是在流行的革命歌曲里面选一个。"

8 月 25 日晚上，周恩来通知彭光涵 9 点到他的办公室，讨论国歌的问题。"周副主席说，昨天晚上听了你的汇报以后，我和毛主席都赞成你们提的意见，从流行的革命歌曲里选一个。"田汉基金会理事、《国歌历程》作者郭超后来说："周恩来认为，《义勇军进行曲》是最能代表中国的一首歌曲，而且广大人民群众都会唱，在外国又有很高的声誉，他建议第六小组是不是考虑他的这个建议。"

《义勇军进行曲》诞生于 1935 年，是剧作家田汉和作曲家聂耳为上海一家电影公司编写剧本《风云儿女》时所创作的主题歌。

1931 年"九一八"事变，拉开了日本帝国主义侵华序幕，"不做亡国奴"的吼声唤起了全国人民高昂的爱国热忱。先后于 1932 年和 1933 年加入了中国共产党的田汉、聂耳，全身心地投入中国共产党领导的抗日救亡运动中。1934 年春，田汉决定写一个以抗日救亡为主题的电影剧本。在他刚完成一个故事梗概和一首主题歌的歌词时，就被国民党反动派逮捕入狱。另一位共产党员、戏剧家夏衍接手将这个故事写成了电影剧本，聂耳主动要求为田汉写就的主题歌《义勇军进行曲》谱曲。当他读到歌词"起来！不愿做奴隶的人们！把我们的血肉，筑成我们新的长城！中华民族到了最危险的时候，每个人被迫着发出最后的吼声。起来！起来！起来！我们万众一心，冒着敌人的炮火前进！冒着敌人的炮火前进！前进！前进！进！"时，他仿佛听到了母亲的呻吟、民族的呼声、祖国的召唤、战士的怒吼，爱国激情在胸中奔涌，雄壮、激昂的旋律从心中油然而生。他很快就完成了曲谱初稿，后来又在躲避国民党政府追捕的颠沛流离中完成了曲谱定稿。一首表现中华民族的刚强性格，显示祖国尊严，充满同仇敌忾、团结御敌豪迈气概的革命战歌就这样诞生了。这是聂耳短暂一生中的最后一个作品。这首激昂的时代绝唱，也是田汉与聂耳最后的合作。

《义勇军进行曲》诞生后，立即在祖国的大地上传唱开来。伴随着"一二·九"运动的学潮，救亡运动的巨浪，抗日战争的烽火，解放战争的硝烟，遍及大江南北、长城内外。这首革命歌曲甚至享誉海外，在全世界传播。1940 年，美国著名黑人歌唱家保罗·罗伯逊在纽约演唱了这首歌，接着他又灌制了一套名为《起来》的中国革命歌曲唱片，宋庆龄亲自为这套唱片撰写了序言。在当时的反法西斯战线上，《义勇军进行曲》是代表了中国人民最强音的一首战歌。第二次世界大战即将结束之际，《义勇军进行曲》与贝多芬、柴可夫斯基等大师的作品一道并列为"盟军凯旋之歌"。

《义勇军进行曲》是中华民族顽强意志的表达，已经被世界认可。在 9 月 25 日毛泽东、周恩来主持的国旗、国徽、国歌、纪年、国都协商座谈会上，马叙伦等主张暂用《义勇军进行曲》代国歌，徐悲鸿、郭沫若等许多委员表示赞成。然而，因原歌词中有"中华民族到了最危险的时候"等历史性的词句，郭沫若、田汉等建议将歌词修改一下，郭沫若还拟就了三段。但是，张奚若、梁思成认为这首歌曲是历史性的产物，为保持其完整性，词曲最好不做修改，并举法国的马赛曲为例。黄炎培先生也赞成不修改歌词。刚从国外回来的宗教界代表刘良模介绍了《义勇军进行曲》在国外传播情况后，认为《义勇军进行曲》获得了国内外人民一致颂扬，在国际上有它的影响，应采用作国歌。毛泽东和周恩来赞成这种"安不忘危"的思想，认为新中国要达到真正安定、安全，还需要与内外敌人及各种艰难困苦进行斗争。周恩来说："用原来的歌词才能鼓动情感。修改后，唱起来就不会有那种情感了。"国歌代表了一个国家的民族气质和精神面貌，《义勇军进行曲》创作于中华民族危难关头，正是表现了中华民族勇往直前、不屈不挠的战斗精神。毛泽东也赞同和支持歌词不改。会议结束时，毛泽东、周恩来和大家一起放声高唱《义勇军进行曲》。

关于国歌的商定过程，彭光涵仍记忆犹新："在 9 月 25 日那天开的协商会议上，有个别人提出要修改，我们会议讨论是不是需要修改一下，周副主席说，修改以后唱起来就没有那个感情了，还是不修改为好。毛主席说，我们经过人民艰苦斗争，我们开始解放了，我们国家很快就要成立，但是我们还是受帝国主义的包围，我们还要受他们的侵略，为了我们的国家能够独立，能够更强盛，争取更强盛，我的意见是原来的歌词，还是保持为好。大家热烈鼓掌，是赞成的。"

9 月 27 日，全国政协第一届全体会议通过决议，在国歌正式制定之前，就以《义勇军进行曲》作为新中国的国歌。在 10 月 1 日下午的开国大典上，五星红旗在两百人组成的军乐团演奏的《义勇军进行曲》声中冉冉升起。

《义勇军进行曲》表现了中华民族勇往直前、不屈不挠的战斗精神，在新中国成立之际，作为国歌第一次在天安门广场响起。当时率领坦克方队接受新中国检阅的是田申，他的另外一个身份就是国歌歌词作者田汉的儿子。开国大典这天对于田申来说有着更加不同寻常的意义。

田申回忆说："这一天，一个是我带着坦克方队，参加阅兵式，一个就是我的父亲跟聂耳合作的《义勇军进行曲》被定为新中国的国歌在开国大典上奏响，所以这两件事情，我是永远也忘不了的。"

细心的人们会发现，在 1949 年开国大典那天，天安门城楼上并没有悬挂国徽。原因说起来很简单，直到典礼举行的时候，新中国的国徽方案还没有最终确定下来。在国旗、国歌、国徽的设计中，国徽的设计最为复杂，政协委员们意见的不统一，也使得国徽的设计制作被拖延下来。

在等待来稿的过程中，8 月 5 日，第六小组举行了第二次会议，聘请了徐悲鸿、梁思成、艾青三位专家为国旗国徽初选委员会顾问。然而，时间一天天过去，面向社会的征稿情况不容乐观。

按照征集启事中对国徽提出的 3 条要求，即"（甲）中国特征；（乙）政权特征；（丙）形式须庄严富丽"，负责审阅的专家和顾问并没有从来稿中选出理想的方案。开国大典的脚步日益临近，国徽的制定却不能因此停下脚步。

第六小组在 8 月 24 日举行的第三次会议上，决定另请专家来拟制国徽。

设计者张仃、钟灵率领当时中央美院的设计小组很快拿出了新的方案。在这一轮方案中，他们一共提交了 5 个图案并附加了相关说明。然而这些图案与之前的政协会徽和苏联、东欧等一些社会主义国家的会徽十分相似。

在 9 月 25 日召开的国旗、国徽、国歌、纪年、国都协商座谈会上，国歌、国旗都顺利通过了决议。对于没有满意设计图的国徽，毛泽东最后拍板：国旗决定了，国徽是否可慢一步决定，原小组还继续设计，等将来交给政府去决定。

毛泽东的话让大家吃了定心丸，新一轮的设计竞赛也就此展开。

在张仃、钟灵的方案之后，清华大学营建系教授林徽因、莫宗江等在1949年10月23日提交了一个国徽设计方案。

作为在建筑学方面造诣很深的一代才女，林徽因向来对中国传统文化情有独钟。在她的国徽设计方案中融入了大量的民族元素，更重要的是，这个方案首次将国旗上的五颗金星设计入国徽，这是前所未有的。

在此之后，张仃率领的美院设计小组也提交了新的设计方案和说明。在这一轮方案中，美院的设计者将天安门设计进了国徽造型。

1950年6月1日，时任政协筹备会第六小组组长的马叙伦，向全国政协常委会做了关于国徽设计的报告。新旧一共7个设计方案被一并送交全国政协常委会审定，但依然没有一个方案能够被大多数委员认可。

渐渐炎热起来的天气让国徽的设计也进入一种白热化的状态。筹备会副主任周恩来直接找到了一个人——梁思成。

时任清华大学营建系教授的梁思成，不仅是中国最著名的建筑学家，也是政协筹备会的特别邀请人士。当时的国徽设计者之一的汪国瑜回忆说："周总理亲自跟梁先生说，在清华组织一个设计小组，跟美院竞赛。梁先生听后很高兴，回来以后就召集我们几个年轻的开会。我们这个小组一共有8个人，除梁先生、林先生外，其余6位都是三十来岁的，我是中间比较年长一点的，比我年长的有2位，比我年轻的有3位。"

6月11日，国徽小组再次召开会议。很多委员表示同意"采用天安门式"，而梁思成对此发表了不同意见，他认为这并不是一种最好的方法。他说，设计国徽不是画一个长城、画一个天安门就了事的，中国人能画，外国人也能画。所以，国徽采用天安门式不是一种最好的方式，最好还是采用中国独特的民族的形式。

　　面对梁思成的意见，同为清华大学教授的与会代表张奚若在随后的发言中说道："我个人感觉用天安门是可以的，从其内容上来说，它代表中国五四革命运动的意义，同时亦代表中华人民共和国诞生地。"

　　经过讨论，会议原则上通过采用天安门图案。

　　会后，周恩来约请了梁思成先生，提示他，要以天安门为主体设计国徽的式样。

　　有了周恩来的提示，清华营建系将天安门设计进了之后提交的国徽设计方案中。

　　汪国瑜后来回忆说："当时一连几天基本上是昼夜不停，马不停蹄。我们也考虑到时间太紧了。因为 1950 年一定要拿出来。因此我们基本上没怎么睡觉，大家通宵达旦在一起工作，非常紧张。"

　　6 月 15 日，张仃也提交了新的修改方案。这个方案将天安门从上一稿的斜透视改为正立面。同一天的晚上 8 点，新政协筹备会常务委员会第二次会议、国徽组第一次会议讨论决定：将梁思成先生设计的国徽第一式与第三式合并，用第一式的外圈，用第三式的内容，请梁先生再整理绘制。

　　时间分秒必争，在得到修改决议后的第三天，也就是 6 月 17 日，清华大学营建系国徽设计小组在梁思成、林徽因的领导下再次提交了设计方案和《国徽设计说明书》。这一版的设计图案，已经十分接近我们现在所使用的国徽了。

　　1950 年夏天，病榻上的建筑学家梁思成和夫人林徽因正在讨论新中国国徽的设计方案。经过 3 个月的昼夜奋战，二人都病倒了。

　　决定性的时刻终于到来了。1950 年 6 月 20 日，中国人民政治协商会议第一届全国委员会第二次会议召开，全委会在当天召开国徽审查会议。

　　偌大的会议厅内摆放着多个送审方案。梁思成因病未能参加，派当时任营建系秘书的朱畅中前往。当时周总理突然问道："清华的梁先生来了没有？"张奚若说道："梁先生和林夫人都因为昼夜劳累，现在都病倒了。"

周恩来总理就指着清华和中央美院的方案，问李四光："你怎么看？"李四光说："我觉得清华这个气魄大，你看满天空的一面红旗啊，因为底色是红的，像满天空的一面红旗，气魄很大。"

评审的最终结果是，清华大学营建系设计的第二幅图当选。确定入选后，朱畅中一回到清华就向大家通报了这个好消息。

多年后，汪国瑜对当时大家紧张的情形仍记忆犹新："要知道20号啊，是个很重要的日子。这一天要决定国徽的选定，留在系里边的人，基本上没有回到自己的房间里面去，都在系馆里边等候。张奚若首先到了梁先生家，朱畅中到系里去，得到消息后我们大家都涌到梁先生家。当时啊，大家都很激动。"

3天后，1950年6月23日，在全国政协一届二次会议上，毛泽东提议，全体代表起立，以鼓掌的方式通过了由梁思成、林徽因主持设计的国徽图案。

毛泽东亲自向代表们说明了国徽的内容——国旗、天安门、齿轮和麦穗，象征中国人民自五四运动以来的新民主主义革命斗争和工人阶级领导的以工农联盟为基础的人民民主专政的新中国的诞生。

1950年10月1日，在中华人民共和国成立1周年的时候，凝聚着许多设计者心血和智慧、象征着国家尊严的国徽，终于被悬挂在天安门城楼上。而作为国徽主要设计者的梁思成、林徽因，也在这一天登上了天安门城楼，见证了这一庄严的时刻。

筹备大阅兵

　　1949 年 7 月，中共中央成立了以周恩来为主任，彭真、聂荣臻、林伯渠等人为副主任的开国大典筹备委员会，开国大典的三大项内容——成立典礼、阅兵仪式和群众游行随即确定下来。古老的北平城开始了前所未有的忙碌，而注定要被全世界所铭记的开国大阅兵也进入了紧张的筹备阶段。

　　1949 年的开国大典大阅兵，是中国人民解放军这支威武之师第一次展现在世人面前，给所有人留下了难以磨灭的印象，在后来的岁月中被无数人反复地提起和回味。70 多年后，那些曾参加过大阅兵的老战士依然清晰地记得当时的情景。

　　李增顺，当时是解放军华北军区第六十七军军直骡马炮兵团的一名战士。1985 年，他离休回到家乡河北省宁晋县安享晚年。谈起这次开国大阅兵，老人说那是他一生最难忘的回忆："这大好消息，就是参加北京开国大典，有咱们这个单位，所以说，大伙高兴，都高兴地议论，说这回可有时间去北京了，还有时间去看毛主席了。那时从思想上就是这么想的，大家都非常激动。晚上通知到了，熄灯号一吹，大家马上得熄灯不许说话了，所以到第二天早上起来还在议论这个。"

时为第六十七军第二〇一师战士的巴志勤后来回忆说："战争结束之后，全国解放了，把俺那个部队分配到东边保卫海防。在那之后来了个通知，让我们那个师到北京参加阅兵，参加国家大检阅。"

得到通知的几天后，第六十七军开始陆续向北平进发。虽然即将参加新中国第一次盛典，但战士们并没有什么特殊的准备。李增顺回忆说："当时是轻装上阵，不许带多少东西，带上一个被卷，背包一打，里边收拾一点东西，如换洗的内衣和鞋袜，别的都不许带。"

7月底到8月初，巴志勤和李增顺到达北平后，与其他被选拔出来参加阅兵的陆军官兵们一起集结于北苑兵营。直到此时，巴志勤和李增顺才发现自己是如此的幸运，他们都是经过部队领导层层选拔出来的。选拔的标准还是十分严格的。

时任解放军军乐队队长兼指挥的罗浪后来回忆说："我们所有参加阅兵的部队，都经过了严格的政治审查，最基本的，一是要参加过解放战争，各方面表现得比较好的，比较勇敢的，二是家庭出身要尽可能是贫下中农。"

罗浪是开国大典的军乐队总领队、总指挥。当时的军乐队除必须具备优秀的演奏技巧之外，同样需要通过严格的身体条件选拔。

罗浪回忆说："不管什么成分，太矮了不能参加，太高了也不能参加，太胖的不能参加，太瘦的也不能参加，走过天安门的，身高一律是1.75米左右的，所以队伍的排列是很整齐的。"

在1949年的开国大典阅兵中，步兵的队伍是人数最多的，也是集结最早的。然而这些从人民解放军200个野战师中筛选的精英，其中的大多数人在一开始,对阅兵这个词,还是感到十分陌生的,甚至很多人没有听说过阅兵这个词。巴志勤后来回忆说:"那时候谁知道阅兵是什么啊?谁知道怎么甩手、怎么走路?以前就是行军打仗,白天休息,夜里行军。"

虽然不知道到底怎么阅兵,然而战士们十分了解阅兵的目的和意义。李增顺说:"阅兵就是看看咱们部队这个战斗力和装备,还有战斗实力,就是检阅这些,不但咱们自己看,还让外国来宾看看八路军从无到有是怎么打下天下的。"

从 8 月开始,官兵们开始了刻苦而认真的训练,炎炎烈日,挥汗如雨。李增顺回忆说:"那时候比较艰苦,八九月份,天气正热,在训练过程中,要走方块,走竖排好走,走横排不好走,走横排你得走齐了,步子得迈成一般大。开始练的时候,你靠前我靠后,你步大我步小,走不齐。后来就采取在地上画线的方式,画上白线以后大家按白线走。走齐了以后撤线,把线涂掉了,就是没线了,你还得保持整齐的步伐。"

除了基本步法训练,李增顺所在的骡马炮兵方队还要比其他部队多出一项任务——训练骡马。步法训练对战士来说都不是一件简单的事,更何况要求骡马服从指挥。

李增顺回忆说:"我是骡马炮兵,要牵上骡马,把炮拉上一块走。一方面人要走齐,一方面还得让骡马也走齐,不能说一个靠前,一个靠后。那就是平常要训练跟骡马建立感情。早上得遛马,晚上也得遛马,遛的时候得培养感情。"

对于新中国第一次阅兵大典,负责检阅的中共高层领导都很兴奋,尽管工作繁忙,他们还是经常来到训练场视察。当年的步兵第一九九师师长李水清回忆说:"朱老总来了两次,聂老总来了三次,贺老总、陈老总也来过。"

李增顺也记得他们来时的场景："那时看首长看得很清楚，因为主席台跟队伍没多远，一共三十二三人的距离，站外排距离远，站内排离主席台近，看得清清楚楚。"

巴志勤回忆说："首长一来，原先是稍息，'啪'一个立正都马上立正，首长过去之后才稍息。"

每次首长来，受阅官兵们都很激动。可首长来得多了，问题也来了。那时全军没有统一的队列条令，首长们来了各说各的理，如何迈步，如何挎枪，首长们的意见也无法统一。

李增顺回忆说："首长们提修改意见，是按照整个检阅部队的要求提的。下边各个连队，都按各个连队的要求。像我们连队就是要求人走齐，骡马走齐。"

22年来，人民解放军一直在战场上浴血奋战。这支红色的军队从来没有时间停下来进行队列训练，也从没有系列的操典规范。距离大典开始的日子越来越近，负责阅兵训练的杨成武将军心急如焚。他查阅了中外历史上和当代世界军队的许多阅兵资料，并到处求教，拜访了曾经留学苏联的刘伯承和几位原国民党政府东北军的老将军。最终，他们根据一本原国民党军队队列条令《中华民国二十四年步兵操典》，再参照刘伯承在苏联学到的经验，制定出了比较细致的训练规范。

根据这份"敌为我用"的操典，官兵们继续着严格而枯燥的训练。这些年轻的士兵们大多是第一次来到北平，都渴望能有机会出去看看这座大城市。巴志勤后来回忆说："我是第一次去北平。打北平时我在北平北，包围了北平，后来也没打成。一到北平，好家伙，这里跟咱乡下就是不一样，那时候说攒点儿钱去北平，到北平了好好地买点什么、吃点什么的。那时候每个人两毛七一个月，后来涨到6块，一个人攒上好几个月，攒下有二三十块钱，准备到北平买点吃的什么的把钱都花了。结果，到北平后不叫随便跑，也没有把钱花掉。"

尽管训练紧张，但年轻的士兵们在训练之余总能找到点自由支配的时间，这时大家不敢走远，最开心的就是能找到点以前从来没见过的美味小吃。巴志勤回忆说："我们在朝阳门住，那里有个卖煎包子的，就说这包子是油炸的，牛肉包子，那时候是俩铜子一个，就是说晋察冀边区的毛票，二分票一个。班里大家凑凑，你贴二分钱，我贴二分钱，买来大家一人一个。大家晚上买，白天部队不让买零食吃，买回来以后偷偷摸摸地在班里吃。"

阅兵离不开军乐，更何况是开国大典阅兵。开国大典的这支军乐队是以罗浪任队长的华北军区军乐队为主体组成的。说起这支华北军区军乐队的来历，还有着一个非常传奇的故事。

1947 年 10 月，晋察冀军区野战兵团在清风店地区全歼国民党嫡系第三军主力，活捉军长罗历戎。罗历戎是黄埔军校毕业生，而俘虏他的正是他曾经的教官，时任晋察冀军区司令员的聂荣臻。

罗浪后来回忆说："罗历戎一见到聂荣臻就跪下说，老师，我被你俘虏了，人员已经都被俘虏了，死亡的死亡，俘虏的俘虏，枪炮都让你们缴获了，我没有什么可以送给老师的礼物。不过，第三军有一个 50 人的乐队，这个乐队吹奏技术还可以，希望老师派人把这个乐队找回来，连乐器也一起找回来，算学生献给老师的一个礼物。"

时任晋察冀军区抗敌剧社乐队队长的罗浪闻讯后非常开心，恳请上级把军乐队留下来。几天后，时任华北军区宣传部副部长的张致祥亲自找到罗浪，要求他赶紧带人把国民党军乐队找回来。

罗浪回忆说："我接到命令以后，政治部让一个小朋友跟我一块去。我当时 27 岁，那小朋友 18 岁。我们从缴获物品当中搞了两辆自行车，就骑着自行车到保定周围的 4 个纵队的保卫部、政治部，把乐队所有的人员全部找回来了。找回来以后，就在保定东南角的一个村子里面集合。"

乐队成员都被找了回来，经过政审、鉴定和调查，最后有 40 人留了下来。经聂荣臻司令员批准，这 40 人与抗敌剧社乐队原有的 10 多人一起组成华北军区军乐队。

新的军乐队诞生了，然而以前国民党军乐队演奏的曲目并不适用。罗浪说："我就问，你们会什么，演奏给我听听。他们就把会的曲子都演奏了一下。听完以后，我就告诉他们，你们国民党的一些曲子，什么三民主义，吾党所宗，这些就不要奏了，但是别的曲子，你们再好好练一下。紧接着我用了将近一个礼拜的时间，把《八路军进行曲》写成军乐曲子。当时最流行的革命歌曲，我都把它们改编成军乐曲子，然后花了一个多月时间，把它们练了出来。"

1949 年 8 月，以华北军区军乐队为基础的中国人民解放军军乐队正式成立，29 岁的罗浪担任军乐队队长兼指挥。但直到 9 月初，罗浪才知道组建的这支军乐队将要执行的并不是一项普通的任务。罗浪后来回忆说："7 月份，说是准备阅兵，但是并没有讲要举行开国大典，对谁都没有讲，保密。当时知道举行开国大典的只有中央领导人，我们所有的受阅部队都不知道。所以开国大典这四个字，是到 9 月初才跟我们这些部队讲的，是部队的总指挥和副总指挥在一次训练会议上宣布的，说这次阅兵是一个重要的任务，这个任务就是参加开国大典。"

得知新组建的军乐队要参加开国大典，所有队员都非常兴奋，以更加饱满的热情投入紧张的训练当中。

9 月 27 日，在中国人民政治协商会议第一届全体会议上，《义勇军进行曲》被确定为代国歌。负责通知此事的工作人员却忘了通知罗浪。两天后，罗浪接到迟来的电话时，离开国大典只有 48 小时了。于是他立即着手准备乐器,组织排练。虽然军乐队的排练时间非常短,但在开国庆典上,200 人的演奏,一个音符也没有出错。

当《义勇军进行曲》被确定为代国歌,在天安门广场奏响时,参加阅兵式的队伍里,有一个人格外激动,他就是时任华北战车团代理团长的田申,《义勇军进行曲》词作者田汉的儿子。

出生于 1924 年的田申,是黄埔军校第十六期毕业生。抗日战争爆发后,他毅然投笔从戎,走上了一条与父亲截然不同的道路。1949 年的夏天,父子二人同为新中国的开国大典而奔忙,父亲忙于参加新政协会议,儿子则为了筹备大阅兵而昼夜无休。

田申后来回忆说:"聂司令员直接告诉我,他给我个任务,就是参加阅兵,把队伍组织好、训练好,参加阅兵。30 辆坦克要参加整个阅兵式,进行分列式表演,要通过天安门,接受毛主席和中央领导的检阅,这个任务既光荣又艰巨。"

田申任代理团长的华北战车团也是从 1949 年的 7 月开始阅兵训练的。酷暑下,待在坦克战车里,人感到格外艰苦。田申说:"你别看这个坦克开起来很威风,待在里头是苦得很啊,那手一摸都是烫的,很烫的,外面的甲板手都不敢碰,烫得很。坦克里头条件是很苦的,乘员也是很苦的,坦克乘员个子不能太高,要中等身材,里面的位置也小,所以中等身材是标准的身材。"

训练的艰苦并不是田申最担心的,他最担心、感到最难的是,如何拼装起接受检阅的 30 辆受阅战车。由于这些战车都是从各个战场缴获、出自十几个国家的破旧装备,有"万国杂牌"之称,其中日本 97 式坦克占多数,美国 M3 式坦克次之。为了迎接开国大典,战车团从各部队调集了数十辆坦克,夜以继日地拼装修复。

田申后来回忆说:"当时是必须在 3 个月之内修理、装配这几十辆坦克。我们不仅拼装了 30 辆受阅的坦克, 还拼装了 10 辆备用的, 共 40 辆坦克。拼装好了以后, 把它们全部喷漆、喷号, 使得看起来和新坦克一样, 焕然一新了。"

尽管这些坦克看上去焕然一新, 但里面的无线电通话器大都不能使用。于是田申带领战士们发明了一套肢体语言, 每辆坦克上 3 个人, 车长可以探出身来看外面的情况, 他用一只脚踩在驾驶员的肩膀上, 通过脚给驾驶员发暗号。田申回忆说: "向左, 踩左肩膀。向右, 踩右肩膀。要加速, 就连踩三下。停止, 踩一下。后退, 踩两下。就这样, 把这暗号都准备好了。"

时间到了 9 月中旬, 步兵方队的训练已经接近了尾声, 可是有一支部队在这个时候才刚刚来到北苑阅兵营集结。而这支部队, 又是在开国大典阅兵式中第一支通过天安门广场的部队——人民海军方队。

海军方队训练时间短, 却是最早通过阅兵指挥所验收的受阅部队。因为这支部队中的大多数人都有着不错的队列基础, 他们都来自原国民党军队著名的军舰——"重庆号"。"重庆号"原是英国皇家海军的"黎明女神号"轻型巡洋舰, 在第二次世界大战中参加过多次海战, 也是英国赔偿给中国的一艘军舰。1949 年前, 中国海军曾派出 3 批人员到英国学习和接收这艘军舰。

1948 年 5 月, 著名海军将领邓兆祥等人指挥驾驶"重庆号"等军舰, 经地中海、印度洋、太平洋等海域, 航行万里, 回到中国。当时, 军舰上的一些士兵由于不满国民党的腐败统治, 成立了士兵解放委员会, 1949 年 2 月在上海吴淞口起义, 控制了军舰。

不久, "重庆号"被开到了解放区, 但遭遇了国民党飞机的不断轰炸。1949 年 3 月 20 日, "重庆号"打开海底门, 自沉于葫芦岛码头。失去了军舰的 500 多名官兵组建了人民海军第一所军事院校——安东海校。随后,与"重庆号"有着紧密关系的"灵甫号"起义官兵也来到安东海校。这两艘军舰上的队伍会合在一起，成为新中国第一支海军部队的一部分。

当年 26 岁，时为安东海校一大队学员的马仕武，走在海军方队的第一排。他清楚地记得，他们刚到北苑兵营时，曾因为身上穿的衣服而引起了所有人的注目。他后来回忆说："安东海校选拔学员，是挑选个子挺拔、匀称，比较英俊、比较年轻的。被选上后，大家就到了北平。刚开始大家穿的是国民党的军服，很快就感觉到不对，马上换了个服装。"

海军方队组成之后，由安东直接到北平郊区的黄寺兵营训练，当时他们穿的是在"重庆号"军舰起义时的国民党海军军服。

这时，所有参加阅兵典礼的陆军部队已经有了统一的绿色陆军军服，而新中国的海军还处在筹备阶段，没有统一的军服。于是，阅兵指挥所连夜调来 30 多名工人和十几台缝纫机，为海军方队的每一位官兵量身制作了一套深蓝色呢料军服。由此，非严格意义上的新中国第一套海军军服也诞生了。

不仅服装与众不同，细心的人还会发现，在开国大典的阅兵式上，海军方队的步伐和动作，也和其他方队不同。训练一开始，他们仍旧按照英国式队列行走。当时陆军派遣了一位团职干部，来研究到底按照哪种方式行走，随后对英式队列进行了修改。但是，一个直甩长臂的动作没有变动。所以在开国大典上，人们看到的是海军方队直甩长臂的走法。

尽管步伐、动作不同，但毕竟海军官兵具备规范的队列基础，所以大典后，他们被评为"受阅方队第一名"。

在所有被检阅的部队中，飞行方队是最晚被列入受阅队列的。飞行方队参加国庆阅兵，中间经历的波折最多。1949 年，人民解放军的飞机和飞行员数量极为有限，而且大部分是从国民党空军起义过来的。飞机的型号也是五花八门，机身大多伤痕累累。最初的设想是让飞机在首都的上空散发传单，烘托一下庆典气氛。虽然飞行队已经在 8 月 15 日成立，但并没有出动飞行队参加开国阅兵的计划。

8 月，飞行队正式担负起了北平地区的防空作战任务。南苑机场每天保持双机到四机的战斗值班，一有命令，飞行队即升空作战。

时年 22 岁的林虎是当时空军部队里最年轻的一名飞行员。按照原定的阅兵方案，空军不参加阅兵式，因为此时的解放军空军实在太年轻了。时为南苑飞行队飞行员的林虎后来回忆说："周副主席、朱老总也常到南苑去看我们，一直到 9 月初，毛主席说我们在强大的陆军基础上，还要建立强大的空军，建立强大的海军。这样就给了中央航空局任务，说你们赶快组织空军，参加受阅。"

直到 9 月 22 日，空军参加开国大典阅兵的计划表才正式出台。这时，距开国阅兵只有 8 天时间——192 个小时！为了确保飞机能够准确地从天安门城楼上通过，当时还没有导航系统的飞行队也采取了土办法。林虎回忆说："飞机必须在天安门前面适合下面观礼的人的视距内。所以大家就反复计算，找了一个观测点——通县的双桥。按照测量，到双桥对正航向 270 度，地面观礼的人刚好就看得到飞机，下面游行的群众也能看得到。"

9 月 23 日，部分受阅飞行部队为了测试数据，进行了一次预演飞行，预演本身非常成功。在预演的过程中，还发生了一个有趣的小插曲。那天，中南海怀仁堂正在召开新政协会议，周恩来在会议上发言，忽然，室外传来了隆隆的飞机声。突然间听到飞机轰隆隆的响声，代表们就猜测说，这是不是国民党的飞机来了，因为当时全国还没有完全解放，还面临着国民党空军轰炸的危险。所以不知情的代表们就很担心地问，这是什么飞机？这时，正在发言的周恩来解释说："这是我们自己的飞机在进行演练，准备在开国大典的时候参加检阅。"与会的代表们听后，都感到非常振奋。

转眼就到了 1949 年 9 月 30 日，开国大典的前夜，对于北京城内的很多人来说，这是一个不眠之夜，对于所有的受阅部队来说更是这样。从 7 月份到现在，不到 3 个月的筹备时间，在此时显得既漫长又短暂，终于，这个激动人心的时刻就要到来了。

开国前夜

1949 年 7 月 7 日，开国大典筹备委员会成立。中共中央副主席周恩来被推选为大典筹备委员会主任。大典的地点定在天安门广场，时间是 10 月 1 日下午 3 时。在周恩来的统筹安排下，天安门的整修工作紧张有序地进行起来。时间很快来到了 9 月底。秋天的北京城，晨光驱散了些许的凉意。此时的天安门广场已经大变样了。天安门城楼被整修一新，城楼两边搭起了观礼台。

1949 年 9 月 30 日上午 9 时，距开国大典还有 30 个小时，北京市纠察总队的战士潘鸣岐和战友们正在广场上进行最后的清扫工作。潘鸣岐回忆说：“那草起码得有一尺多高。天安门后面的那个广场挺宽的，原来两边还摆着清朝的铁炮。我们要把这些草除干净，清理出一条路，所以一遍又一遍地反复清理。因为我们清理的这条路，实际上就是毛主席和国家领导人上马道、上天安门城楼的路。”

每当潘鸣岐翻看起当年的老物件时，他和战友们参加天安门广场整修工作的情形就立刻浮现在眼前。潘鸣岐说，就在他们完成工作准备离开天安门广场的时候，却接到了一个匪夷所思的任务。连长要求他们来到刚刚搭好的观礼台上使劲地蹦跳。由于担心把观礼台蹦坏了，大家都不敢太用劲儿。这时，连长的几句话打消了大家的疑虑。连长说："你们使劲蹦，有多大劲就使多大劲蹦，就看它塌不塌，主要就是检验它到底牢固不牢固，到 10 月 1 号那天观礼台出了事还行啊？！"

这下，战士们放开了胆子铆足了劲儿蹦了起来，轰隆隆的声音响彻整个天安门广场。

此时，在北京师大女附中的校园里，学生们正在排练着一支舞。这支舞，是她们要在明天的开国大典群众游行时跳的。周恩来的侄女周秉德，此时也在这些孩子中间。周秉德回忆说："老师说 10 月 1 号有个开国大典，大家要做好准备，要练操，同时老师还给我们发了很多的高粱秆、秫秸秆、红纸等。然后，老师又照样子教我们，就是用秫秸秆编成五角星，一个一个给它对接起来，这边一个五角星，那边一个五角星，然后用红纸将两边糊起来，都是红的了。连成的五角星中间底下有一个横杠，横杠上面有个棍子，可以插一根蜡烛。我们各自都做好以后，还要排练队形，就是什么时候将灯笼举高、往左、往右的那种简易的舞蹈，叫红灯舞。"

在整个开国大典的筹备过程中，周恩来扮演了十分重要的角色。从分配大典的各项任务到安排详细流程、组织安全工作，每一件事，他都要亲自过问。据周秉德回忆，当时的周恩来可以用一个"快"字来形容：走路快，吃饭快，说话快。因为细心至极的周恩来，总有做不完的事情。

9 月 30 日上午 11 时，距开国大典还有 28 个小时，周恩来和卫士长成元功来到了天安门城楼的台阶上。周恩来一边注意着脚下的步子，一边在嘴里念念有词，成元功则在一旁做着记录。然而，成元功写在记录簿上的并不是什么重要指示，而是一个一个的数字：5，16，17……这些毫无规律的数字有着怎样的特殊含义呢?

几十年后,成元功解答了当年他记下的那一串数字的疑问。原来,为了确保各位中央领导人登上城楼的时间正好是下午 3 时,周恩来特意提前一天来到这里,用亲自登城楼的方式,估算这一路需要的时间。

成元功回忆说:"过了 5 分钟,周副主席说,咱们上吧,然后就按照主席、宋庆龄他们那样慢一点的速度走。走了 16 个台阶,上了个小坡,来到第一个小平台,周副主席说,在这里休息 1 分钟。接下来,又走了 17 个台阶,来到第二个平台,周副主席说,再休息 1 分钟。他说,这些人年纪大了,就需要这样的速度。接着他们又走了 17 个台阶,来到第三个平台,又休息了 1 分钟,然后就到上面了。"

周秉德说:"周副主席当时考虑到了各位领导人的年纪、走路习惯,甚至连台阶上的几个休息平台会占用多长时间他都考虑到了。路上有 4 个平台可以歇歇脚,走过 4 个平台再加上歇歇脚需要 8 分钟的时间他都计算出来了,然后让大家按照这个时间去执行。"

直到午饭时间,周恩来才在成元功的劝说下快步离开城楼,以他特有的匆匆的步伐赶去吃午餐。周秉德回忆当时情况时说:"他给我的印象就是忙,里里外外忙,就是这么一个印象。有时候看他匆匆忙忙走过去,匆匆忙忙走过来,或者是找个人谈什么事情,他的那些卫士们都说赶不上他走路的速度,都是一溜小跑地跟着他。"

此时,在天安门城楼上,一幅巨大的画像刚刚完成,这就是要在开国大典上挂在天安门城楼上的毛泽东画像。两个星期前,国立北平艺术专科学校的讲师周令钊,接到了个艰巨的任务,即在天安门城楼上画一幅毛泽东像。时间紧迫,于是他和同是画家的新婚妻子陈若菊一起,开始了起早贪黑的工作。

周令钊后来回忆说:"我跟我爱人两个人,早晨天一亮就爬起来,吃点早饭，然后骑自行车到天安门，一直画到中午，就在天安门城楼上吃午饭。午饭就是一个馒头，再夹点菜。吃完午饭歇一会儿，我们就接着画。"

由于画像高达 6 米，宽 4.6 米，用一般的绘制方法根本无法完成。因此，周令钊夫妇把画像竖起来，以便随时可以从远处看到画的全景。当时没有升降机这样的设备，他们搭起与盖房子时用的一样的脚手架，爬上爬下地画。而要绘制如此巨幅的画像，又要使毛泽东的样貌不至于走形，周令钊和妻子在画像上打出了一个又一个的小格子，以便精确地把握每个局部。

经过两个星期的紧张工作，9 月 30 日这天，周令钊和妻子终于按时完成了任务。中午，北京市市长聂荣臻前来视察工作，该是周令钊他们交答卷的时候了。

周令钊回忆说："我自己认为，画得差不多了，基本上可以了。这个时候，当时的北京市市长聂荣臻，就到我画像的这个地方来，他来看看这个像画得怎么样了。"

聂荣臻会对这幅画像满意吗？只见画像上，毛泽东头戴八角帽，表情自然，身着中山装，显得庄重得体。这幅画像，是以一张毛泽东在延安时期的照片为蓝本进行创作的。如今，如果把画像和照片进行对比，就会发现其中有一个细小的差异。在原来的照片上，毛泽东的衣领是微微张开的，而在后来的画像中，毛泽东的衣领是整齐地扣起来的。这难道是周令钊临摹时的失误吗？其实这个差异，正是来自聂荣臻的建议。

周令钊回忆说："他一看，表示满意，认为画得很像，毛主席的表情也像。那我觉得这样就可以了，但是，他就有个但是啊，他说明天是国庆，明天是开国大典，毛主席的衣领还是扣上的好。"

根据聂荣臻的提议，周令钊夫妇立刻着手修改，而且他们必须赶在天黑之前把这个任务完成。在开国大典的筹备工作中，正是有像周令钊这样的人，通过精心细致的工作，最终为人们呈现了一个庄严恢宏、让人永远难忘的开国大典。

与此同时，中南海的怀仁堂里，一场意义重大的选举也在紧张地进行。

9月30日下午4时，距开国大典还有23个小时，中南海怀仁堂里，中国人民政治协商会议第一届全体会议正在进行最后一天的会议，议程是选举中央人民政府委员会的主席、副主席、委员。候选名单经各单位协商确定，由全体代表用无记名投票的方式选举，576位代表投出了自己庄严的一票。在紧张的计票之后，结果公布，毛泽东众望所归，当选为中央人民政府委员会主席，朱德、刘少奇、宋庆龄、李济深、张澜、高岗当选为副主席。大会在代表们久久不息的掌声中落幕。此时，中共中央社会部便衣队队长高富有和他所带领的队员们，才终于稍稍松了一口气，他们成功地完成了大会的保卫任务。

高富有后来回忆说："政协开会，从门口就验票。因为开会的会场有很多民主人士，当然这些民主人士是好的，但他们身边的人谁能靠得住，他带个什么东西，拿枪、拿刀子也可以弄死人，所以我们便衣队还要在里头盯着。"

9月30日傍晚6时，距开国大典还有21个小时，刚刚当选为中央人民政府委员会主席的毛泽东，带领与会的全体代表，来到天安门广场进行一项特别的仪式——人民英雄纪念碑的奠基仪式。时为毛泽东保健医生兼生活秘书的王鹤滨后来回忆说："毛主席带着所有的代表到天安门广场参加人民英雄纪念碑奠基典礼。去的时候已经是傍晚了，天色已经快黑了。"

晚上7时，毛泽东和其他国家领导人一行来到了中南海怀仁堂。这里，一场朴素而隆重的宴会就要开始了。

今天，新中国的领袖们要在这里宴请来自四方的宾客，共同庆祝新中国的诞生。宴会上，人们举杯畅饮，毛泽东也喝得格外尽兴。王鹤滨回忆说："主席平常不会喝酒，甚至连葡萄酒也喝得很少，可是这时候他拿着白酒一杯接一杯地跟国际友人碰杯，他说可见人逢喜事精神爽啊，喝了那么多白酒脸都不红。"

毛泽东的酒量向来不好，喝一点酒就会满脸通红。在重庆谈判的宴会上，面对国民党人士酒席上的"狂轰滥炸"，全靠周恩来保驾护航，毛泽东才得以过关。那么，今天的毛泽东果真是人逢喜事精神爽，超常发挥吗？多年后，王鹤滨向人们揭开了当年国宴上毛泽东畅饮不醉的秘密。原来，在宴会开始前，王鹤滨接到了一个不可能完成的任务。王鹤滨说："宴会开始前，我是在大厅里边，中办的同志是在怀仁堂大门进来的地方，李福坤就对我讲，王鹤滨同志，明天是开国大典，不能叫首长们醉倒一个，上不了天安门！这是个大事，你要想办法。"

这可难倒了王鹤滨。国宴上，领袖们作为主人宴请宾客，不喝酒或是喝得太少，都是说不过去的。然而什么药是可以吃了就不会醉呢？身为医生的王鹤滨也一筹莫展。就在他苦苦思索的时候，面前的一杯茶给了他灵感。

王鹤滨后来回忆说："我就急中生智吧，忽然一想，茶水可以有解酒的作用，一般喝了酒以后大脑的思维会变慢，茶水能让人兴奋啊！我就想能不能用茶水代替通化葡萄酒呢？那时候国宴红酒是用通化红葡萄酒，白酒是用茅台，一红一白，这样我就从用茶水代替葡萄酒想到用白开水代替茅台。"

在经过中共中央办公厅主任杨尚昆同意后，王鹤滨的"秘制酒"被交给了首长们的秘书。但秘书们并没有告诉首长"秘制酒"的事情，因此王鹤滨心情十分忐忑，他不知道，不明就里的首长们在宴会上尝到第一杯"秘制酒"时会有怎样的反应。

王鹤滨回忆说："刘少奇同志不会喝酒，我当时想可能是因为他长期做地下工作的原因吧，喝酒容易坏事。刘少奇同志正好又离我比较近，他喝了第一杯酒之后，向我投来了非常满意的目光，向我微笑一下，轻微点了下头，我心里感到美滋滋的。"

正当王鹤滨要放下心里的石头的时候，一道严厉的目光让他的心再次紧了起来。王鹤滨回忆当时场景说："回头再一看，在我左边的周副主席，喝了这一杯酒以后，马上用严厉的目光向我扫射过来了。因为周副主席的观点是，这么重要的国宴，宾客全都是国家领导人级的人物，如果这个白开水喝到客人嘴里，是多大的不敬啊！所以他就很严厉地盯着我，这实际上是在批评我。"

这时，周恩来身边的秘书在他耳边说了几句，他的目光这才缓和了下来。和周恩来一样，其他几位领导人也渐渐理解了王鹤滨的良苦用心，一杯又一杯地干着"秘制酒"。然而就在这时，一件意想不到的事发生了。王鹤滨说："这时候正好一个苏联老大哥一个人拿着酒，找刘少奇同志碰杯，碰杯的时候苏联有一个叫紧密关系的喝法，就是喝交杯酒。"

一喝交杯酒，"秘制酒"的秘密就很有可能被识破。王鹤滨在一旁紧张地注意着事态的发展。王鹤滨回忆说："这位苏联老大哥走到少奇同志跟前，少奇同志马上要端杯子跟他碰杯了。他不碰，把他那杯酒放在少奇同志的手里，把少奇同志手里的那杯酒拿在自己手里交杯喝。少奇同志当然不敢喝了，这位苏联老大哥先喝下去了。他喝下去以后，嘴巴吧唧了两下觉得很不是味道，就讲了几句俄语。"

这位苏联客人当时讲的俄语是什么，王鹤滨并不知道。但他诧异的心情，王鹤滨是可以想象的。此时，卫士长迅速又盛了一杯浓香的茅台递给苏联客人，又重新拿了一杯"秘制酒"给刘少奇。这杯酒下肚，两人握手示意。苏联客人用微笑表达了对这一切的理解。这件意外的小插曲过后，王鹤滨心头的石头才终于放下。晚上 9 时，宴会在欢乐祥和的气氛中结束了。

宴会结束了，时间已经越来越接近 10 月 1 日了。领袖们陆续回到驻地休息。习惯了晚上工作的毛泽东还在中南海丰泽园里挑灯工作，事无巨细的周恩来匆匆赶往天安门，做最后的检查。就在他即将离开的时候，发现了一个必须改正的问题，但时间似乎已经来不及了。

9 月 30 日夜，周令钊和妻子刚刚从天安门城楼回到家里。他们终于完成了聂荣臻交代的任务，把画像上毛泽东的衣领巧妙地合上了。就在周令钊和妻子正要躺下休息的时候，一阵急促的敲门声传来。来人告诉周令钊，周副主席在视察天安门工作后，认为写在毛主席画像下的"为人民服务"五个字显得毛主席太不谦虚，还是去掉好。

周令钊回忆说，那天夜里，工作人员告诉他，周副主席深夜检查完毕，就要离开的时候，又看了一眼刚刚挂起来的毛主席像。画像下边有五个红字：为人民服务。周副主席认为这几个字用在开国大典上的毛主席画像上不合适，还是去掉好。

9 月 30 日晚上 10 时，离开国大典还有 17 个小时。深夜的天安门广场，灯火通明。周令钊再度回到毛主席的画像前。和第一次修改比起来，这次的任务显得更加艰巨。周令钊说："天安门的城门洞很高，有两层楼那么高，就得用两三个高梯子接起来，中间用铁丝绑着，梯子就搭在城门洞上头。我上去的时候手上还提着颜料桶、笔等，那底下是个空的城门洞，梯子是软的，走上去的时候一晃一闪的，要是有恐高症的人还上不去。"

几十年后，回想起大典前一天深夜修改画像的经历，周令钊还能清晰地记得那天深夜天安门广场上紧张的气氛，以及自己手中微微颤抖的画笔。

周令钊说："在梯子上能够得着的地方很窄，画像却很宽。所以我们画一部分要再下来把梯子往旁边挪一挪,然后再上去画。这样移了两三次,就把'为人民服务'这五个字去掉了。字去掉了,还得把衣服给显出来。改好了一看,确实比字写在上头要好得多。"

经过几个小时紧张的修改,周令钊总算完成了任务,画像上的红字被去掉了,精心补缀上的衣服显得天衣无缝。当他再次回到家的时候,东方的天空已微微泛红了。这时,在距离天安门广场 34 千米的长辛店火车站,已经传来了二七机车厂工人们的歌声。为了期待已久的盛典,他们已经按捺不住内心的激动,出发了。

多年后,原二七机车厂的工人赵学勤仍然记得当时的情景:"我们是晚上 12 点集合,大约是在凌晨 2 点开车,4 点左右到北京。那晚我们很多人都没回家,有的就住在车间了。"

此时,参加开国大典阅兵的部分部队已经整装集合,陆续向天安门进发。田申后来回忆说:"我们是半夜去的,车就停在东华门那边,我们前面还有骑兵方队、步兵方队,我们坦克方队在后头。"

10 月 1 日凌晨 2 时,距开国大典还有 13 个小时。和平日一样,此时毛泽东并没有入睡,中南海菊香书屋的灯仍然亮着。从抗日战争开始,为了及时批阅送来的紧急报告,毛泽东逐渐养成了晚上工作、上午休息的作息习惯。

随着清晨第一缕阳光的到来,新中国的晨曦照进了天安门广场,照进了每一个翘首企盼的中国人心里。经历了无数的不眠之夜,经历了无数人的努力、无数人的流血与牺牲,一场标志着中华大地新的历史坐标的盛大典礼,即将拉开大幕。

新中国的诞生

    1949 年 10 月 1 日，毛泽东在天安门城楼上庄严宣告："中华人民共和国中央人民政府今天成立了。"这一天，为了庆祝新中国的诞生，在天安门广场上，举行了一场有 30 万人参加的盛大的开国大典。

    清晨 6 点，工作了一夜的毛泽东放下了手中的笔，在中南海丰泽园的院子里舒展了一下身体，接着他走进了卧房。按照平日的作息，习惯晚上办公的毛泽东要睡到下午两三点钟。而今天，由于大典的时间定在下午 3 点，毛泽东便和身边的卫士约定，下午 1 点准时叫醒他。

    时为毛泽东保健医生兼生活秘书的王鹤滨回忆说："主席当然非常喜悦、非常激动。他一般都是晚上办公、白天睡觉，一般早上结束工作，七八点钟开始睡觉，睡到下午两三点钟，但是要上天安门啊，那得提前叫醒他。"

    此刻，整个天安门广场，城楼下、金水桥头、东西观礼台，包括中山公园、太庙全部严密警戒。开国前夕，国民党的特务在北京城里还时有活动。

就在几天前，保卫人员还在天安门广场抓获了一个前来探路绘制地图的国民党特务。那些日子，守卫在广场四处的保卫人员，都感到责任重大。

时为北京市纠察总队二连五团战士的潘鸣岐后来回忆说："我们是在筒子河后头中山公园的那个门守备，有几百人参加这项活动，实际上就是武装待命。"

中共中央社会部便衣保卫队的许多人员，也被安排在大典的各个相关的区域。中共中央社会部便衣队队长高富有说："当时天安门周围，中山公园、劳动人民文化宫广场、人民大会堂，还有前门的高级商务所，都有便衣，就是保证千万不能出事。我们指挥部就在劳动人民文化宫门口，我就在那周围转。"

早晨，北京城里下起了淅淅沥沥的小雨。在雨中，30万群众陆陆续续抵达天安门广场。

午后时分，雨停了，阳光照在广场湿漉漉的地面上，显出雨后初晴的光辉。下午1点，按照约定的时间，卫士叫醒了毛泽东，照顾他换衣服，一向俭朴的毛泽东这一天也穿上了新衣服、新鞋子。

王鹤滨回忆说："因为要开国大典了，我和毛主席的副卫士长李银桥，就到东安市场给毛主席定做了衣服。那时候他也是喜欢穿比较苍绿色的军装。还定做了一双赭石色的皮鞋。主席穿着绿色的军装，佩个红色的飘带，万绿丛中一点红，非常鲜艳。穿的这双鞋我觉得也挺有意义，是一种代表大地的赭石颜色。"

穿上新衣服的毛泽东，显得神清气爽。然而很少有人知道，此时的毛泽东穿的内衣上打满了补丁。王鹤滨回忆说："毛主席非常节俭，他的睡衣可以补到74个补丁，连他的那个枕席，都补了好几块补丁，擦脸的毛巾，破了个洞，也补上了一块补丁。所以毛主席完全具备了中国农民节俭朴实的风格，叫作'新三年，旧三年，缝缝补补又三年'的那种风格。即使开国大典那一天，他穿的内衣也是打着补丁的。"

　　匆匆吃完简单的"早餐"，毛泽东赶往中南海勤政殿，主持中央人民政府第一次会议。此时，已是下午 2 点。华北军区军乐队队长罗浪带领的开国大典军乐队，已经列队就绪了，他们的位置就在今天的中国国家博物馆北面的广场上。

　　为了在开国大典上能够连续几个小时不去大小便，战士们从这时就开始控制自己的饮食了。

　　罗浪回忆说："中午 12 点开始吃饭。吃饭不能吃多了，喝水也不能太多。下午 2 点钟进天安门以前，就在这座历史博物馆北边休息，然后就是大小便、进行身体检查。检查部队，不许带任何铁器进场。"

　　就在大典开始之前，他们接到了一个死命令：服从命令听指挥，哪怕天上扔炸弹、下刀子，都不许乱动，一律要严格地按照训练的规定，站好队伍。

　　罗浪的军乐队接到的死命令，实际上也是每一个参加阅兵的战士都接到的命令。关于天上扔炸弹、下刀子的说法，并不是危言耸听。因为此时中国大陆还没有完全解放，西南、西北、中南及华南的战事仍在继续，成都、广州、重庆还停留着国民党空军的飞机。国民党空军在舟山群岛及台湾都有可以远程奔袭的飞机，随时可能对北京进行空袭。对于蒋介石的空军来说，开国大典实在是一个不可多得的轰炸机会。开国大典定在下午 3 点开始，其中原因就是考虑了国民党空军袭扰的因素。因为入秋的北京，下午天黑得比较早，按照当时国民党飞机的性能，如果下午前来空袭，天色晚了就回不去了。

　　为了保证开国大典安全进行，北京上空早已处于禁空状态。10 月 1 日这天早晨，刚刚组成的人民空军还在北京郊区击落了一架国民党的高空侦察机。王鹤滨回忆说："叶子龙同志向毛主席报告，说我们击落了一架蒋介石的高空侦察机。打中以后，驾驶员就想跳伞，结果伞绳断了，就摔死了。"

这架清晨潜入北京市郊的高空侦察机，暴露了国民党方面的某种企图。阅兵总指挥聂荣臻也已做好了一切应对国民党飞机来袭的准备，防空部队如何部署、首长安全如何保证、游行队伍如何疏散，等等，都已在聂荣臻的考虑当中。一旦飞机真的来袭，牺牲还是在所难免。

以罗浪为代表的参加阅兵的战士们却早已将生死置之度外，罗浪后来在谈到这个问题时以军人特有的坚定和豪迈说："当时没有想到那些，就是抱着一种牺牲的精神来完成任务。"

战士们的紧张情绪并没有被广场上的群众察觉，尽管事先也已经知道国民党的飞机有前来轰炸的可能性，但是丝毫没有影响到人们的欢喜和热情。此时的天安门广场，早已是人山人海，红旗、欢呼声充满整个广场。30万人在这里等待着，等待着见证一场意义非凡的典礼。当天的《新闻简报》这样描述这一盛况：

> 北京的天安门广场上，站立着成千上万的人，可是全中国几万万人的心，今天都聚集在这个广场上。今天，在这个古城的上空，飘扬着一面旗帜，这是革命战士们的鲜血染红了的旗帜。

下午2点24分，中南海勤政殿里，中央人民政府第一次会议已经落下了帷幕，各位政府领导已经就职。毛泽东在会上笑着说："我们打了几十年的疲劳战，打出来了一个中华人民共和国，还是值得的。"

这时，周恩来看了看手上的表，缓缓站起身来说："时间到了，请大家起身参加大典。"毛泽东等人纷纷来到勤政殿门口，坐上开往天安门的小汽车。

经过大约 5 分钟,车队安全抵达天安门广场,毛泽东第一个从小汽车上走下来,和他同乘一辆车的宋庆龄、张澜,也陆续下车。广场上,人们的欢呼声此起彼伏。随着《东方红》乐曲的响起,广场上 30 万人立刻安静下来。周恩来的侄女、北京师大女附中学生周秉德此时站在学生方队中。据周秉德后来回忆,一开始播的是《东方红》,播《东方红》大家才安静下来,赶紧聚精会神地在那儿听。

伴随着《东方红》的旋律,毛泽东等一行领导人登上了天安门城楼的台阶。天安门城楼的台阶,共有 100 级。一行人中,56 岁的毛泽东走在队伍的最前面,朱德、刘少奇、宋庆龄等国家领导人紧随其后。细心的周恩来在前一天视察天安门工作时,特别要求准备的担架也在这时派上了用场。有了这些担架,领导人中几位年过七旬的老人毫不费力地登上了天安门城楼。

周秉德回忆说:"何香凝、李济深、张澜是战士们用担架抬上去的,其他老年人是自己走上去的。"

在周恩来事先精心的安排和对时间的准确估测下,当《东方红》乐曲演奏完 3 遍的时候,毛泽东一行人刚好来到了台前。此时,时间已近下午 3 点。周恩来向广播站做了一个手势,广播员通过扩音器宣布:"毛主席来啦!毛主席健步登上了天安门城楼!"此时,人群一阵欢腾,此起彼伏的欢呼声再次响起。

周秉德后来回忆说:"广播里喊这个的时候,大家是不知道的,因为听不清。《东方红》乐曲响了以后,站在前面的人当然首先看到,当前面喊'毛主席万岁',后面的人一个一个传播下来,就都知道了,所以大家都蹦着、跳着高喊着'毛主席万岁'。其实就是觉得毛主席领导我们打下这个天下,现在共产党建立了这个新的共和国,特别激动,特别高兴,那种心情,在那个时候,都充分表达出来了。"

此时，站在天安门城楼上的每一个人都和台下的数十万人一样，心潮澎湃。毛泽东和周恩来、刘少奇、朱德等其他中共领导人为中国共产党28年来的努力换来今天的成果而感到由衷的高兴。副主席队伍中的几位民主人士，也同样为这个来之不易的新中国激动万分。

10月1日下午3时，对有着5000年历史的中国来说，是一个新的时间坐标。

为了这一刻，中华民族进行了长达一个世纪的英勇斗争。

为了这一刻，中国共产党经历了28年前仆后继的浴血奋斗。

为了这一刻，许多人奋斗了一生，许多人流尽了最后一滴血，永远长眠在华夏大地上。

经过100年不屈不挠、可歌可泣的顽强奋斗，终于建立了中华人民共和国。

按照大典筹委会的安排，开国大典由三个主要部分组成：一、中华人民共和国中央人民政府成立典礼；二、中国人民解放军阅兵仪式；三、人民群众游行活动和焰火晚会。

首先进行的是大典第一项，即新政府成立典礼。中央人民政府秘书长林伯渠担任大典司仪。当63岁的林伯渠用洪亮的声音宣布大典开始时，聚集了30万人的广场上，顿时鸦雀无声。

下午3时整，毛泽东走到麦克风前，朝宽阔的广场环视了一下，以他特有的湖南口音向数十万在场群众，向全国、全世界庄严宣告："中华人民共和国中央人民政府今天成立了！"顿时，广场上欢声雷动，人们情绪激昂。

毛泽东的这句话，通过一个叫作"九头鸟"的扩音器，传向了全北京、全中国乃至全世界。

尽管"九头鸟"的功率有500瓦，可以说是当时北京城里功率最大的扩音器，但在容纳数十万人的天安门广场上使用，扩音效果也是有限的。但此刻，30万人全都凝神静听，竟然将这句话深深地印在了心里，再也无法忘记。

潘鸣岐后来回忆说："中山公园离广场较远，但是毛主席宣布'中华人民共和国中央人民政府今天成立了'的时候，这个声音我们听得特别真切。因为那时候其他地方的声音、嘈杂声音都没了，就只能听见毛主席说，说中央人民政府成立了。这时，大家都激动得跳起来。"

周令钊也亲历了这次盛况，他后来幸福地回忆说："毛主席说'中华人民共和国中央人民政府今天成立了'，他是带着湖南的乡音、湖南的口音说的，我也是湖南人，所以说听到乡音，那是更加地高兴啊！"

时为石榴庄小学教师的张继亮对当时的情景记忆犹新，他回忆说："毛主席用他浓厚的湖南口音宣布，中华人民共和国中央人民政府今天成立了，大家都高兴地鼓掌。高喊毛主席万岁！共产党万岁！中华人民共和国万岁！此起彼伏地喊。"

"同胞们，中华人民共和国中央人民政府今天成立了！"毛泽东的话，宣告了一个旧时代的终结和一个新时代的开始。从这一刻开始，推翻"三座大山"压迫的中国人民成为国家的主人，中华民族第一次以一个真正独立民族的姿态开始了神州再造的新纪元。

接下来进行的是升国旗、奏国歌、鸣礼炮的仪式。毛泽东走到前方，亲自按动了工作人员精心设计的升国旗专用的电动按钮。罗浪的乐队随即奏响国歌。在国歌《义勇军进行曲》的雄壮旋律中，中华人民共和国的国旗——五星红旗冉冉升起，迎风飘扬，全场又响起了一阵欢呼声。毛泽东也非常开心，高呼一声："升得好！"而这一声也随着电波传向了全世界。"升得好"，这三个字既是毛泽东对电动升旗这一技术的赞扬，也是对百年建国梦终于成真的感慨。

紧接着，54门礼炮齐鸣28响，象征着中国共产党领导中国各族人民艰苦奋斗的28年历程。

开国大典第二项是阅兵式。在阅兵总指挥聂荣臻的陪同下，朱德总司令驱车检阅部队。

朱德总司令检阅完毕后，3声信号枪响，开始进行分列式表演，部队依次列队经过天安门，接受检阅。

参加阅兵的队伍按照海陆空的顺序进场。其中，陆军代表部队是当时阵容最强大的一支部队，包括了步兵师、炮兵师、战车师、骑兵师各1个。而在战车师之中，又有摩托车步兵团、装甲车团、坦克车团各1个。

田申率领的坦克车团，由30辆崭新的坦克组成，整齐威武，在阅兵队伍中显得格外亮眼。坦克兵团经过时，人群中不时发出欢呼声和惊叹声。然而，此刻的田申没有丝毫的骄傲之情，与之相反，他感到的是万分的紧张与不安。他后来回忆说："我当时真是忐忑不安啊！我也不敢老往后头看。我的坦克方队千万不要有一辆在天安门门口抛锚，要是抛锚停下来就完蛋了，任务就没有完成，所以当时心情是非常忐忑不安的。"

原来，这些看起来崭新的坦克，都是用从敌军那里缴获的破旧坦克拼凑而成的。田申回忆说："聂司令给我的一个任务就是，你这个坦克方队，绝对不能在天安门检阅的时候抛锚。只要你完成这个任务就可以了。"

经过3个月艰难的组装、翻修和训练，这些原本只是破铜烂铁的拼装坦克，以崭新的姿态出现在了开国大典的阅兵式上。然而作为坦克兵团的负责人，此刻的田申还是感到十分的紧张。就在他攥紧了拳头、急切地盼望坦克兵团顺利通过的时候，他最不愿看到的事情发生了。他回忆说："结果我那个方队，有一辆车通过了天安门，到西华门的时候走不动了，抛锚了。"

尽管这辆坦克已经通过了天安门，但这辆抛锚的坦克将会影响接下来整个阅兵队伍的行进。后面的坦克将不得不绕道而行,整个队形就会受到严重的影响。田申的心提到了喉咙眼儿,阅兵总司令聂荣臻也紧锁眉头,注视着这辆抛锚的坦克。这时,转机出现了。

后面的坦克驾驶员急中生智,将前面抛锚的坦克顶出了西华门,避免了一个重大状况的出现。对于这一切,天安门城楼上的毛泽东和其他领导人并不知情。在延安的时候,毛泽东就曾说:"我们现在还没有一辆坦克,也没有大炮,但是有一批懂技术的干部了。有人,就一定能把特种兵建立起来,坦克和大炮,敌人会给我们送来的。"如今,坦克和大炮是有了,但建设新中国仍然任重而道远。

当最后一辆坦克通过天安门的时候,田申终于松了一口气。就在这时,空军机群也来到了天安门广场的上空。这是新中国的第一支空军队伍,人们纷纷翘首张望,感到无比的自豪。

王鹤滨后来回忆说:"尤其是到空军飞来的时候,大家非常兴奋啊。中华人民共和国建立了,第一次有自己的空军了,所以大家非常兴奋。"

人群中的孩子,看到飞机列队飞来,也显得格外兴奋。

开国元帅罗荣桓之子罗东进也是亲历这场盛事的众多孩子中的一员,他回忆说:"飞机过去在战争年代,也看得多,但是没有像阅兵那样,编着队,一架接一架这么飞过来,没见过,所以感到很新鲜。听有人说飞机来了,我就说,在哪儿,在哪儿?因为人小,在人群里又看不见,就拽着叔叔让他将我抱起来看一看。"

人民空军的队伍以 3 架一组和 2 架一组的列队方式通过天安门上空,人们一边欢呼,一边默数着飞机的数量,一架,两架,三架……一直数到了 26 架。然而,人们不知道,他们被周恩来总理的一个小技巧蒙住了。

周秉德说:"那时候空军只有 17 架飞机。当时外国搞飞机的空中检阅都是 3 架一组、3 架一组。我们飞机少,他就要求 2 架一组飞过天安门。

但是就这样还是少，怎么办呢？他提出来，第一组的绕一圈再回来接最后一个，用这样的办法弥补飞机少的不足，显得要壮观一点。"

在周恩来的安排下，17架飞机整齐飞过天安门广场后，其中的9架转回队尾再次接受检阅。这也是为什么有外国媒体报道有26架飞机接受检阅的原因。

空军机群飞过天安门时，广场再次变成沸腾的海洋，而负责保卫工作的高富有在这时感到一阵莫名的紧张。

高富有的担心不是没有道理，大典进行到现在，天色已经渐渐暗淡，正是国民党飞机轰炸的最后机会。然而高富有并不知道，受阅空军在以一种绝无仅有的方式保卫着开国大典上每一个人的安危。原来，在这些参加阅兵的飞机中，有4架带弹飞行，装载着可以扫射的机枪子弹。所幸的是，人们担心的国民党轰炸机并没有出现。

空军的飞行表演让毛泽东的脸上展现了灿烂的笑容，一旁的周恩来也格外高兴。接下来的群众大游行，把开国大典推向了最高潮。

傍晚6点，天色渐渐暗下来了，欢腾的群众游行队伍点燃了灯笼、火把，星星点点亮光组成七彩灯海，天安门广场和城楼上下一片通明。群众大游行开始了，等候多时的群众开始列队向天安门城楼的方向走去。北京师大女附中的学生们点起了自己赶制的红灯笼，跳起了她们精心排练的红灯舞。

当人流来到天安门城楼下时，人们不自觉地放慢了脚步，朝天安门城楼上翘望，想看清楚一点、多看几眼毛主席和其他领导人。

几十年后，作为群众游行队伍一员的张继亮仍清楚地记得当时入场的情景："等到我们群众游行队伍上的时候，一开始还保持着排面，你瞄着我，我瞄着你，走得还挺整齐。等走到天安门下边了，这时候就瞧毛主席，看哪个是毛主席。他说这个是，他说那个是，到底谁是呢？也不知道他指得对

新中国的诞生

不对，反正有人指哪个，大家就都伸长脖子看哪个。后来毛主席挺善解人意的，他就从中间走到东边，从东边又走到西边，而且摘下帽子来，用手挥舞着帽子。这回大家都看清楚了，高兴地喊着，这就是毛主席！这就是毛主席！"

时为二七机车厂工人的赵学勤对大家当时看到毛主席时激动的心情记忆深刻，他后来回忆说："游行队伍走到天安门时，大伙老不走，站在那儿高喊：'毛主席万岁！毛主席万岁！'毛主席在天安门城楼上也站不住了，由这个角走到那个角，走到这个角时拿着帽子跟大家挥舞，底下的人就追着主席到这头了，然后又追到那头，老随着主席走。"

张继亮回忆说："看见毛主席了，看清了以后你就往前走吧，大家都不愿意往前走，总想多看一会儿，那时候眼泪流啊，流下来以后赶紧擦，以便看得更清楚点。这时候工作人员就喊，跟上队伍、跟上队伍，不要停留。这时候大家才不得已跟上队伍跑。一瞧，前面队伍跑挺远了，就赶紧跑。有些人踮着脚看的时候鞋早被别人给踩掉了，鞋踩掉了都不知道，等跑的时候才发现鞋没了，就光着脚跑。再一看光着脚的人太多了。"

游行队伍一面行进，一面热情高涨地喊着："毛主席万岁！中华人民共和国万岁！"毛泽东用一句"人民万岁！"来回应他们。听到这简简单单的四个字，许多人立刻流下了热泪。

赵学勤回忆说："主席喊人民万岁的时候，那是最感动的，好多人听见以后，都眼泪哗哗的，就没有听过人民万岁。过去谁喊过人民万岁？根本没听过。"

傍晚 7 时，群众仍然热情高昂。从下午 3 点大典开始，毛泽东已经连续站了 4 个小时，一口水也没有喝过。细心的周恩来于是劝说毛泽东到天安门城楼大厅稍事休息。就在这时，戏剧性的一幕发生了。

王鹤滨回忆说："进大厅是想让主席休息一下。结果到大厅主席又会见了民主人士程潜。程潜是主席的老乡，主席又在他的部队当过兵，对他非常尊重，所以邀请了他谈话。谈了没多久，周总理过去说，主席啊，现在群众要你去啊。"

毛泽东再次回到天安门城楼上，群众立刻欢呼起来。这时，警卫处的工作人员给毛泽东拿来了凳子，让他坐一下，但毛泽东谢绝了。长时间的站立让他的体力消耗很大。在工作人员的劝说下，毛泽东再次来到大厅休息，却还是未能如愿。

王鹤滨回忆说："毛主席进去就是吃点点心，他刚把一个点心放在嘴里，还没咽下去，总理又过来说，主席，群众又不走了。他只好又出来了。"

晚上8点多，依依不舍的游行队伍才逐渐散去。广场上，仍有很多人留下来看烟火。其实，这天大典结束后放的并不是烟火，刚刚成立的新中国还没有这样的条件。这天晚上，筹委会用部队用的信号弹代替烟火。

罗东进回忆说："我的印象是那时候放的不是烟火，是用信号枪打的信号弹，但是那么多信号弹那么打还没见过，也挺热闹的，很兴奋。"

直到夜色深浓，大典才在满天的光芒中落下帷幕。大典后的第二天，新华社记者李普在《人民日报》上发表了新中国成立的报道，一时间，举国欢庆，全国各地陆续展开了庆祝新中国成立的各种活动。

在"中国人民站起来了"的号角声中，一切战火最终变成了人民庆祝胜利的火把。中国人民解放军乘胜追击，迅速清除国民党一切残余武装。

12月7日，国民党宣布将政府机构迁往台北。从此，国民党退出了大陆的历史舞台。

战争与胜利，血泪与光明，1949年的画面构成了物换星移的历史篇章。

新中国的诞生